SAM SPADE

et autres histoires de détectives

DASHIELL HAMMET

Sam Spade

et autres histoires de détectives

TRADUIT DE L'ANGLAIS (ÉTATS-UNIS) PAR MARIE-CHRISTINE HALPERN

Préface de Francis Lacassin

LA DÉCOUVERTE

Titres originaux :

TOO MANY HAVE LIVED (1932), THEY CAN ONLY HANG YOU ONCE (1932),
A MAN CALLED SPADE (1932), THE JUDGE LAUGHED LAST (1924),
HIS BROTHER'S KEEPER (1934), THE GREEN ELEPHANT (1924),
THE HAIRY ONE (1925), ALBERT PASTOR AT HOME (1933),
CORKSCREW (1925), NIGHT SHOTS (1924), TWO SHARP KNIVES (1934).

ISBN : 2-253-11616-5 – 1re publication – LGF
ISBN : 978-2-253-11616-5 – 1re publication – LGF

Préface

Dashiell Hammett ou la littérature à haute tension

À l'appel de Dashiell Hammett, le roman policier se met à délirer, comme sous le coup d'une forte fièvre. Il parle gras, sent la sueur et la crapule ; ses personnages se pochardent, se battent et s'abattent dans la plus complète indignité.

Le roman du regard

Une phrase de *La Moisson rouge* définit à elle seule l'esthétique et l'éthique d'un genre qui a pris mauvais genre. « Enjambant les débris, le bootlegger descendit lentement les marches jusqu'à la chaussée. Reno le traita de pouilleux, de mangeur de poisson et lui logea quatre balles dans la tête. »

Image saisissante ayant pour dénominateur commun, à chacune de ses composantes, la violence que l'on retrouve dans le décor, présenté à l'état de ruines, dans le langage de l'acteur, dans l'action : quatre balles de sang-froid, dans l'écriture qui laisse jaillir la description sans apprêt, ou plutôt sans ménagement.

Cette citation démontre combien l'osmose a aussitôt existé entre roman noir et film noir. Le premier procède d'une vision cinématique qu'il est aisé de transposer en une vision cinématographique. Il n'est pas récit mais image en mouvement. « Film sans sous-titres », a pu écrire Thomas Narcejac dans *La Fin d'un bluff*.

Pour mesurer l'influence de Dashiell Hammett dans les métamorphoses de la littérature et du cinéma de cette époque, il convient de situer la place occupée alors dans un coin de l'enfer infra-culturel par le roman policier.

Après la Première Guerre mondiale, dans le sillage de Marcel Proust et André Gide, c'est le triomphe du roman psychologique. L'ambition des auteurs du roman policier est de transposer dans un genre mineur l'univers du roman bourgeois.

Le crime flâne avec élégance dans les châteaux ou tout autre salon de moindre dimension. Le meurtre devient un art dont la critique échappe à la police officielle renvoyée à ses tâches administratives, à la surveillance de la circulation, à la protection des bonnes mœurs. Le roman policier, devenu la récréation du roman psychologique ou divertissement cérébral, prend l'allure d'un puzzle brouillé que rétablit, par pur dilettantisme, un enquêteur génial ou distingué mais toujours pontifiant. C'est le règne du « roman-problème » dont le pont aux ânes est le crime en local clos.

Hercule Poirot, le premier de ces gentlemen-détectives, véritables maîtres de cérémonie du meurtre, apparaît en Angleterre, en 1920, dans un roman d'Agatha Christie, *La Mystérieuse Affaire de Styles*.

Depuis lors, les « cellules grises » de ce gros bourgeois belge n'ont cessé de fonctionner avec l'efficacité et la monotonie d'un ordinateur. Elles ont suscité bien des émulations jusqu'à lord Peter, le clubman distingué auquel Dorothy Sayers, depuis 1933, fait collectionner les meurtres énigmatiques au lieu des porcelaines Ming.

Le comble du baroque est atteint en 1934, aux États-Unis, avec Nero Wolfe alias « l'Homme aux orchidées ». Rex Stout n'oblige cet obèse gastronome à quitter son bureau que pour une excursion quotidienne sur la terrasse de l'immeuble : là s'épanouissent ses chères orchidées. Ce maître jardinier de l'histoire policière se dispense de tout contact avec les clients éplorés ou véreux. Ni les témoins ni les lieux du crime ne parviennent à exciter sa curiosité. Il débrouille l'affaire et trouve la solution grâce aux rapports de ses aides : il les écoute d'une oreille distraite, entre deux portes, un doigt glissé entre les pages d'un livre.

Nero Wolfe a été précédé — et restera supplanté — toujours, aux États-Unis, par un esthète à la silhouette moins vulgaire : le collectionneur et amateur d'art Philo Vance (*La Mystérieuse Affaire Benson*, 1926). Son créateur S. S. Van Dine, en réalité le philologue Willard Huntington, n'a pas hésité à imiter un précédent célèbre en rédigeant, en vingt articles, les Tables de la loi du roman policier. Ces règles, et le héros destiné à les confirmer, ont excité les sarcasmes de Hammett. Il les trouvait dignes d'une école de détectives par correspondance.

Ancien détective lui-même, il était bien placé pour en juger…

À ce titre, il avait servi la célèbre agence Pinkerton pendant huit ans. Le plus long des emplois nombreux et variés qu'il exerça avant de trouver sa vocation de rénovateur du roman policier.

Descendant d'une famille de pionniers d'origine française installée dans le sud des États-Unis, Samuel Dashiell Hammett est né le 27 mai 1894 dans le comté de Saint Mary (Maryland) ; il est mort à New York, d'un cancer du poumon, le 10 janvier 1961. Enfance vécue à Philadelphie puis à Baltimore. Scolarité brève. Il est à peine âgé de quatorze ans lorsque, en 1908, il entre à la compagnie ferroviaire Baltimore and Ohio. Ensuite, il est ouvrier dans un atelier de chemins de fer en Caroline du Nord, agent de publicité, coursier.

Vers 1912, il est engagé par Pinkerton and Co, à leur bureau de Baltimore. En dépit d'une entaille au crâne et de cicatrices aux jambes, ses enquêtes ne dépassent guère le banal fait divers. Le crime parfait ou raffiné n'existe que dans les livres.

Travail sans éclat mais documentaire. Il lui permet de rencontrer — à Stockton, après un cambriolage de bijouterie ; à Pasco lors d'une affaire de faux ; à San Diego pendant une chasse à la drogue ; à Washington, grâce à la filature d'un faux espion — quelques prototypes dont il tirera la figuration de l'œuvre future.

Mais le modèle du plus marquant de ses personnages, le « Continental Op », il l'a trouvé à Baltimore, dans son bureau même. C'était son propre patron : James Wright, superintendant-adjoint de l'agence Pinkerton dans cette ville.

En 1917, l'entrée en guerre de l'Amérique invite gendarmes et voleurs à une tout autre partie de cache-

cache. Dans les livres de Hammett, pas de héros. Dans sa vie, non plus. Sa campagne se déroule dans les hôpitaux où une grippe compliquée de tuberculose le retient jusqu'en 1919.

Puis, second engagement chez les Pinkerton, à l'agence de San Francisco. Ville où il rencontre le seul cadavre célèbre de sa carrière. C'est celui de la starlette Virginia Rappe malencontreusement et mystérieusement décédée au cours d'une *party* donnée à l'hôtel Saint Francis par Fatty Arbuckle, l'ex-partenaire de Chaplin et Buster Keaton au temps des comédies Keystone.

Incident croustillant qui trouble à peine la routine d'un métier dont tout le charme s'est évaporé. La maladie, mal guérie, lui en rend l'exercice de plus en plus lourd. Au milieu de 1920, une déception procurée par… le succès trop rapide d'une enquête, lui sert de prétexte pour démissionner.

Il s'agissait d'escorter en Australie — le seul pays que Hammett ait eu envie de visiter — un bateau soupçonné de transporter deux cent mille dollars d'or volé. Une première perquisition n'avait pas permis de le retrouver. Juste avant le départ, par acquit de conscience, il fait l'escalade d'une cheminée déjà inspectée en vain. Mais cette fois l'or s'y trouve. Fin d'un rêve exotique, fin du détective.

Et début d'une nouvelle série d'emplois instables et divers. Il travaille quelque temps chez un bijoutier de Marker Street, département publicité. Il s'est mis à boire pour oublier la maladie. Malgré de nouvelles hémorragies, il refuse d'écouter sa femme qui le supplie de retourner à l'hôpital.

Persuadé d'avoir peu de temps à vivre, il décide de le passer à sa guise : en écrivant pour le plaisir. Il abandonne sa femme et sa fille et s'installe dans une modeste chambre de Pine Street. Il se nourrit dans des restaurants italiens bon marché, grâce à ses premiers textes parus dans *Brief Stories*.

En octobre 1922, sa signature apparaît au bas de *The Parthian Shot* dans *The Smart Set*, revue littéraire sophistiquée. En mars 1923, il y publie des souvenirs : *From the Memoirs of A Private Detective*. Leur impact l'incite à devenir un collaborateur attitré de la revue policière fondée par les éditeurs Henry L. Mencken et George J. Nathan ; pour compenser le déficit de *Smart Set*, ils ont lancé, en avril 1920, un magazine populaire, *Black Mask*, consacré à la littérature policière.

Hammett figure au sommaire de *Black Mask* dès décembre 1922 avec la nouvelle *The Road Home*. Dans le numéro du 1er octobre 1923 a lieu la première apparition du Continental Op dans *Arson Plus*. Celui-ci figurera dans une trentaine d'histoires.

L'ex-« Pinkerton Op » devient l'un des piliers du magazine. Surtout à partir de novembre 1926, lorsque le quatrième rédacteur en chef, Joseph T. Shaw, décide de promouvoir le style « *hard-boiled* », opposé par Hammett au roman policier sophistiqué du type Philo Vance. De février 1927 à juin 1930, *Black Mask* publie en feuilletons les cinq premiers romans de Hammett : *The Big Knock-Over (Le Grand Braquage), The Cleansing of Personville*, série de nouvelles refondues en un roman : *The Red Harvest (La Moisson rouge), The Dain Curse (Sang maudit),*

The Maltese Falcon (Le Faucon maltais), The Glass Key (La Clé de verre).

À la même époque, du 1er janvier 1927 au 26 octobre 1929, il écrit, pour la *Saturday Review of Literature*, cinquante-deux comptes rendus de lectures ; surtout d'ouvrages policiers ou de genre proche. En 1927, on trouve également des poèmes de lui dans *Stratford Magazine*.

Les goûts de Hammett étaient très éclectiques. Beaucoup plus cultivé que ses personnages, élégant d'allure, il ne leur ressemblait guère, si ce n'est par la passion des femmes… et de la boisson. Si l'on en croit Lillian Hellmann, sa compagne de 1933 à 1961, il adorait disserter sur des sujets aussi hétéroclites que le judaïsme, l'architecture de La Nouvelle-Orléans, la physique du plasma, la pollinisation croisée du maïs, la rétine de l'œil, les théories de Marx et Engels, les fabricants de fusils en Allemagne au XVIIe siècle.

Son érudition historique transparaît dans *Le Faucon maltais* où l'un des bandits énumère divers ouvrages sur l'ordre de Malte. Il se montre familier de l'histoire des Rose-Croix dans la nouvelle *On demande Spade*. Coquetterie d'érudit, il a reproduit dans *Tulip* une de ses anciennes notes de lecture relative à « la Fraternité des Rose-Croix ».

Mais a partir de 1930, fini l'érudition gourmande et les poèmes : Hammett est accaparé par le succès et par son courtisan, le cinéma. Avec deux ans de retard (car ils ne lisent pas les revues à quatre sous de type *Black Mask*), les critiques littéraires viennent de découvrir le talent de Hammett à l'occasion de la publication de ses romans en volumes cartonnés et respectables. Les plus subtils, que la dureté de la critique sociale n'empêche pas de distinguer les incidences psychanalytiques, proclament *La Clé de verre* un chef-d'œuvre ; les autres lui préfèrent *Le Faucon maltais* dont le sujet penche vers le récit d'aventures : une version noire de *L'Île au trésor*.

L'un et l'autre seront portés à l'écran plusieurs fois. Les compagnies cinématographiques engagent l'auteur pour superviser l'adaptation de ses romans. Et même pour fournir des sujets originaux qui seront plus ou moins déformés par des tâcherons scénaristes. Hammett s'est bien gardé de laisser son nom aux génériques de tous les films auxquels il a collaboré. Mais sous son impulsion se reproduit dans le cinéma le même phénomène que dans le roman. Un nouveau style de film policier est né, inséparable des visages de George Raft, James Cagney, Peter Lorre, Humphrey Bogart surtout.

Entre deux séjours à Hollywood, Dashiell Hammett a renouvelé aussi l'esthétique de la bande dessinée. Parmi les admirateurs du romancier à la mode, figure le puissant, l'extravagant William Randolph Hearst. Il a tenu à publier en feuilleton dans sa chaîne de journaux le seul roman que l'ancien collaborateur de *Black Mask* n'ait pas jugé digne de l'édition en volume : *The Big Knock-Over*. Initiative qui a fait monter le tirage du *New York Evening Journal*.

Par ailleurs, Hearst est un grand amateur de bandes dessinées ; il a même fondé un organisme, King Features Syndicate, chargé de diffuser les siennes dans le monde entier. Il est humilié par le succès que rencontre, depuis 1931, la bande policière Dick Tracy (la première du genre) chez les lecteurs de son concurrent numéro un, le *New York Daily News*. Sur ordre personnel de Hearst, l'auteur de *The Big Knock-Over* est engagé pour trouver une riposte à Chester Gould et à son Dick Tracy.

Hammett commence par écrire le scénario de *Fight Against the Crime*, bande diffusée en 1933. Sa seconde tentative demeure beaucoup plus célèbre, en raison de la qualité de l'illustrateur. Dessiné par Alex Raymond, *Secret Agent X 9 (L'Agent secret X 9)* est diffusé chaque jour à partir du 21 janvier 1934. Le romancier cesse sa collaboration après le deuxième épisode, en juin 1935, au moment où Alex Raymond décide de se consacrer entièrement à une bande de science-fiction, *Flash Gordon*.

Hammett, lui, est prié de s'intéresser à une troisième bande policière, *Red Barry*, que King Features Syndicate distribuera en 1935. Sa collaboration à cette bande, illustrée par Will Gould, a été des plus nonchalantes si l'on en croit ce dernier. Victime du succès de son dernier roman, *The Thin Man (L'Introuvable)*, sorti en 1934, Hammett était déjà retombé, pour la seconde fois, aux mains d'Hollywood.

Le héros de *L'Introuvable*, Nick Charles, le moins crispé de ses détectives et sous les traits duquel on devine un autoportrait, a inspiré une série de films. Le scénario — sauf les deux derniers — reposait sur un argument original fourni par le romancier. Il a également inspiré une pièce et un feuilleton radiophoniques et un feuilleton télévisé.

Ensuite, sa production littéraire s'espace avant de s'interrompre définitivement en 1948. À cette date, une crise de delirium tremens l'amène à renoncer complètement à l'alcool. Entre-temps, toutes sortes d'événements avaient contribué à l'éloigner des histoires de détectives, genre dont il était fatigué. Il rêvait depuis 1931 d'écrire un vrai roman littéraire. Son unique essai dans ce domaine, *Tulip*, est demeuré inachevé.

Hammett a tenté, aussi, d'exprimer dans la réalité les positions politiques que la critique sociale, dans *La Moisson rouge* et ailleurs, laissait deviner. En 1941, à l'occasion de ses fonctions de président national de la League of the American Writers, il lance, dans *New Masses* et dans des tracts, des appels qui lui attireront des ennuis quelques années plus tard. En 1942, il est également trésorier du Exiled Writers Committee. Mais l'entrée de l'Amérique dans la Seconde Guerre mondiale va, provisoirement, éloigner le mauvais sort de lui.

Malgré son âge, et sa mauvaise santé, il réussit à s'engager. Son combat ne sera guère plus actif que la première fois. Il reste cloîtré plusieurs années dans un camp des îles Aléoutiennes où les jeunes recrues l'appellent « Pop ». Il y est chargé de la rédaction d'un journal militaire. Ses courtes permissions se passent dans les bars de Nome, petite ville de l'Alaska.

À la paix encore chaude succède la guerre froide. De celle-ci va naître la « chasse aux sorcières » organisée par le sinistre sénateur Joseph McCarthy, animateur de la Commission des activités antiaméricaines. Soupçonné d'être un dangereux agitateur à la solde de la révolte bolcheviste, l'auteur de *La Moisson rouge* est « invité » à comparaître devant la Commission. Il fait au grand inquisiteur une réponse digne de Sam Spade.

« Monsieur Hammett, si vous étiez dans notre position, autoriseriez-vous vos livres dans les bibliothèques de l'USIS[1] ?

— Si j'étais vous, sénateur, je n'autoriserais pas de bibliothèque du tout. »

En tant que responsable de la Caisse d'entraide du congrès pour la liberté des droits civiques, il est sommé de révéler l'identité des souscripteurs. Il s'y refuse formellement.

En réalité, il n'a fait que donner son patronage à cette organisation ; il n'a jamais pénétré dans ses bureaux, ignore tout de son fonctionnement. Cela aussi, il s'est refusé à le dire. Sa conception de l'honneur lui interdisait d'invoquer une ignorance absolutoire.

Rigueur morale récompensée de six mois de prison ferme. Le romancier les a purgés, sans plainte ni regret, au pénitencier fédéral de Virginie ; son travail quotidien consistait à nettoyer les toilettes.

Rendu à une liberté qu'il ne reconnaît plus, Hammett éprouve le besoin d'un changement de cap. Il commence à rédiger le vrai roman littéraire dont il rêvait depuis vingt ans. La maladie et la lassitude l'empêcheront d'achever *Tulip*. Mais ce texte n'aurait rien ajouté à une contribution considérable à l'évolution de l'imaginaire occidental.

1. United States Information Services : centres culturels d'information.

La violence purificatrice

Dashiell Hammett a renouvelé la thématique hollywoodienne pour plus de trente ans ; éveillé des vocations : Horace MacCoy, Raymond Chandler ; introduit le roman noir dans la bande dessinée et donné des complexes à la littérature cultivée : au point que certains ouvrages (*Sanctuaire*, de William Faulkner) ont été rattachés à l'école du roman noir constituée dans son sillage.

École dont les manifestations se sont étendues en Angleterre ; et même au pays de Descartes. Le rameau français, toujours représenté dans plusieurs collections, a influencé à son tour le cinéma européen et, par un curieux ricochet réalisé par Jean-Luc Godard, le cinéma américain.

La rénovation du roman policier entreprise par l'auteur du *Faucon maltais* a inspiré à Raymond Chandler un mot célèbre : « Hammett a sorti le crime de son vase vénitien et l'a flanqué dans le ruisseau. » Il ajoute : « On n'est pas obligé de l'y laisser à jamais, mais l'idée ne paraissait pas mauvaise de l'éloigner autant que faire se pouvait des conceptions petites-bourgeoises sur le grignotage des ailes de poulet par les jeunes filles du grand monde.

« … Hammett a remis l'assassinat entre les mains des gens qui le commettent pour des raisons solides et non pour fournir un cadavre à l'auteur. Qui le commettent avec les moyens du bord et non avec des pistolets de duel ciselés à la main, du curare ou des poisons tropicaux. Il colla ces gens sur le papier tels qu'ils sont dans la vie et il leur donna le style et les réactions qui sont habituellement les leurs, dans des circonstances données[1]. »

Le contraire d'un théoricien, Dashiell Hammett ne s'est pas attardé à définir son œuvre. Mais en 1925, prié de donner son avis sur les techniques modernes d'investigation, il écrivait :

« Les nombreuses méthodes scientifiques utilisées dans la conduite d'une enquête sont excellentes si elles sont employées à bon escient. Mais si on essaie d'en faire des méthodes infaillibles, cela devient du charlatanisme, rien d'autre. Malheureusement, les criminels, eux, ne sont pas du tout "scientifiques", et il en sera toujours ainsi tant que le plus puissant motif des crimes restera ce désir naïf de devenir riche en prenant un raccourci.

« Le chimiste, le photographe et les autres sont utilement secondés par notre vieil ami le "poulet" aux pieds plats et au chapeau melon. C'est pourtant lui, et lui seul, qui finit par fourrer la canaille sous les verrous.

« Les empreintes digitales font certes partie de l'arsenal du détective, je dis bien : en font partie. Quant aux preuves, je pense que ce qu'on appelle communément "preuve indirecte" fait tort aux dépositions des témoins. Je n'ai pas non plus grande confiance en ces experts qui soutiennent que l'infaillibilité existe ; sauf peut-être dans les mathématiques pures, et encore… »

La contribution de Hammett va bien au-delà d'un renouvellement de la thématique, du personnel et du

1. *L'Art d'assassiner ou la moindre des choses.*

décor par le biais d'une optique réaliste. Mérite plus important, il a renouvelé les structures narratives du roman policier. Au roman du discours tel que l'ont pratiqué Agatha Christie ou Van Dine, il oppose le roman du regard avec toutes les conséquences qui en découlent. Ainsi est-il avant tout anti-littérature, car toute littérature procède du verbe et non de l'image. Bannissant la réflexion, l'analyse, le commentaire qui s'exprimaient par le discours, il réduit la parole à des dialogues brefs et incisifs, et retient surtout le mouvement ou le geste.

Hammett ne sollicite pas l'intelligence du lecteur, mais ses nerfs ou ses tripes, il néglige la perception au profit de la sensation. Que deviennent les personnages et les structures de l'histoire policière dans ce roman du regard et de la sensation ?

Les personnages ne se définissent plus par une psychologie, des connaissances, un caractère dont l'auteur ne dit rien, mais par ce qui tombe sous le regard, ou accroche le regard : particularités physiques, signalées dès la première apparition.

« Le grand pochard aux oreilles rouges » ; « Gyp Rayney au menton fuyant, au visage de rat, dont tout le visage pue la cocaïne » ; « Buck Small a les cheveux de filasse et les yeux à fleur de peau » ; « Tout en lui dénonce le joueur professionnel depuis les yeux marron aux paupières lourdes, jusqu'aux mains pâles, longues et déliées » *(Un petit coin tranquille)*.

Hammett accorde une grande importance aux yeux, agents du regard. À Brigid, la jeune fille du *Faucon maltais*, il offre des yeux de cobalt. Dans *La Moisson rouge*, Mrs Willssonn trahit son égoïsme de grande bourgeoise par des « yeux bleus d'une dureté minérale ». À l'annonce de la mort d'un mari qui l'indifférait, elle arbore des « yeux pétrifiés ». Le chef de la police de Personville, corrompu, mielleux, faux jeton, est bien défini par « une grosse bouille ronde avec des yeux verts clignotants ».

Une particularité vestimentaire aide à en savoir un peu plus long. Le caractère efféminé de Joël Cairo, l'un des bandits du *Faucon maltais*, est souligné par un mouchoir répandant une odeur de Chypre. L'intimité implicite entre Sam Spade et sa secrétaire Effie est suggérée par « une robe de lainage mince qui moulait ses formes comme un drap mouillé ».

Le mouvement, intense ou anodin, aide encore à définir les personnages. Déplacements constants : ils prennent des taxis, s'arrêtent pour acheter un journal, repartent, changent sans cesse d'hôtel ou d'adresse, se rendent visite, se poursuivent, se tuent, se battent, allument des cigarettes, écrasent des mégots dans une soucoupe, se tapotent le visage, se tordent la lèvre inférieure.

Une bagarre à mains nues est décrite de façon analytique : on suit l'évolution de chaque poing et le progrès des méfaits qu'il commet. Dans une bataille à balles, on localise l'emplacement de chaque bouche à feu, sa puissance, son calibre, sa marque de fabrique. Lorsqu'un personnage quitte à jamais la scène, il n'est pas, selon le cliché, « criblé de balles ». On en précise le nombre et souvent l'impact.

Prolifération de l'action peu favorable au discours. On prononce juste le nombre de mots suffisant tout en regardant ailleurs, comme pour s'excuser de prendre la parole.

Les tueurs eux-mêmes ont une pudeur de jeune fille. « Il leva un peu ses yeux bruns, sous des cils très longs et retroussés, et regarda fixement la poitrine de Spade. D'une voix aussi neutre que son visage, il dit : « Quoi ? » S'adressant à un confrère attaché à un hôtel, « Spade baissa les yeux sur la tartine beurrée de Luke. — Pas moyen de visiter sa chambre ? » Parfois, le geste tient lieu de réponse : « Elle rougit, prit un sandwich au foie gras et le posa dans son assiette. »

On a dit que Hammett inaugurait dans le roman la psychologie du comportement. Certes. Encore que le roman populaire l'ait précédé dans cette voie. Mais il entre dans la démarche autant d'humour que d'intention théorique. Hammett évite de se prendre au sérieux, il aime à se parodier lui-même. Brigid, questionnée de façon précise par Spade, élude la réponse en bougeant. Elle se lève, vide un cendrier, tisonne le feu. Aussi un peu plus tard, le détective avant de lui poser une question non moins gênante la prévient : « Vous n'allez pas recommencer à faire le ménage ? »

L'écriture baigne dans un mélange d'humour à froid et d'ironie nonchalante qui imprègne la « conversation ». Chaque dialogue — mais l'auteur n'en abuse pas — est un duel oratoire : « Vous êtes marié ? — Non. — Votre femme ne connaît pas son bonheur. »

Parfois se glisse un mot d'auteur. Un jeune agent de police a fait condamner pour stationnement interdit la fille d'un importateur de café millionnaire. Ce dernier menace l'insolent des pires ennuis administratifs et s'entend répondre : « Laissez tomber, mon vieux, ou je bois plus de votre café… » La phrase était le lendemain dans tous les journaux du pays et on l'entendait même sur une scène de Broadway.

Gestes et paroles éclairent peu les personnages ; en dehors de leur mobile — l'argent — ils fournissent juste assez de détails pour permettre le classement de ces types dans des catégories sociales presque toujours subalternes ou crapuleuses.

Gangsters de tous ordres, trafiquants d'alcool ou de drogue, tueurs à gages et gorilles, avocats et agents d'assurances véreux, chauffeurs de taxi, flics en panne d'avancement, drogués, maniaques sexuels, courtisanes, employés ou détectives d'hôtel, fermiers, cow-boys, gigolos tuberculeux, souteneurs, tenanciers de boîtes louches, chefs de police et politiciens corrompus, cuisiniers de troisième ordre, petits employés envieux et aigris, dames nymphomanes ou hystériques, hommes d'affaires et milliardaires aux allures de truands et de parvenus.

Faune trouble, aperçue dans une grisaille de faubourg, d'entrepôts, de maisons vides, de rues dangereuses et de garnis crasseux. Sans commune mesure avec l'univers petit-bourgeois et policé du roman-problème. Et l'enquêteur est le contraire d'un gentleman ou d'un esthète.

L'engouement du public pour l'enquêteur génial, maniéré, et tout-puissant, personnifié par Philo Vance, exaspérait Hammett. Fureur créatrice. Ainsi est né, c'est assez rare[1], un détective ne possédant ni état civil

1. Un précédent est dû à la baronne Orczy, l'auteur du *Mouron rouge*, qui a créé vers 1900 *Le Vieil Homme dans le coin*.

ni visage, mais seulement une fonction : employé au bureau de San Francisco de la Detective Continental Agency.

Bien qu'il intervienne dans ses deux premiers romans et dans une trentaine de nouvelles, Hammett a maintenu cet employé modèle dans une volontaire grisaille. Il n'est jamais nommé ; si les circonstances l'obligent à décliner une identité, il en choisit une appropriée à celles-ci, dans son porte-cartes. Le héros raconte lui-même ses enquêtes. Procédé narratif qui dispense l'auteur de le peindre de façon laudative. Et même, il ne le peint pas du tout. De ses antécédents et origines, de sa formation, de ses occupations en dehors du travail, le lecteur ignore tout.

Seul détail révélé : il est entré à la Continental à l'âge où Hammett débutait dans ce même métier : dix-neuf, vingt ans. Une lecture attentive de textes dispersés permet de réunir un renseignement laconique. *Âge* : « À quarante ans, j'étais encore capable de remplacer le sommeil par le gin, mais non sans inconvénients. » *Taille* : « … plus grande que moi de quelques centimètres, elle devait mesurer près d'un mètre soixante-quinze. » *Poids* : « Une partie de mes quatre-vingt-cinq kilos était de la graisse, mais pas tout. »

L'intéressé veut bien ajouter quelques détails. On lui adjoint, en cas d'urgence, un nommé Dick Foley. Il a pour supérieur immédiat un personnage tout aussi anonyme, « Le Vieux ».

Le Vieux ressemble au comte du *Château* de Kafka : il ne se manifeste pas, mais on lui doit des comptes. Craint comme Dieu le Père, il communique surtout à longue distance et par voie indirecte : messages lapidaires, télégrammes sévères.

Hammett s'est montré plus descriptif à l'égard d'un personnage qui, créé par ses soins, a été adopté par le roman d'espionnage moderne dont il est devenu l'un des poncifs, du Gorille à James Bond. Les serviteurs du Vieux lui prêtent « autant de cœur qu'un serpent à sonnette ». Ils l'appellent Ponce Pilate « pour l'aimable sourire avec lequel il nous envoyait risquer la crucifixion ». Malgré un physique rassurant, « une moustache blanche, un teint de bébé, un visage de grand-père, des yeux bleus bienveillants derrière des lunettes sans monture », il n'y a « pas plus de chaleur dans ses fibres que dans la corde du bourreau ».

Samuel Spade — le héros du *Faucon maltais* et de trois nouvelles — est d'un flou à peine moins imprécis que celui de son aîné. Blond, visage triangulaire, un mètre quatre-vingt-dix, roule ses cigarettes lui-même. Artisan, propriétaire de son agence (à San Francisco). En proie aux assiduités de la veuve de son associé, il lui préfère le silence affectionné et les formes suggestives d'Effie Perine, sa secrétaire. Célibataire, il habite dans Post Street une garçonnière douillette où traîne une collection des « Causes célèbres ». Ses affaires ne vont pas trop mal, en dépit de rapports aigres-doux avec la police officielle. Le portrait s'achève ici.

Maître artisan ou employé à la Continental Agency, le détective n'a pas l'âme d'un dilettante. Et peut-être pas d'âme du tout. C'est un professionnel. Il *travaille* pour gagner sa vie. Tant par jour plus les frais. Pas de théorie à appliquer. Il fonce dans le brouillard, les poings en avant et finit bien par atterrir sur quelque chose ou quelqu'un.

Spade reconnaît : « Mon système de renseignement consiste à lancer une clé anglaise dans les rouages de la machine en marche. » Excepté Nick Charles — le plus aimable d'entre eux —, les détectives de Hammett manifestent une rugosité dans les rapports sociaux et une intensité dans l'acte de vivre.

Ils dorment peu et compensent le manque de sommeil par des bains froids et des alcools forts. Ils exigent qu'on les respecte et n'hésitent pas à injurier les clients fortunés mais impatients, voire à cogner sur eux ou à les menacer d'un chantage feint. Ils parlent peu mais sont terriblement efficaces. Rien ne les arrête, ni le mystère ni la puissance de l'adversaire.

Le mystère n'intervient jamais comme un casse-tête ou un puzzle, mais comme un simple ingrédient. Lorsque le détective le rencontre, il le contourne, se laisse porter par des événements qu'il ne comprend pas jusqu'au moment où — comme dans *Le Faucon maltais* — un intéressé l'affranchit.

Sa méthode favorite consiste à diviser les adversaires ; il simplifie l'intrigue en les poussant à s'entretuer. Le plus souvent, le meurtre est commis sous les yeux mêmes du lecteur ; le pluriel s'impose : la mort jalonne ce qui, dans le « roman-problème », s'appelle l'intrigue et se révèle ici l'action. Le problème ne consiste pas à découvrir un criminel souvent connu ou soupçonné, mais à réunir des preuves contre lui ou à le capturer.

L'œuvre de Hammett appartient donc à la tradition du « roman-poursuite ». Ses thèmes favoris sont le hold-up *(Le Sac de Couffignal, Le Grand Braquage)* décrit avec une précision clinique ; la recherche d'une personne disparue *(L'Introuvable, Piège à filles, Le Fer à cheval d'or)* qui toujours débouche sur une mystification tragique.

Citons encore le chantage ; le nettoyage d'une ville corrompue *(La Moisson rouge, La Clé de verre, Un coin tranquille, Un sale bled)*. La filiation est évidente avec le vieil Ouest et ses « *hot cities* ».

Climat morbide, affrontements œdipiens, récits de songes, étalage de la folie et de l'obsession névrotique, références à l'occultisme, description de rituels religieux orgiaques ou sadiques… Certaines pages de *La Moisson rouge,* de *Piège à filles*, et surtout de *La Clé de verre* et de *Sang maudit*, marquent l'entrée de la psychanalyse dans le roman policier.

Pas au prix d'analyses psychologiques en tout cas. Mais à travers une brassée de faits et d'images déversés sur le lecteur.

Des filles rançonnent leur père et des maris leur femme. Des pères, pour protéger leur carrière, envoient leurs fils à la boucherie ou les exécutent eux-mêmes, abandonnant leur cadavre dans la rue pour éviter le scandale. Des femmes, sous l'alibi de la drogue, se mêlent à un grouillement de corps. Des folles se laissent violenter sur l'autel d'une secte bizarre dans la banlieue de San Francisco, déjà…

L'éros se mêle à la mort sous le masque du sadisme. Bruit mou du corps frappé à mort, odeur de charnier venue des entrepôts d'alcool incendiés, image furtive du cadavre sur les doigts duquel Spade a marché par inadvertance. Sadisme trahi par la froide indifférence avec laquelle le héros-narrateur vit, contemple ou décrit le spectacle de la mort, payant de dix-sept vies le prix du nettoyage de Personville dans *La Moisson rouge*.

Le secret de Dashiell Hammett, l'électrochoc que procure la lecture de son œuvre, réside dans la contradiction entre la violence et le froid détachement de l'écriture qui l'enregistre. Cette écriture n'est pas seulement témoignage d'une libération des instincts. Bien qu'elle s'en défende par la sécheresse et la désinvolture, elle est aussi esthétique.

Mais c'est le regard, et non le discours, qui lui permet de composer d'emblée en quelques phrases l'atmosphère de *La Moisson rouge*. « Le patelin n'était pas joli : la majorité des propriétaires devaient aimer le genre tape-à-l'œil. [...] Par là-dessus, s'étalait un ciel gris qu'on aurait dit également vomi par les cheminées des usines. »

Voilà pour le visage de la ville. Et maintenant voici pour sa moralité : « Le premier flic que j'aperçus avait une barbe de huit jours. Le second portait un uniforme minable auquel il manquait deux boutons. Un troisième, planté au milieu du principal carrefour de la ville [...] dirigeait la circulation le cigare au bec. Après celui-là, je cessai de les passer en revue. »

Même sobriété pour saisir l'incertitude poétique de la ville inquiétante : « L'aube pointait à peine et la rue était couleur de fumée. Mes pas résonnaient sur la chaussée. » Ou pour introduire sans fard le mystère : « Je pris congé en me demandant pourquoi le bout vert de son soulier gauche portait une tache sombre et humide qui ressemblait à du sang. »

Le détachement du ton n'est pas le seul contrepoint opposé à la violence. Il règne dans l'univers de Hammett une espèce de sensualité fatiguée qui atteint les êtres et les choses. La peinture des murs s'écaille et le détective n'est plus caractérisé par une intelligence abstraite, il récupère un corps plein d'exigences ; il lui faut boire non par plaisir mais pour tenir le coup, pour vaincre l'éreintement.

Désormais, dans le roman noir, on mange. Plutôt on « saucissonne » à toute heure du jour ou de la nuit, sur un coin de table, avant de faire l'amour, entre deux cadavres, ou au cours d'une sordide question d'intérêt comme dans *Le Faucon maltais*. Tartine de pâté, œufs brouillés, sandwiches de corned-beef : la cuisine américaine ne peut s'offrir mieux et l'on comprend que Spade arrose un café (sans doute aussi mauvais en 1929 qu'aujourd'hui) avec « du cognac pris dans une bouteille carrée ».

Les étreintes manquent sinon de chaleur, tout au moins de lyrisme. Une maille qui file n'empêche pas le sentiment des êtres et les vêtements bâillent sous l'effet de la fatigue. « Sa robe était d'un rouge vineux particulièrement ingrat et bâillant ici et là, sur le côté, aux endroits où elle avait oublié de fixer les pressions, à moins qu'ils ne se fussent ouverts d'eux-mêmes. Une maille avait filé sur le devant de son bas gauche. »

Un sens aigu de l'observation pousse le détective de la Continental Agency à remarquer : « Vos jambes sont trop fortes. Elles soumettent les bas à trop rude épreuve. » Après quoi, il l'embrasse. (Probablement…)

Les censeurs de Dashiell Hammett ont adressé autant de critiques à la lassitude du roman noir qu'à la violence. Ils lui ont reproché de déboucher sur le scepticisme et la duplicité. C'est oublier qu'une société a les mythes qu'elle mérite. Une littérature n'est que le reflet, le pur produit d'un système socio-économique.

Dans celui sur lequel Hammett témoigne, il existe une tradition ininterrompue de violence, de la conquête de l'Ouest à l'assassinat politique. Pas de rupture entre les hold-up de Jessie James et la guerre des gangs que se livrent en 1925 les trafiquants d'alcool, aujourd'hui les trafiquants de drogue.

Quelle différence sensible entre la corruption politique et administrative dénoncée hier par *La Clé de verre* ou *La Moisson rouge* et aujourd'hui l'emprise de la mafia, la tentation du racket dont se défendent mal certaines organisations syndicales ? Dans cet immense pays, le lynchage et le règlement de comptes n'ont pas disparu. Ils se perpétuent à l'abri d'alibis politiques et raciaux.

Immoral le roman noir ?

Parce qu'il reflète la vie ?

Pourquoi Hammett devrait-il taire dans la fiction ce qui s'étale dans la réalité ? Certes, il s'accorde des complaisances, mais elles ont valeur d'exorcisme ou encore de catharsis. Il est préférable d'étancher des instincts « pervers » par la lecture plutôt que d'en être réduit à les assouvir dans la réalité. Enfin, la cruauté du roman noir, dictée par une intransigeance morale, est une cruauté biblique : celle de la loi du talion, du poing coupé et du fil de l'épée. Le nettoyage de Personville, dans *La Moisson rouge*, malgré ses dix-sept cadavres, est moins intense, moins arbitraire que la destruction sanguinaire de Sodome et Gomorrhe.

L'œuvre de Hammett, dans sa finalité, se caractérise par la pureté morale. Si le héros éprouve parfois le scepticisme et la lassitude de celui qui manie le sabre au nom de l'Éternel, le coupable reçoit le châtiment définitif qu'il mérite : la mort. Il n'a pas l'occasion de faire jouer des influences, de réclamer l'*habeas corpus* ou la liberté sous caution.

Le détective — comment ne pas voir en lui une projection de l'auteur ? — est le seul à garder les mains propres. Il lutte seul, risque sa vie pour un salaire de quelques dollars. Lorsque, après une ferme pression sur les combattants, il change les perspectives d'un match de boxe truqué, il s'abstient de parier et d'emporter la grosse somme. Il résiste à toutes les tentatives de corruption ou de compromis, ne truque même pas la note de frais qu'il réclame : les chèques sont établis au nom de l'agence.

Il est un anarchiste dangereux.

Et voici le véritable objet du procès intenté à Dashiell Hammett. Coupable de scepticisme envers les institutions de son pays — la police et surtout la justice. Coupable de contester ses valeurs morales. Coupable de bousculer le protocole et les formes. Coupable de faire trop bon marché de la vie humaine, de piétiner les doigts d'un cadavre au lieu de se découvrir devant lui. Coupable de ne pas jouer le jeu du roman bourgeois, de se refuser à faire pleurer les midinettes en tirant de vieilles ficelles.

Pudeur, refus de se prêter à l'hypocrisie des condoléances. C'est l'attitude de Sam Spade évoquant l'assassinat de son associé :

« Il savait ce qu'il faisait, ce sont les risques du métier.

— Était-il… était-il marié ?

— Oui, avec une assurance de dix mille dollars, pas d'enfants et une femme qui ne l'aimait pas » *(Le Faucon maltais)*.

Ni fleurs ni couronnes.

Mépris de l'argent dans un pays où il sert à mesurer la respectabilité et l'importance de chacun. Abolition des privilèges de l'âge et de la fortune. Description clinique du mécanisme de la corruption politique administrative. Révélation des rapports freudiens entre parents et enfants, profanation de la famille, cellule de base de l'ordre social.

À travers Hammett, ce n'est pas l'immoralité — apparente — du roman policier noir qui est en cause, mais son pouvoir subversif. Le sénateur Joseph McCarthy ne s'y est pas trompé.

Par son contenu social démystificateur et violent, le roman policier noir (contrairement au roman-problème destiné à une élite) s'inscrit dans la tradition de la littérature populaire, des *Mystères de Paris* à *Fantomas*. (Est-ce un hasard si l'introducteur de ce genre en France, Marcel Duhamel, est un admirateur de *Fantomas* ?)

À l'exception du style dont elle a gommé les redondances, l'œuvre de Hammett répond à la plupart des critères de la littérature populaire.

Typologie au lieu de psychologie. Manichéisme intransigeant appuyé — ce qui est normal dans un récit fondé sur le regard — sur les lois physiognomoniques : les représentants du mal se reconnaissent à une laideur physique. Solitude et ambiguïté du héros. Au nom de la pureté morale, il ne recule pas devant le sadisme et viole la légalité bourgeoise pour se conformer à un droit naturel qu'elle ne reconnaît pas. Dérision de l'enjeu, comme dans *Le Faucon maltais*, et souvent dérision du triomphe.

De la conformité à ces critères, les défenseurs de la littérature cultivée ont tiré parti contre Hammett.

Sous prétexte de mettre à bas les conventions du roman policier, disent-ils, il les a remplacées par d'autres conventions. Sous prétexte de rejeter la psychologie, il est revenu à la vieille typologie. Sous prétexte de rejeter les ornements de l'écriture, il a créé un style anti-littéraire qui est peu à peu devenu un poncif.

Soit. C'est le sort de toute esthétique nouvelle d'être provisoire. Toute avant-garde est appelée à devenir l'arrière-garde, Dashiell Hammett n'en a pas moins apporté à l'imaginaire contemporain des mythes modernes et un nouvel exotisme.

Et peut-être plus.

Le roman noir n'est pas seulement une drogue ouvrant la porte d'un monde différent, un alcool fort qui râpe la gorge et fouette les nerfs. Exprimant un malaise social, il laisse prévoir, avec quarante ans d'avance, les convulsions de la société de consommation. Il n'exerce pas la fonction sécurisante reconnue par le roman-problème au gentleman-détective;

en punissant le coupable, celui-ci rétablissait la paix sociale troublée par un simple incident.

L'employé de la Detective Continental Agency exerce au contraire une action traumatisante. Bien qu'il parle peu et n'en dise rien, il ne se satisfait pas de l'arrestation d'un meurtrier.

Il a envie de changer quelque chose. Peut-être la vie.

Attention, danger.

Francis LACASSIN.

Trop ont vécu

Sa cravate était aussi pourpre qu'un coucher de soleil. C'était un homme grand, fort et bien en chair. Ses cheveux noirs, séparés par une raie et aplatis sur son crâne, ses joues pleines et fermes, ses vêtements de bonne coupe, et même ses oreilles, petites, roses et collées, semblaient être des morceaux diversement colorés d'une même surface lisse. Il pouvait avoir trente-cinq à quarante-cinq ans.

Il s'assit à côté du bureau de Spade, s'appuyant légèrement sur sa canne de bambou, et dit :

— Non, je veux que vous découvriez ce qui lui est arrivé. Lui, j'espère que vous ne le retrouverez jamais.

Ses yeux verts et saillants fixaient Spade d'un air solennel.

Spade se renversa dans son fauteuil. Son visage, auquel la forme en V de son menton, de ses narines et de ses épais sourcils donnait un aspect plaisamment satanique, était aussi poliment intéressé que sa voix :

— Pourquoi ?

L'homme aux yeux verts parlait d'une voix calme et assurée :

— Je peux vous parler, Spade. Vous avez le genre de réputation que je désire chez un détective privé. C'est pourquoi je suis là.

Spade eut un hochement de tête qui ne l'engageait en rien.

L'homme aux yeux verts reprit :

— N'importe quel prix honnête me va.

— À moi aussi, dit Spade en hochant de nouveau la tête, mais il faut que je sache ce que vous voulez acheter. Vous voulez savoir ce qui est arrivé à cet Eli Haven, mais son sort vous est totalement indifférent ?

L'homme aux yeux verts baissa la voix, mais ne changea pas de contenance.

— En un sens, je m'en préoccupe ; par exemple, si vous le trouviez et arrangiez les choses en sorte qu'il ne revienne plus jamais, cela pourrait valoir plus d'argent pour moi.

— Vous voulez dire : même s'il désirait revenir ?

— Surtout dans ce cas, dit l'homme aux yeux verts.

Spade sourit et secoua la tête :

— Il est probable qu'il n'y aurait pas assez d'argent, dans le sens où vous entendez l'affaire.

Il leva ses longues mains aux doigts épais des bras du fauteuil, les paumes en avant :

— Bien. De quoi s'agit-il, Colyer ?

Colyer rougit légèrement, mais son regard resta froid et assuré :

— Cet homme a une femme. Je l'aime. Ils se sont disputés la semaine dernière et il a disparu. Si je peux la convaincre qu'il est parti pour de bon, peut-être divorcera-t-elle.

— Il faut que je lui parle, dit Spade. Qui est cet Eli Haven ? Que fait-il ?

— C'est un sale coco. Il ne fait rien, il écrit des poèmes, ou quelque chose dans ce genre.

— Que pouvez-vous me dire qui puisse m'aider ?

— Rien de plus que ce que Julia, sa femme, pourra vous dire. Vous allez lui parler.

Colyer se leva.

— J'ai quelques accointances dont je pourrais peut-être tirer quelque chose pour vous plus tard…

~

Une femme frêle, de vingt-cinq ou vingt-six ans, ouvrit la porte. Sa robe bleue était égayée de boutons d'argent. Elle était mince et menue avec des épaules droites et des hanches étroites. Elle se redressait avec une fierté qui eût passé pour de la suffisance chez un être moins gracieux.

— Mrs Haven ?

Elle hésita avant de répondre :

— Oui.

— Gene Colyer m'envoie pour vous voir. Je m'appelle Spade. Je suis un détective privé. Il désire que je retrouve votre mari.

— Et vous l'avez retrouvé ?

— Je lui ai dit qu'il fallait que je vous parle d'abord.

Son sourire disparut.

— Certainement, dit-elle.

Et elle rentra, fermant la porte derrière elle.

Quand ils furent assis face à face dans une pièce pauvrement meublée, donnant sur un jardin où jouaient des enfants, elle demanda :

— Gene vous a-t-il dit pourquoi il voulait retrouver Eli ?

— Il dit que si vous étiez sûre qu'il soit parti pour de bon, peut-être pourrait-il vous faire entendre raison.

Elle ne répondit rien.

— Est-ce qu'il lui était déjà arrivé de disparaître comme cela auparavant ?

— Souvent.

— Comment est-il ?

— C'est un type épatant, dit-elle tranquillement, quand il est sobre. Quand il boit, il est correct, excepté en ce qui concerne les femmes et l'argent.

— Ça lui laisse une grande marge pour être correct. Que fait-il pour vivre ?

— Il est poète, répondit-elle, mais personne ne peut vivre de cela.

— Eh bien !

— Oh ! Il arrive de temps à autre avec un peu d'argent. Le poker, les courses, dit-il. Je ne sais pas.

— Depuis combien de temps êtes-vous mariés ?

— Près de quatre ans.

Il sourit ironiquement.

— Tout le temps vécu à San Francisco ?

— Non, nous avons vécu à Seattle la première année ; depuis, nous sommes ici.

— Il est de Seattle ?

Elle secoua la tête.

— De quelque part du Delaware.

— D'où ?

— Je ne sais pas.

Spade fronça légèrement ses épais sourcils.

— D'où êtes-vous ?

Elle dit doucement :

— Ce n'est pas pour moi que vous vous êtes mis en chasse.

— Mais vous faites comme si c'était pour vous, grommela-t-il. Bien, qui sont ses amis ?

— Ne me le demandez pas !

Il eut une grimace d'impatience.

— Vous en connaissez quelques-uns ? insista-t-il.

— Bien sûr. Il y a un garçon qui s'appelle Minera, un certain Louis James, et quelqu'un qu'il appelle Conney.

— Qui sont-ils ?

— Des hommes, dit-elle froidement, je ne sais rien d'eux. Ils téléphonent ou passent le chercher, ou bien je le rencontre en ville avec eux. C'est tout.

— Que font-ils pour vivre ? Ils ne peuvent pas tous être poètes ?

Elle rit.

— Ils peuvent essayer. L'un d'eux, Louis James, travaille pour Gene, je crois. Honnêtement, je ne sais rien de plus sur eux.

— Croyez-vous qu'ils sachent où se trouve votre mari ?

Elle haussa les épaules.

— Ils se payent ma tête s'ils le savent. Ils continuent à venir de temps en temps pour voir s'il est rentré.

— Et ces femmes dont vous parliez ?

— Ce ne sont pas des personnes que je fréquente.

Spade fixait le sol d'un air renfrogné. Il demanda :

— Que faisait-il, avant de se mettre à ne pas gagner sa vie en écrivant des poèmes ?

— N'importe quoi. Vendait des aspirateurs, faisait les marchés, jouait, prenait la mer, travaillait dans les chemins de fer, dans les forêts, dans les cirques, dans les journaux. Bref, il a fait de tout.

— Avait-il de l'argent quand il est parti ?

— Trois dollars qu'il m'avait empruntés.

— Qu'a-t-il dit ?

Elle rit.

— Il m'a dit que si je pouvais user de mon influence auprès de Dieu, pendant son absence, il reviendrait au dîner avec une surprise pour moi.

Spade leva les sourcils.

— Étiez-vous en bons termes ?

— Oh ! oui. Notre dernière dispute datait de deux jours et nous étions raccommodés.

— Quand est-il parti ?

— Jeudi après-midi ; vers trois heures, je crois.

— Vous avez des photos de lui ?

— Oui.

Elle alla vers une table près de la fenêtre, ouvrit un tiroir et se retourna vers Spade avec une photo.

Spade la regarda ; il vit un visage mince avec des yeux profondément enfoncés, une bouche sensuelle, un front très ridé surmonté d'une masse épaisse et désordonnée de cheveux blonds.

Il mit la photo de Haven dans sa poche et prit son chapeau. Il se dirigea vers la porte et, s'arrêtant :

— Quelle sorte de poète est-il ? Bon ?

Elle haussa les épaules.

— Tout dépend de ceux à qui vous le demandez.

— Vous n'avez rien de lui ?

— Non. (Elle sourit.) Pensez-vous qu'il se cache entre les pages ?

— Il ne faut rien négliger. Je reviendrai. Réfléchissez à tout cela et tâchez d'en trouver plus à dire. Au revoir !

Il descendit Post Street jusqu'à la librairie Mudford et demanda un recueil de poèmes de Haven.

— Navrée, dit la vendeuse. J'ai vendu mon dernier exemplaire la semaine dernière — elle sourit — à Mr Haven lui-même. Mais je peux passer une commande.

— Vous le connaissez ?

— Seulement pour lui vendre des livres.

Spade serra les lèvres et demanda :

— Quel jour l'avez-vous vu ?

Il lui tendit sa carte.

— S'il vous plaît, c'est important.

Elle alla à la caisse, tourna les pages du livre de comptes et revint avec le livre ouvert.

— Mercredi dernier, dit-elle, et nous avons livré le livre à un Mr Roger Ferris, 1981, Pacific Avenue.

— Merci beaucoup, dit-il.

Dehors il héla un taxi et donna l'adresse de Roger Ferris.

La maison de Pacific Avenue était un bâtiment de pierre grise, à quatre étages, derrière une étroite pelouse. Une domestique au visage rond introduisit Spade dans une pièce large au plafond haut.

Spade s'assit, mais se releva dès que la femme de chambre fut partie, et se mit à déambuler dans la pièce. Il s'arrêta devant une table où se trouvaient trois livres. L'un d'eux avait une couverture saumon sur laquelle était imprimé un éclair frappant le sol entre un homme et une femme, et, en noir, les mots : « Signaux lumineux », par Eli Haven.

Spade prit le livre et revint s'asseoir.

Il y avait une inscription sur la page de garde, en lettres lourdes et irrégulières tracées à l'encre bleue :

> *« Au bon vieux Buck, qui connaissait bien ces signaux lumineux, en souvenir d'eux. Eli. »*

Spade tourna les pages au hasard et lut nonchalamment une stophe :

DÉCLARATION

Trop ont vécu
Comme nous vivons
Pour que nos vies soient la preuve
Que nous sommes vivants.
Trop sont morts
Comme nous mourrons
Pour que leur mort soit la preuve
Que nous mourrons.

Il leva les yeux sur un homme en smoking qui entrait dans la pièce. Il n'était pas très grand, mais se tenait si droit qu'il le paraissait, même devant le mètre quatre-vingt-dix de Spade. Il avait les yeux d'un bleu brillant dont quelque cinquante ans n'avaient pas terni l'éclat, un visage bruni où aucun muscle ne s'affaissait, et une chevelure épaisse, courte et presque blanche. Il avait une allure digne et affable. Il désigna de la tête le livre que Spade tenait encore :

— Comment trouvez-vous cela ?

Spade sourit, reposa le livre :

— Je crois que je suis un peu mufle, mais c'est justement à ce sujet que je viens vous voir, Mr Ferris. Connaissez-vous Haven ?

— Oui, certainement. Asseyez-vous, Mr Spade.

Il prit une chaise proche de celle de Spade.

— Je l'ai connu quand il était tout gosse. Il n'a pas d'ennuis ?

— Je ne sais pas, dit Spade. J'essaie de le retrouver.

— Puis-je vous demander pourquoi ? dit Ferris avec hésitation.

— Vous connaissez Gene Colyer ?

— Oui.

Ferris hésita de nouveau :

— Ceci entre nous. J'ai une série de salles de cinéma dans toute la Californie du Nord et, il y a deux ans, quand j'ai eu des ennuis avec mes employés, on m'a dit que Colyer était l'homme capable d'arranger cela. C'est ainsi que j'ai fait sa connaissance.

— Oui, dit brièvement Spade. Beaucoup de gens ont connu Gene de cette façon.

— Mais qu'a-t-il à voir avec Eli ?

— Il veut le retrouver. Quand l'avez-vous vu pour la dernière fois ?

— Il était là jeudi dernier.

— À quelle heure est-il parti ?

— Un peu après minuit. Il est arrivé dans l'après-midi, vers trois heures et demie. Nous ne nous étions pas vus depuis des années. Je l'ai invité à dîner, il avait l'air fatigué, et je lui ai avancé un peu d'argent.

— Combien ?

— Cent cinquante dollars. Tout ce que j'avais à la maison.

— A-t-il dit où il allait quand il est parti ?

Ferris secoua la tête.

— Il a dit qu'il téléphonerait le lendemain.

— Et il vous a téléphoné ?

— Non.

— Vous l'avez connu de tout temps ?

— Pas exactement, mais il a travaillé pour moi, il y a quinze ou seize ans, quand j'avais un cirque, Great Western and Eastern, d'abord avec un associé, puis seul. Et j'ai toujours aimé ce gosse.

— Depuis combien de temps ne l'aviez-vous pas vu ?

— Dieu sait ! répondit Ferris. J'avais perdu sa trace depuis des années. Puis, mercredi, ce livre m'est tombé du ciel, sans adresse ni quoi que ce soit, juste cette histoire écrite au début. Et le matin suivant il m'a appelé. J'étais ému aux larmes d'apprendre qu'il était encore en vie et qu'il arrivait à s'en tirer. Alors il est venu l'après-midi et nous avons bavardé du bon vieux temps pendant près de neuf heures sans reprendre haleine.

— Vous a-t-il raconté ce qu'il avait fait dans l'intervalle ?

— Juste qu'il avait frappé un peu à toutes les portes, faisant une chose ou l'autre, saisissant toutes les occasions. Il ne s'est pas beaucoup plaint. Il a fallu que je le force à prendre les cent cinquante dollars.

Spade se leva.

— Merci beaucoup, Mr Ferris, je…

Ferris lui coupa la parole :

— Pas du tout. Si je peux faire quelque chose, passez-moi un coup de fil.

Spade regarda sa montre.

— Puis-je téléphoner à mon bureau pour voir si rien n'est arrivé ?

— Certainement. Il y a un téléphone dans la pièce à côté. À droite.

— Merci, dit Spade.

Il sortit. Quand il revint, il roulait une cigarette. Son visage était tendu.

— Rien de neuf ? demanda Ferris.

— Si. Colyer a téléphoné de cesser les recherches. Il dit que le corps de Haven a été retrouvé, percé de trois balles, dans les fourrés à l'autre bout de San José.

Il sourit et ajouta :

— Colyer m'avait dit qu'il pourrait peut-être trouver quelque chose grâce à ses accointances.

~

Le soleil du matin, perçant les rideaux qui voilaient les fenêtres de Spade, dessina deux rectangles d'un jaune épais sur le plancher et recouvrit tout d'une teinte jaune.

Spade était assis devant son bureau, regardant pensivement un journal. Il ne leva pas les yeux quand Effie Perine entra.

— Mrs Haven est là, dit-elle.

Il releva la tête et dit :

— Parfait ! Faites entrer.

Mrs Haven entra rapidement. Son visage était blême et elle frissonnait malgré son manteau de fourrure et la chaleur de la journée. Elle vint droit à Spade et dit :

— Est-ce que Gene l'a tué ?

— Je ne sais pas.

— Je veux savoir, cria-t-elle.

Spade la prit par la main :

— Allons, asseyez-vous.

Il l'amena vers un fauteuil.

— Gene vous a-t-il dit qu'il faisait cesser les recherches ?

Elle le fixa avec stupeur :

— Quoi ?

— Il a laissé un message ici la nuit dernière disant que votre mari avait été retrouvé et qu'il n'avait plus besoin de moi.

Elle baissa la tête et dit d'une voix à peine distincte :

— Ainsi il a…

Spade haussa les épaules :

— Il se peut que seul un innocent puisse se permettre de faire cesser les recherches. Il se peut aussi qu'il ait la tête et les nerfs assez solides pour…

Elle ne l'écoutait pas. Elle se penchait vers lui, disant avec anxiété :

— Mais, Mr Spade, vous n'allez pas tout laisser tomber comme ça. Vous n'allez pas vous laisser arrêter par lui ?

Pendant qu'elle parlait, le téléphone sonna.

— Excusez-moi, dit-il, et il prit l'écouteur.

— Oui, hum !

Il serra les lèvres : « Je vais vous le dire. » Il posa le téléphone à côté de lui et regarda Mrs Haven.

— Colyer est dehors.

— Sait-il que je suis ici ? demanda-t-elle vivement.

— Je ne sais pas.

Il se leva, l'observant à la dérobée.

— Cela vous ennuie ?

Elle mordit sa lèvre inférieure et répondit avec hésitation :

— Non !

— Très bien. Je vais le faire entrer.

Elle leva la main comme pour protester, puis la laissa retomber. Son visage était fermé :

— Comme vous voudrez, dit-elle.

Spade ouvrit la porte et dit :

— Hello, Colyer, entrez. Nous parlions justement de vous.

Colyer hocha la tête et entra, sa canne dans une main, son chapeau dans l'autre.

— Comment allez-vous ce matin, Julia ? Vous auriez dû me téléphoner. Je vous aurais conduite en ville.

— Je… je ne savais pas ce que je faisais.

Colyer la regarda longuement, puis dirigea son regard vert, sans expression, sur le visage de Spade.

— Bon. Avez-vous pu la convaincre que ce n'était pas moi qui avais fait le coup ?

— Nous n'en étions pas encore là, dit Spade. J'essayais juste de trouver les raisons de vous suspecter. Asseyez-vous.

Colyer s'assit avec précaution :

— Et alors ?

— Et alors vous êtes arrivé !

Colyer hocha gravement la tête :

— Très bien, Spade. Vous êtes engagé de nouveau pour prouver à Mrs Haven que je n'ai rien à faire dans cette histoire.

— Gene, s'écria-t-elle d'une voix étranglée, et elle tendit ses deux mains vers lui. Je ne veux pas le penser. Mais j'ai tellement peur !

Elle cacha son visage dans ses mains et se mit à pleurer.

Colyer vint vers elle :

— Ne vous en faites pas, dit-il. Nous allons régler cela ensemble.

Spade passa dans la pièce à côté, fermant la porte derrière lui. Effie Perine s'arrêta de taper à la machine.

Il sourit et dit :

— Cela vaudrait parfois la peine d'écrire un livre sur les gens. Ils sont bizarres.

Il prit un verre d'eau.

— Vous avez le numéro de Wally Kellogg ? Appelez-le et demandez-lui où je peux trouver Tom Minera.

Il rentra dans le bureau. Mrs Haven ne pleurait plus.

— Excusez-moi, dit-elle.

— Ce n'est rien, dit Spade.

Il jeta un coup d'œil de côté à Colyer :

— Je reprends mon travail ?

— Oui.

Colyer se racla la gorge :

— Mais s'il n'y a rien de spécial maintenant, je préférerais ramener Mrs Haven chez elle.

— OK ! Une chose seulement. D'après le *Chronical*, vous l'avez identifié. Comment se fait-il que vous étiez là-bas ?

— J'y suis allé quand j'ai appris qu'on avait retrouvé son corps, répliqua Colyer. Je vous ai dit que j'avais des accointances. C'est par elles que j'ai su quelque chose.

— Très bien, dit Spade.

Et il leur ouvrit la porte. Quand la porte fut refermée, Effie Perine dit :

— Minera est au Burton, dans Army Street.

— Merci.

Il entra dans le bureau pour prendre son chapeau. En sortant il dit :

— Si je ne suis pas revenu d'ici deux mois, dites-leur de rechercher mon corps par là-bas…

~

Spade se dirigea le long d'un couloir crasseux vers une porte branlante, peinte en vert, qui portait le numéro 411. Un murmure de voix parvenait à travers la porte, mais indistinctement. Spade cessa de tendre l'oreille et frappa.

— Qu'est-ce que c'est ? demanda une voix d'homme, évidemment déguisée.

— Je voudrais voir Tom. C'est Sam Spade.

Une pause, puis :

— Tom n'est pas là.

Spade posa la main sur la poignée et secoua la porte branlante :

— Ça va, ouvrez, grommela-t-il.

Un instant après, un homme brun et mince ouvrait la porte. Il pouvait avoir vingt-cinq ou vingt-six ans et essayait de donner à ses petits yeux bruns une expression innocente en disant :

— Je ne croyais pas que c'était votre voix, tout d'abord.

Sa bouche molle et sans forme faisait paraître son menton plus mince encore qu'il n'était. Sa chemise ouverte, à rayures vertes, n'était pas propre. Le pli de son pantalon gris était soigneusement fait.

— Vous êtes obligé d'être prudent en ce moment, dit Spade d'un air pénétré, et il entra dans la pièce où deux hommes s'efforçaient de ne prendre aucun intérêt à son arrivée.

L'un d'eux était appuyé à la barre de la fenêtre et limait ses ongles. L'autre était enfoncé dans un fauteuil, les pieds sur le bord de la table, un journal déployé entre les mains. Ensemble, ils jetèrent un coup d'œil à Spade et reprirent leurs occupations.

— Je suis toujours heureux de rencontrer les amis de Tom Minera, dit Spade aimablement.

Minera, fermant la porte, dit d'un ton gêné :

— Hum… oui… Mr Spade. Voici Mr Conrad et Mr James.

Conrad, l'homme qui était près de la fenêtre, fit un vague geste de politesse avec sa lime dans la main. Il était un peu plus âgé que Minera, d'une taille moyenne, solidement bâti, avec un visage aux traits compacts et des yeux sans expression.

James baissa un instant son journal pour dévisager Spade d'un coup d'œil froid et dit :

— Comment ça va, vieux ?

Puis il retourna à sa lecture. Il était aussi solidement bâti que Conrad, mais plus grand, et son visage avait une expression rusée dont l'autre manquait totalement.

— Oui, dit Spade… et aussi des amis de feu Eli Haven.

L'homme près de la fenêtre se piqua un doigt avec la lime et jura furieusement. Minera passa sa langue sur ses lèvres et dit rapidement d'une voix plaintive :

— Franchement, Mr Spade, aucun de nous ne l'a vu depuis une semaine.

Les manières de l'homme brun semblaient amuser Spade.

— Pour quel motif croyez-vous qu'il a été tué ?

— Tout ce que je sais est ce que dit le journal : ses poches étaient retournées et il n'y avait même plus une allumette sur lui.

Il abaissa les coins de sa bouche.

— Mais autant que je sache, il n'avait pas un sou. Il n'avait rien samedi soir.

Spade dit doucement :

— On m'a dit qu'il avait de l'argent jeudi soir.

Minera, derrière Spade, respira bruyamment. James répliqua :

— Je pense que vous devez être au courant. Pas nous.

— Est-ce qu'il travaillait avec vous ?

James mit posément son journal de côté et retira ses pieds de dessus la table. Il semblait prendre assez d'intérêt à la question de Spade, mais sans que cela le touche :

— Bon. Que voulez-vous dire ?

Spade prit l'air surpris :

— Mais vous faites bien quelque chose ?

Minera tourna autour de Spade :

— Écoutez, Spade, dit-il, Haven était juste un type que nous connaissions. Nous n'avons rien à voir avec sa disparition. Nous ne savons rien. Vous comprenez, nous…

Trois coups résolus retentirent à la porte. Minera et Conrad regardèrent James qui secoua la tête, mais, dans l'intervalle, Spade s'était glissé jusqu'à la porte et ouvrit.

Roger Ferris était là.

Ils se regardèrent avec stupeur. Puis Ferris tendit la main et dit :

— Je suis content de vous voir.

— Entrez, dit Spade.

— Lisez ceci, Mr Spade.

La main de Ferris tremblait en retirant de sa poche une enveloppe un peu tachée.

Le nom et l'adresse de Ferris étaient tapés sur l'enveloppe, qui n'était pas timbrée. Spade en sortit une étroite feuille de papier blanc ordinaire et la déplia. Sur la feuille était tapé à la machine ceci :

« Vous feriez bien de venir à cinq heures au Burton Hotel, dans Army Street, chambre 411, à propos de ce qui s'est passé jeudi soir. »

Il n'y avait pas de signature.

— Il y a encore un bon moment avant cinq heures, dit Spade…

— En effet, reconnut Ferris avec emphase. Je suis venu dès que j'ai reçu cette lettre. C'est jeudi soir qu'Eli était chez moi.

Minera poussait Spade du coude, demandant :

— Qu'est-ce qu'il y a ?

Spade tendit la lettre à l'homme brun qui la lut et s'exclama :

— Parole d'honneur, Spade, je ne suis pas au courant de cette lettre !

— Est-ce que quelqu'un sait ? demanda Spade.

— Non ! répliqua rapidement Conrad.

— Quelle lettre ? dit James.

Spade regarda rêveusement Ferris et dit, comme s'il se parlait à lui-même :

— Naturellement, Haven essayait de vous faire cracher.

Ferris rougit :

— Quoi ?

— De vous faire cracher, répéta Spade patiemment. Argent. Chantage.

— Écoutez, Spade, dit Ferris avec agitation, vous ne pensez pas réellement ce que vous dites. Pour quelle raison aurait-il pu me faire cracher ?

— Au bon vieux Buck, dit Spade, citant la dédicace du poète, qui connaissait bien ces signaux lumineux. En souvenir d'eux. Quels signaux lumineux ? Quel est le terme dans l'argot du cirque, qui signifie balancer un type d'un train en marche ? Montrer le signal rouge ? Oui, c'est cela : signal rouge. Quelle est cette histoire de signal rouge, Ferris, dont Haven avait connaissance ?

Minera prit une chaise, s'assit, posa ses coudes sur ses genoux, la tête entre les mains, et fixa le plancher. Conrad respirait fort, comme s'il avait couru.

— Eh bien ? dit Spade à Ferris.

Ferris essuya son visage avec un mouchoir, remit le mouchoir dans sa poche et dit simplement :

— C'était un chantage.

— Et vous l'avez tué.

Les yeux bleus de Ferris fixant les yeux gris jaune de Spade étaient calmes et assurés, comme sa voix.

— Je ne l'ai pas tué, dit-il. Je jure que non ! Laissez-moi vous expliquer ce qui est arrivé. Il m'a envoyé le livre, comme je vous ai dit, et j'ai tout de suite compris ce que signifiait la plaisanterie écrite en première page. Aussi, le jour suivant quand il m'a téléphoné et m'a dit qu'il viendrait bavarder du bon vieux temps et m'emprunter un peu d'argent en souvenir, j'ai très bien compris ce qu'il voulait dire. Je suis allé à ma banque où j'ai retiré dix mille dollars. Vous pouvez vérifier, ma banque est le Seamen's National.

— Je vérifierai, dit Spade.

— Les choses ont tourné de telle sorte que je n'ai pas eu besoin de tout. Il n'était pas très gonflé et je lui ai parlé de cinq mille dollars. Le lendemain, j'ai rapporté les cinq autres à la banque. Vous pouvez vérifier.

— Je le ferai, dit Spade.

— Je lui ai dit que je n'étais pas décidé à me faire taper de nouveau. Les cinq mille dollars étaient les premiers et les derniers. Je lui ai fait signer un papier disant qu'il avait participé à… à ce que j'avais fait, et il l'a signé. Il est parti aux environs de minuit, et c'est la dernière chose que j'ai sue de lui.

Spade tapota l'enveloppe que lui avait donnée Ferris :

— Et votre lettre ?

— Un garçon l'a apportée à midi et je suis venu immédiatement. Eli m'avait assuré qu'il n'avait rien dit à personne, mais je n'en étais pas sûr. De toute façon, il fallait que je me rende compte.

Spade se retourna vers les autres, le visage tendu :

— Eh bien ?

Minera et Conrad regardèrent James qui eut une grimace impatiente et dit :

— Bien sûr, nous lui avons envoyé la lettre. Pourquoi pas ? Eli était notre ami et nous n'avions pas pu le retrouver depuis qu'il était parti pour faire cracher ce coco-là. Puis, il est mort. Aussi, ça nous aurait fait plaisir de voir ce type-là, pour qu'on s'explique.

— Vous étiez au courant de la manœuvre ?

— Et comment ! Nous étions tous ensemble quand l'idée lui est venue.

— Comment a-t-il pu avoir cette idée ? demanda Spade.

James étendit les doigts de sa main gauche.

— On avait bu et bavardé. Vous savez, comme une bande de copains peut faire. On parlait de ce qu'on avait vu et fait. Il a raconté qu'il avait vu un type en balancer un autre du train dans un ravin. Par hasard il a dit le nom du type qui avait fait le coup : Buck Ferris. Alors quelqu'un a dit : « Il a l'air de quoi, ce Ferris ? » Eli a dit de quoi il avait l'air, et qu'il ne l'avait plus revu depuis quinze ou seize ans. Alors je ne sais plus qui a sifflé et a dit : « Je parie que c'est le Ferris qui a la moitié des cinémas de tout l'État. Je te fiche mon billet qu'il te donnerait bien quelque chose pour que tu la fermes. » Eh bien ! l'idée lui en a fichu un coup, à Eli. Ça se voyait. Il a réfléchi un moment, et puis il a paru très excité… Il a demandé le prénom de ce Ferris et quand je ne sais plus qui a dit : Roger, il a fait la gueule et a dit : « Non, c'est pas lui ; il s'appelait Martin. » Alors on a tous rigolé et il a fini par avouer qu'il irait peut-être voir le bonhomme. Quand il m'a appelé, jeudi vers minuit, il a dit qu'il offrait un gueuleton chez Pogey Heckers cette nuit-là, et c'était pas bien malin de voir de quoi il retournait.

— Comment s'appelait le type que Ferris avait balancé ?

— Il n'a pas voulu le dire. Il l'a bouclée obstinément. On ne peut pas lui en vouloir.

— Hum ! acquiesça Spade.

— Puis, plus rien. Il n'est pas venu chez Pogey. On a essayé de l'avoir au téléphone vers deux heures du matin, mais sa femme a répondu qu'il n'était pas là. Alors on a poireauté jusqu'à quatre ou cinq heures et puis on a pensé qu'il nous avait posé un lapin. On a dit à Pogey de mettre la note sur son compte et on s'est taillé. Je ne l'ai pas revu depuis, ni mort ni vivant.

— C'est possible, dit Spade. Mais êtes-vous bien sûr de ne pas avoir retrouvé Eli un peu plus tard ce matin-là ? Ne l'auriez-vous pas emmené faire un tour, descendu pour avoir les cinq mille dollars de Ferris et abandonné dans les…

Deux coups impératifs retentirent.

Le visage de Spade s'éclaira. Il alla ouvrir la porte.

Un jeune homme entra. Très fringant et bien proportionné, il portait un manteau léger et gardait ses mains dans les poches. Il s'arrêta dans l'embrasure de la porte, à droite, le dos contre le mur. Presque en même temps, un autre jeune homme entra. Il se plaça à gauche. Bien qu'en fait ils n'aient aucune ressemblance, leur allure fringante, leur minceur et leur position presque identique, dos au mur, mains dans les poches, yeux froids et vifs étudiant les occupants de la pièce, leur donnaient presque l'apparence de jumeaux.

Puis Gene Colyer entra. Il fit un signe de tête à Spade, mais ne prêta aucune attention aux autres, bien que James lui dise :

— Hello ! Gene.

— Rien de neuf ? demanda Colyer à Spade. Spade hocha la tête.

— Il semble que ce monsieur — il désigna Ferris du pouce — était…

— Aucun endroit pour parler ?

— Il y a une cuisine derrière.

— Descendez le premier qui fait mine de bouger ! jeta Colyer par-dessus l'épaule aux deux jeunes hommes, et il suivit Spade dans la cuisine.

Il prit l'unique chaise et s'assit, fixant ses yeux verts sur Spade, pendant que Spade lui racontait ce qu'il avait appris.

Quand le détective privé eut achevé, l'homme aux yeux verts demanda :

— Bon, qu'allez-vous tirer de tout cela ?

Spade le regarda pensivement :

— Vous avez une piste, j'aimerais savoir ce que c'est.

Colyer dit :

— On a trouvé un revolver dans un cours d'eau, à un quart de mile de l'endroit où le corps a été découvert ! C'est celui de James. Il porte la trace d'une balle qui lui a fait tomber le revolver de la main, une fois, à Vallejo.

— Pas mal ! dit Spade.

— Écoutez. Un gosse nommé Thuber dit que James est venu le chercher jeudi dernier pour filer Haven. Thuber le prend en filature jeudi après-midi, le laisse chez Ferris et téléphone à James. James lui dit de rester sur place et de voir où va Haven, mais, dans le voisinage, une femme excitée fait du chahut parce que le gosse rôdait, et met les flics à ses trousses. Il était à peu près dix heures.

Spade pinça les lèvres et fixa pensivement le plafond.

Les yeux de Colyer n'exprimaient rien, mais son visage rond était tout brillant de sueur et sa voix était rauque.

— Spade, dit-il, je vais le donner aux flics.

Spade détourna son regard du plafond et le fixa sur les yeux verts proéminents.

— Je n'ai jamais donné aucun de mes types avant, dit Colyer, mais celui-là y passera. Si c'est un de mes types, il faut que Julia sache que je n'ai rien à faire dans l'histoire et que je l'ai moi-même donné aux flics. N'est-ce pas ?

Spade inclina lentement la tête.

— Je suis d'accord, dit-il.

Colyer détourna brusquement les yeux et se racla la gorge. Quand il parla de nouveau, ce fut pour dire brièvement.

— Bien, allons-y !

Minera, James et Conrad étaient assis quand Spade et Colyer sortirent de la cuisine. Ferris arpentait le sol. Les deux jeunes hommes n'avaient pas bougé.

Colyer alla vers James :

— Où est ton revolver, Louis ? demanda-t-il.

James tâta son côté gauche de sa main droite, s'arrêta brusquement et dit :

— Oh ! je ne l'ai pas sur moi.

De sa main gantée, grande ouverte, Colyer frappa James sur la joue, le renversant de sa chaise.

James se redressa et grommela :

— Je n'y voyais pas de mal.

Il se frottait la joue.

— Je sais que je n'aurais pas dû le faire, chef, mais quand Eli est venu et a dit qu'il n'aimait pas se frotter à Ferris sans rien sur lui, et qu'il n'avait pas de revolver, j'ai dit : « Très bien ! » et je lui ai envoyé le mien.

— Et tu lui as envoyé Thuber aussi ? dit Colyer.

— Juste parce que ça nous intéressait de savoir s'il s'en tirerait.

— Et tu n'aurais pas pu y aller toi-même, ou envoyer quelqu'un d'autre ?

— Après que Thuber eut ameuté tout le voisinage ?

Colyer se retourna vers Spade.

— Voulez-vous qu'on vous aide à les emmener ou préférez-vous qu'on fasse venir le panier à salade ?

— Nous ferons les choses régulièrement, dit Spade.

Il se dirigea vers le téléphone pendu au mur. Quand il revint, son visage était tendu, ses yeux rêveurs. Il roula une cigarette, l'alluma et dit à Colyer :

— Je suis assez idiot pour penser que votre Louis a dit un tas de choses plausibles dans l'histoire qu'il raconte.

James laissa tomber sa main de sa joue meurtrie et regarda Spade d'un air stupéfait.

— Qu'est-ce qui vous prend ? grommela Colyer.

— Rien, dit doucement Spade, sauf que je trouve que vous êtes un peu trop pressé de lui coller l'affaire sur le dos. (Il envoya une bouffée.) Pourquoi, par exemple, aurait-il jeté son revolver alors qu'il y avait dessus des marques que tout le monde connaissait ?

— Si vous croyez qu'il a une cervelle !... dit Colyer.

— Si ces garçons l'avaient tué, ils savaient qu'il était mort, pourquoi auraient-ils attendu que le corps soit retrouvé et qu'on ébruite l'affaire pour se retourner contre Ferris ? Pourquoi auraient-ils retourné ses poches, s'ils l'avaient détroussé ? C'est un tas de précautions que prennent seulement des types qui tuent pour une autre raison et veulent faire croire au vol.

Il secoua la tête.

— Vous êtes trop pressé de leur coller ça sur le dos. Pourquoi l'auraient-ils fait ?

— Ce n'est pas ce qui importe, maintenant, dit Colyer. Ce qui importe, c'est de savoir pourquoi vous dites que je suis trop pressé de leur coller l'affaire sur le dos ?

Spade haussa les épaules.

— Peut-être pour vous blanchir au plus vite aux yeux de Julia. Peut-être pour vous justifier auprès de la police, et alors je suis avec vous.

— Quoi ? dit Colyer.

Spade fit un geste vague de sa cigarette.

— Ferris, dit-il posément, c'est lui, évidemment, qui l'a tué !

Les paupières de Colyer frémirent, mais ses yeux restèrent immobiles.

— D'abord, dit Spade, il est, à notre connaissance, le dernier à avoir vu Eli vivant, et c'est toujours un bon indice. Deuxièmement, il était le seul à qui j'aie parlé avant qu'on retrouve le corps d'Eli, qui se préoccupe de savoir si ses explications étaient suffisantes. Les autres pensaient simplement que je recherchais un type qui était parti. Lui savait que je recherchais un homme qu'il avait tué. Aussi, il fallait qu'il écarte les soupçons. Il n'a même pas osé jeter ce livre, car il lui avait été envoyé par la librairie et on pouvait en retrouver trace, et peut-être des employés avaient-ils lu la dédicace. Troisièmement, il était le seul à trouver qu'il était juste un garçon doux, propre et aimable. Toujours pour les mêmes raisons. Quatrièmement, cette histoire d'un maître chanteur arrivant à trois heures de l'après-midi, raflant cinq billets comme un rien, et bavardant ensuite jusqu'à minuit, est idiote, même si la gnole était extra. Cinquièmement, cette histoire de papier qu'Eli a signé est encore pire, bien qu'il eût été facile de faire un faux. Enfin, il est, de tous, celui qui a les meilleures raisons de désirer qu'Eli soit mort.

Colyer hocha lentement la tête :

— Pourtant…

— Pourtant rien, dit Spade. Il se peut qu'il ait fait ce petit manège de sortir dix mille dollars et d'en rentrer cinq, mais c'était facile. Après, il a accueilli ce maître chanteur faible d'esprit chez lui, l'a tenu jusqu'à ce que les domestiques soient allés se coucher, lui a pris le revolver de James, l'a fait descendre dans sa voiture, l'a emmené faire un tour — peut-être était-il déjà mort, peut-être l'a-t-il descendu dans les fourrés, puis il l'a soigneusement étrillé pour rendre l'identification plus difficile et donner l'apparence du vol. Ensuite il a jeté le revolver dans l'eau et est rentré chez lui.

Spade s'arrêta pour écouter le son d'une sirène dans la rue. Alors, pour la première fois depuis qu'il avait commencé à parler, il regarda Ferris. Ferris était pâle, mais il soutint fermement son regard.

Spade dit :

— J'ai l'impression, Ferris, que nous allons obtenir quelques éclaircissements sur cette histoire de signaux lumineux. Vous m'aviez dit que vous aviez un cirque, d'abord avec un associé, tant qu'Eli travaillait avec vous, puis tout seul. Nous ne devrions pas avoir de mal à trouver ce qu'il est advenu de votre associé ; s'il a disparu, s'il est mort de mort naturelle ou s'il est encore en vie.

Ferris avait perdu un peu de sa prestance. Il mouilla ses lèvres et dit :

— Je veux voir mon avocat. Je ne veux pas parler avant d'avoir vu mon avocat.

Spade dit :

— C'est d'accord. Vous êtes au pied du mur, mais moi-même je n'aime pas les maîtres chanteurs. Je trouve qu'Eli a écrit une bonne épitaphe pour eux, dans son livre : « Trop ont vécu. »

Titre original : *Too Many Have Lived* (*American Magazine,* octobre 1932).

On ne peut vous pendre qu'une fois

— Je suis Ronald Ames, dit Samuel Spade. Je voudrais voir Mr Binnett, Mr Timothy Binnett.

— Mr Binnett se repose, monsieur, dit le maître d'hôtel avec hésitation.

— Pourriez-vous voir si je peux lui parler ? C'est important.

Spade se racla la gorge.

— Hum… j'arrive juste d'Australie et c'est pour une affaire concernant ses biens là-bas.

— Je vais voir, monsieur.

Le maître d'hôtel tourna les talons et monta l'escalier avant même d'achever sa phrase.

Spade roula une cigarette et l'alluma.

Le maître d'hôtel redescendit.

— Je suis désolé. Il n'est pas possible de le déranger maintenant, mais Mr Wallace Binnett, le neveu de Mr Timothy, va vous recevoir.

— Merci, dit Spade.

Il monta l'escalier derrière le maître d'hôtel.

Wallace Binnett était un homme d'aspect avenant, mince et brun, à peu près de l'âge de Spade : trente-huit ans. Il se leva en souriant d'un fauteuil recouvert de satin broché et dit :

— Comment allez-vous, Mr Ames ?

Il indiqua de la main un autre fauteuil et se rassit.

— Vous arrivez d'Australie ?

— Ce matin même.

— Vous êtes l'associé d'oncle Tim ?

Spade sourit et secoua la tête :

— Pas exactement, mais j'ai quelques informations qu'il faudrait lui communiquer au plus tôt.

Wallace Binnett regarda pensivement le plancher, puis fixa Spade.

— Je vais faire mon possible pour le persuader de vous recevoir, Mr Ames, mais franchement, je ne sais pas si...

Spade parut très surpris :

— Pourquoi ?

Binnett haussa les épaules.

— Il est parfois un peu bizarre. Vous comprenez, il a l'air parfaitement sain d'esprit, mais il a le caractère irritable et excentrique d'un homme qui est en mauvaise santé et... enfin, il est parfois assez difficile.

— Il a déjà refusé de me voir ? demanda Spade lentement.

— Oui.

Spade se leva. Son visage de démon blond ne trahissait aucune impression.

Binnett leva rapidement la main.

— Attendez, attendez, dit-il. Je vais faire ce que je peux pour le faire changer d'avis. Peut-être si... — Ses yeux noirs le regardaient avec circonspection. — Vous n'essayez pas de lui vendre quelque chose ?

— Non.

L'expression défiante disparut des yeux de Binnett.

— Bien, alors je pense que je peux…

Une jeune femme entra en criant avec colère :

— Wallace, ce vieux fou a…

Elle s'arrêta net et porta la main à sa poitrine en voyant Spade.

Spade et Binnett s'étaient levés en même temps. Binnett dit d'une voix douce :

— Joyce, je vous présente Mr Ames. Ma belle-sœur, Joyce Court.

Spade s'inclina.

— Je vous en prie, excusez cette entrée en coup de vent, dit Joyce Court avec un petit rire embarrassé.

C'était une femme de vingt-quatre ou vingt-cinq ans, grande, brune, avec des yeux bleus, des épaules larges, un corps à la fois robuste et mince. Ses traits gagnaient en caractère ce qui leur manquait en régularité. Elle portait un pyjama de satin bleu aux jambes larges.

Binnett lui sourit avec bonne humeur et dit :

— Qu'est-ce que c'est que toute cette excitation ?

La colère assombrit de nouveau son regard et elle ouvrit la bouche pour parler. Puis, elle regarda Spade et dit :

— Mais nous ne voudrions pas ennuyer Mr Ames avec nos stupides affaires de famille. Si…

Elle hésitait.

Spade s'inclina de nouveau.

— Bien entendu, dit-il.

— Pas plus d'une minute, promit Binnett.

Et il sortit avec elle.

Spade alla vers la porte par où ils étaient sortis et, s'arrêtant dans l'embrasure, écouta. Le bruit de leurs pas décrut. On n'entendait rien d'autre. Spade se tenait debout, le regard songeur, quand il entendit le cri. C'était un cri de femme, aigu et terrifié. Spade passait la porte quand il entendit la détonation.

À cinq mètres de la porte, Spade trouva un escalier et grimpa quatre à quatre. Il tourna à gauche. À mi-chemin, dans le hall, une femme gisait, étendue sur le dos.

Wallace Binnett était agenouillé à côté d'elle, pressant désespérément sa main, et disant, d'une voix suppliante :

— Ma chérie, Molly, ma chérie.

Joyce Court était debout derrière lui, se tordant les mains. La femme étendue sur le plancher ressemblait à Joyce Court mais en plus âgé, et son visage avait une dureté que n'avait pas celui de la jeune femme.

— Elle est morte, on l'a tuée, disait Wallace Binnett avec incrédulité, tournant son visage livide vers Spade.

Quand Binnett remua la tête, Spade put voir le trou rond dans la robe brune de la femme, et la tache qui s'étendait rapidement au-dessous.

Spade toucha le bras de Joyce Court :

— Police… poste de secours… téléphonez, dit-il.

Elle monta les marches en courant. Spade se retourna vers Wallace Binnett et dit :

— Qui a fait ?…

Une voix gémit faiblement derrière Spade. Il se retourna vivement. Par une porte ouverte, il vit un homme âgé, en pyjama blanc, qui remuait faiblement, étendu au travers d'un lit défait. Sa tête, une épaule et un bras, pendaient hors du lit. Son autre main serrait sa gorge. Il gémit de nouveau et ses paupières tressaillirent, mais sans s'ouvrir. Spade le prit par les épaules, le souleva et le cala sur les oreillers. L'homme âgé gémit de nouveau et retira sa main de sa gorge. Son cou portait une demi-douzaine de marques rouges. C'était un homme amaigri, avec un visage ravagé qui exagérait probablement son âge.

Il y avait un verre d'eau sur une table à côté du lit. Spade aspergea d'eau le visage du vieil homme et, quand les paupières battirent de nouveau, il se pencha et demanda à voix basse :

— Qui a fait cela ?

Les paupières clignotantes se soulevèrent suffisamment pour montrer une étroite bande d'yeux gris injectés de sang.

— Un homme… Heu…, dit le vieillard avec difficulté en portant de nouveau la main à sa gorge.

Spade fit une grimace impatiente, ses lèvres touchèrent presque l'oreille du vieillard.

— Où est-il parti ? dit-il d'une voix pressante.

Une main émaciée remua faiblement pour indiquer la direction de l'arrière de la maison et retomba sur le lit.

Le maître d'hôtel et deux servantes épouvantées avaient rejoint Wallace Binnett à côté de la femme, dans le hall.

— Qui a fait cela ? leur demanda Spade.

Ils le fixèrent avec stupeur.

— Que quelqu'un veille sur le vieux, grommela-t-il, et il enfila le hall.

Au bout du hall se trouvait un escalier de service. Il descendit deux étages et s'engouffra à travers un office, dans la cuisine. Il ne vit personne. La porte de la cuisine était simplement fermée au loquet. Il traversa une petite resserre et se dirigea vers une porte qui était fermée au loquet. Il ouvrit la porte. Il n'y avait personne dans l'étroit passage au-delà. Il soupira, referma la porte et rentra dans la maison.

~

Un instant plus tard, Spade était confortablement enfoncé dans un profond fauteuil de cuir, dans une pièce qui occupait tout le devant du second étage de la maison de Wallace Binnett. Des rayons de livres tapissaient la pièce et les lumières étaient allumées. La fenêtre laissait voir l'obscurité du dehors, à peine troublée par un lampadaire lointain. En face de Spade, l'inspecteur Polhaus, un gros homme au teint fleuri, mal rasé, avec des vêtements fripés, s'étalait dans un autre fauteuil de cuir. L'inspecteur principal Dundy, plus petit, solidement bâti, le visage carré, était debout au milieu de la pièce, les jambes écartées, la tête légèrement penchée en avant.

Spade disait :

— Et le docteur m'a laissé parler au vieux deux minutes seulement. Nous pouvons essayer encore quand il sera reposé un peu, mais il ne semble pas qu'il en sache beaucoup. Il faisait une sieste. Il s'est réveillé avec des mains sur la gorge et quelqu'un qui le traînait sur le lit. Le plus qu'il ait pu faire a été de jeter un coup d'œil au type qui l'assommait. Un gros type, dit-il, avec un chapeau enfoncé sur les yeux mais mal rasé. Ça ressemble à Tom, dit Spade avec un signe de tête vers Polhaus.

L'inspecteur eut un petit rire, mais Dundy dit brièvement :

— Continuez.

Spade sourit et continua :

— Il est déjà bien dans les pommes quand il entend Mrs Binnett pousser un cri au seuil de la porte. Les mains lâchent sa gorge, il entend le coup de feu, et juste avant de s'évanouir il voit le gros type fonçant comme un éclair vers l'arrière de la maison, et Mrs Binnett s'écroulant sur le plancher. Il dit qu'il n'avait jamais vu le type auparavant.

— C'était un revolver de quel calibre ? demanda Dundy.

— Neuf millimètres. Bon. Personne dans la maison ne peut être d'un grand secours. Wallace était avec sa belle-sœur Joyce dans sa chambre, c'est ce qu'ils disent ; et ils n'ont vu que le cadavre, bien qu'ils croient avoir entendu quelque chose qui ressemble à un bruit de pas dans l'escalier de service.

« Jarboe, le maître d'hôtel, était ici quand il a entendu le coup de feu. C'est ce qu'il dit. Irène Kelly, la femme de chambre, était en bas, au rez-de-chaussée. C'est ce qu'elle dit. La cuisinière, Margaret Finn, était dans sa chambre au troisième étage, derrière, et n'a même pas entendu. C'est ce qu'elle dit. Elle est sourde comme un pot. Ça, c'est ce que tous les autres disent. La porte de derrière et celle du jardin n'étaient pas fermées à clef, mais sont censées l'être. C'est encore ce que tout le monde dit. Et personne ne dit s'être trouvé aux alentours de la cuisine ou de la resserre à ce moment.

Spade étendit les mains dans un vaste geste de conclusion :

— Et voilà tous les éléments.

Dundy secoua la tête.

— Pas exactement, dit-il. Comment se fait-il que vous étiez là ?

Le visage de Spade s'éclaira.

— Peut-être est-ce mon client qui l'a tué, dit-il. C'est le cousin de Wallace : Ira Binnett. Vous le connaissez ?

Dundy secoua la tête. Ses yeux bleus étaient durs et soupçonneux.

— C'est un avocat de San Francisco, dit Spade, un homme respectable et tout le reste... Il y a deux jours, il est venu me voir avec une histoire sur son oncle Timothy, un misérable vieux grigou, pourri d'argent et complètement esquinté par une vie dure. C'était la bête noire de la famille. Personne n'avait entendu parler de lui depuis des années. Mais, il y a six ou sept mois, il a réapparu dans une bien mauvaise forme à tous points de vue, excepté financièrement — il semble avoir rapporté pas mal d'argent d'Australie — et désireux de finir ses jours avec ses seuls parents encore vivants : ses neveux Wallace et Ira.

« Ça leur convenait parfaitement. Les seuls parents vivants signifiait seuls héritiers dans leur langage. Mais peu à peu, les neveux ont commencé à se dire qu'il serait mieux d'être un héritier plutôt que deux. Deux fois mieux, en fait. Et ils ont commencé à faire des grâces pour toucher la corde sensible du vieux. Du moins c'est ce qu'Ira m'a dit au sujet de Wallace et je ne serais pas surpris que Wallace me dise la même chose d'Ira, bien que Wallace semble être le plus acharné des deux.

« De toute façon, ils échouèrent, et oncle Tim, qui avait séjourné chez Ira, vint ici. Ça se passait il y a deux mois. Ira n'avait pas revu oncle Tim depuis, et n'avait pas pu se mettre en relations avec lui : ni par téléphone ni par lettre. C'est pour cela qu'il voulait un détective privé. Il ne pensait pas qu'oncle Tim courût quelque danger ici, certes non, et il s'est donné beaucoup de mal pour bien préciser ce point, mais il pensait que peut-être une pression excessive était exercée sur le vieux, ou qu'on l'embobinait d'une façon ou d'une autre, ou qu'on lui racontait des mensonges au sujet de son dévoué neveu Ira. Bref, il voulait savoir de quoi il retournait. J'ai attendu jusqu'à aujourd'hui qu'un bateau venant d'Australie fasse escale et je me suis présenté comme un certain Mr Ames qui apportait à oncle Tim d'importantes informations concernant ses biens là-bas. Tout ce que je désirais était quinze minutes en tête à tête avec lui.

Spade fronça le sourcil songeusement :

— Eh bien, je ne les ai même pas eues. Wallace m'a dit que le vieux refusait de me voir. Je ne sais pas…

La méfiance assombrissait les yeux bleus et froids de Dundy.

— Et où se trouve Ira Binnett maintenant ? demanda-t-il.

Les yeux jaune-vert de Spade étaient aussi innocents que sa voix :

— Je voudrais bien le savoir. J'ai téléphoné chez lui, laissant un message pour qu'il vienne immédiatement, mais je crains…

Deux coups violents résonnèrent à la porte. Les trois hommes se retournèrent.

— Entrez, cria Dundy.

Un policier blond, à la peau hâlée, ouvrit la porte. Il tenait dans sa main gauche le poignet droit d'un homme de trente-cinq à quarante-cinq ans, assez replet, vêtu d'un complet gris de bonne coupe. Le policier le poussa dans la pièce.

— Je l'ai trouvé fouinant à la porte de service, dit-il.

Spade leva les yeux et dit :

— Ah ! très bien. (Son ton exprima la satisfaction.) Mr Ira Binnett, Inspecteur Dundy, Inspecteur Polhaus.

Ira Binnett dit rapidement :

— Mr Spade, voulez-vous dire à cet homme que…

— C'est bien, dit Dundy au policier, bon travail. Vous pouvez le laisser.

Le policier leva vaguement sa main vers sa casquette et s'en alla. Dundy fixa Binnett et demanda :

— Eh bien ?

Binnett regarda Dundy, puis Spade et risqua :

— Est-ce qu'il se passe quelque chose ?

Spade dit :

— Expliquez-lui pourquoi vous étiez à la porte de service au lieu d'être à la porte d'entrée.

Ira Binnett rougit brusquement. Il se racla la gorge avec embarras et répondit :

— Je… euh… Je vais vous expliquer. Ce n'est pas ma faute, naturellement, mais quand Jarboe, c'est le maître d'hôtel, m'a téléphoné qu'oncle Tim voulait me voir, il m'a dit qu'il laisserait la porte de derrière ouverte pour que Wallace ne sache rien.

— Pourquoi désirait-il vous voir ? demanda Dundy.

— Je ne sais pas. Il ne l'a pas fait savoir. Il a seulement fait dire que c'était très important.

— N'avez-vous pas reçu mon message ? demanda Spade.

Ira Binnett ouvrit les yeux tout grands.

— Non. De quoi s'agissait-il ? Est-ce qu'il est arrivé quelque chose ? Qu'est-ce que…

Spade se dirigeait vers la porte.

— Continuez, dit-il à Dundy, je reviens.

Il referma soigneusement la porte derrière lui et monta au troisième. Le maître d'hôtel Jarboe était à genoux devant la porte de Timothy, un œil fixé sur le trou de la serrure. À côté de lui était posé un plateau portant un œuf dans un coquetier, un pot de café, de la vaisselle, des couverts et une serviette.

— Votre toast va refroidir, dit Spade.

Jarboe sauta sur ses pieds, renversant presque le pot de café dans sa précipitation, le visage écarlate de confusion. Il balbutia :

— Je… e… Je vous demande pardon, monsieur. Je voulais être bien sûr que M. Timothy était réveillé avant de lui porter ceci.

Il prit le plateau :

— Je ne voulais pas troubler son repos si…

— Bien sûr, bien sûr, dit Spade.

Il se pencha pour mettre son œil contre le trou de la serrure. Quand il se redressa, il dit d'une voix étonnée :

— Mais vous ne pouvez pas voir le lit ! Seulement une chaise et le bout de la fenêtre.

— Oui, monsieur, c'est bien ce que j'ai constaté, répliqua rapidement le maître d'hôtel.

Spade rit.

Le maître d'hôtel toussa, sembla sur le point de dire quelque chose, puis se ravisa. Il hésita, et frappa doucement à la porte.

— Entrez, fit une voix lasse.

— Où est Miss Court ? demanda rapidement Spade, à voix basse.

— Dans sa chambre, je pense, monsieur. La seconde porte sur la gauche, dit le maître d'hôtel.

— Eh bien, entrez donc ! dit la voix à l'intérieur de la pièce.

Le maître d'hôtel ouvrit la porte et entra. Dans l'entrebâillement, Spade put apercevoir Timothy Binnett, calé sur ses oreillers.

Spade se dirigea vers la deuxième porte sur la gauche et frappa. Joyce Court ouvrit presque immédiatement. Elle se tenait debout dans l'embrasure, sans sourire ni parler.

— Miss Court, dit-il, quand vous êtes entrée dans la pièce où j'étais avec votre beau-frère, vous avez dit : « Wally, ce vieux fou a… » Vous vouliez parler de Timothy ?

Elle fixa Spade un instant, puis dit :

— Oui.

— Est-ce que cela vous ennuierait de me dire la fin de la phrase ?

Elle dit lentement :

— Je ne sais pas qui vous êtes, ni pourquoi vous me questionnez, mais ça m'est égal de vous le dire. La suite était : « envoyé chercher Ira. » Jarboe venait juste de me le dire.

— Merci.

Elle lui referma la porte au nez. Il retourna à la porte de Timothy Binnett et frappa.

— Qui est-ce maintenant ? demanda la voix du vieux.

Spade ouvrit la porte. Le vieux était assis sur son lit.

— Jarboe regardait par le trou de votre serrure il y a un instant, dit Spade.

Il retourna à la bibliothèque.

Ira Binnett, assis dans le fauteuil qu'avait laissé Spade, disait à Dundy et Polhaus :

— ... et Wallace a été pris dans le désastre, comme la plupart d'entre nous. Mais il semble qu'il ait truqué les comptes pour essayer de se sauver. On l'a expulsé du Stock Exchange.

Dundy désigna de la main l'ameublement de la pièce.

— Joliment bien installé, pour un homme qui a fait faillite !

— Sa femme a de l'argent, dit Ira Binnett, et il a toujours eu un train de vie supérieur à ses moyens.

Dundy jeta un coup d'œil en dessous à Binnett.

— Vous croyez vraiment qu'il ne s'entendait pas avec sa femme ?

— Je ne le crois pas, dit calmement Binnett, je le sais.

Dundy hocha la tête.

— Et, vous savez qu'il a un faible pour sa belle-sœur, cette Joyce Court ?

— Je ne le sais pas, mais ce que j'ai entendu dire de tous côtés me le fait croire.

Dundy grogna, et demanda abruptement :

— Dans quel sens est le testament du vieux ?

— Je ne sais pas. Je ne sais même pas s'il en a fait un.

Il s'adressa à Spade d'une voix pressante :

— J'ai dit tout ce que je savais, tout, jusqu'au moindre détail.

— Ça ne suffit pas, dit Dundy.

Il fit un geste du pouce vers la porte :

— Montre-lui où il peut attendre, Tom, et amène-nous le veuf.

— Bien, dit le gros Polhaus.

Il sortit avec Ira et revint avec Wallace Binnett dont le visage était pâle et dur.

— Votre oncle a-t-il fait un testament ? demanda Dundy.

— Je ne sais pas.

Spade dit à son tour :

— Et votre femme ?

La bouche de Binnett se pinça dans un sourire sans gaieté :

— Je vais vous dire des choses que j'aurais préféré taire, dit-il délibérément. Ma femme, en fait, n'avait pas d'argent. Quand j'ai eu des ennuis financiers, il y a quelque temps, j'ai transféré quelques-uns de mes biens à son compte, pour sauver au moins cela. Par la suite, elle les a convertis en argent sans me le dire. Elle payait nos factures et les dépenses de la maison sur cet argent, mais elle a refusé de me le rendre et m'a bien promis qu'en aucun cas je ne reverrais un sou, qu'elle vive ou meure, que nous restions ensemble ou divorcions. Je l'ai crue et la crois encore.

— Vous vouliez divorcer ? demanda Dundy.

— Oui.

— Pourquoi ?

— Ce n'était pas un mariage heureux.

— Joyce Court ?

Binnett rougit.

— J'admire énormément Joyce Court, mais j'aurais voulu divorcer de toute façon.

— Et vous êtes sûr, dit Spade, absolument sûr de ne connaître personne qui corresponde à la description faite par votre oncle de l'homme qui l'a attaqué ?

— Absolument sûr.

Le tintement de la sonnette de la porte d'entrée parvint faiblement dans la pièce.

Dundy fit amèrement :

— Je vous remercie.

Binnett se leva et sortit.

— Ce type est rudement bizarre, dit Polhaus.

En bas retentit la détonation d'un revolver de gros calibre. Les lumières s'éteignirent.

Les trois détectives se bousculèrent dans le noir pour passer dans le vestibule. Spade atteignit le premier l'escalier. Un bruit de pas claquait en bas, mais il ne put rien voir avant d'avoir atteint le tournant de l'escalier. Alors, la clarté venant de la porte d'entrée ouverte permettait de distinguer la silhouette sombre d'un homme debout.

Une lampe électrique cliqueta dans la main de Dundy. Il était sur les talons de Spade, et projeta un rayon blanc, aveuglant, sur le visage de l'homme. C'était Ira Binnett. Il clignait des yeux sous la lumière et désigna du doigt quelque chose sur le plancher, devant lui.

Dundy braqua la lumière sur le plancher. Jarboe gisait là, le visage contre le sol. Un trou saignait à la base de son crâne. Spade grommela à voix basse.

Tom Polhaus descendit l'escalier en trombe, suivi de Wallace Binnett. La voix terrifiée de Joyce Court retentit en haut :

— Que se passe-t-il, Wally ? Que se passe-t-il ?

— Où est le compteur ? hurla Dundy.

— Derrière la porte de la cave, sous l'escalier, dit Wallace Binnett. Qu'y a-t-il ?

Polhaus se précipita vers la porte de la cave, bousculant Binnett.

Spade émit un son inarticulé et, bousculant Wallace Binnett, enfila les escaliers quatre à quatre. Il heurta Joyce Court et continua, sans prêter attention à son cri de frayeur. Il était à mi-chemin de l'étage supérieur quand le revolver retentit de nouveau. Il se précipita vers la porte de Timothy Binnett. La porte était ouverte. Il s'y engouffra. Quelque chose de dur et anguleux le frappa sur la tempe et le projeta à travers la pièce. Il tomba sur un genou. Quelque chose tomba sur le plancher avec un bruit sec, juste à l'entrée de la porte. Les lumières revinrent.

Sur le plancher, au milieu de la pièce, Timothy Binnett gisait, étendu sur le dos. Une blessure saignait à son bras gauche. Sa veste de pyjama était déchirée, ses yeux fermés.

Spade se redressa et porta une main à sa tempe. Il jeta un regard sombre au vieux, au plancher, à la pièce, au gros revolver noir qui gisait sur le plancher du couloir.

— Debout, vieille crapule, dit-il. Levez-vous et asseyez-vous, que je voie si je peux arrêter ce sang avant l'arrivée du docteur.

L'homme ne bougea pas.

Des pas résonnèrent dans le couloir et Dundy entra, suivi des deux jeunes Binnett. Le visage de Dundy était sombre et furieux.

— La porte de la cuisine est grande ouverte, dit-il d'une voix étranglée. Ils entrent et sortent comme…

— Laissez tomber, dit Spade. C'est oncle Tim, notre pigeon.

Il ne prêta aucune attention au cri étouffé de Wallace Binnett ni aux regards incrédules de Dundy et d'Ira Binnett.

— Allons, debout, dit-il au vieux, et dites-nous ce qu'a vu le maître d'hôtel quand il regardait par la serrure.

Le vieux ne broncha pas.

— Il a tué le maître d'hôtel parce que je lui ai dit qu'il l'épiait par le trou de la serrure, dit Spade à Dundy. J'ai regardé aussi, mais sans rien voir, si ce n'est cette chaise et la fenêtre. Il est vrai que nous avions fait assez de bruit dans l'intervalle pour qu'il retourne précipitamment se coucher. Écartons la chaise, et voyons la fenêtre.

Il alla à la fenêtre et l'examina avec soin. Il hocha la tête, tendit la main derrière lui et dit :

— Passez-moi la lampe.

Dundy mit la lampe électrique dans sa main.

Spade ouvrit la fenêtre et se pencha, braquant la lumière sur l'extérieur de la maison. Peu après, il murmura à voix basse, passa l'autre main dehors et tira sur une brique. La brique céda rapidement. Il la posa sur le rebord et glissa sa main dans le trou. Du creux, un par un, il retira un étui à revolver noir, vide, une boîte de cartouches à moitié vide, et une enveloppe non cachetée. Il revint vers les autres avec son butin dans les mains. Joyce Court entra avec une cuvette pleine d'eau, un rouleau de gaze, et s'agenouilla à côté de Timothy Binnett. Spade posa l'étui et les cartouches sur la table et ouvrit l'enveloppe. À l'intérieur se trouvaient deux feuilles de papier recouvertes des deux côtés d'une écriture irrégulière au crayon.

Spade parcourut un paragraphe, se mit à rire et, reprenant au début, lut tout haut :

> *« Moi, Timothy Kieron Binnett, étant parfaitement sain d'esprit et de corps, je déclare que ceci est ma dernière volonté et mon testament. À mes neveux, Ira Binnett et Wallace Binnett, en remerciement de l'affectueuse gentillesse avec laquelle ils m'ont reçu et ont veillé sur mes vieux jours, je donne, lègue, et partage de façon égale, tous mes biens de toute nature, à savoir : ma carcasse et les vêtements que je porte.*
>
> *« Je leur laisse, en plus, les frais de mes funérailles et les souvenirs suivants :*

« 1° Le souvenir de la naïveté avec laquelle ils ont cru que j'avais passé en Australie les quinze ans passés au bagne de Sing-Sing.

« 2° Le souvenir de leur optimisme en croyant que ces quinze ans m'avaient apporté la fortune, et que si je vivais à leurs dépens c'est parce que j'étais un vieux grigou dont ils hériteraient, et non parce que je n'avais pas un sou en dehors de ce que je leur soutirais.

« 3° Le souvenir de leur stupidité en espérant que je leur aurais laissé de l'argent si jamais j'en avais eu.

« Enfin, je leur lègue le regret que leur manque total du plus élémentaire sens de l'humour les empêche d'apprécier combien tout cela a été drôle.

« Signé et cacheté ce... »

Spade releva la tête.

— Il n'y a pas de date, dit-il, mais c'est signé Timothy Binnett.

Ira Binnett était pourpre de rage. Le visage de Wallace était d'une pâleur mortelle et il tremblait de tous ses membres. Joyce Court s'était arrêtée de panser le bras de Timothy Binnett. Le vieux s'assit et ouvrit les yeux. Il regarda ses neveux et éclata de rire. Il n'y avait aucune trace de folie dans son rire, c'était un rire sain et joyeux, qui s'éteignit lentement.

— Ça va, dit Spade. Maintenant que vous avez bien ri, parlons un peu des meurtres.

— Pour le premier, je ne sais rien de plus que ce que je vous ai dit, dit le vieux. Et celui-là n'est pas un meurtre, puisque je suis seulement blessé.

Wallace Binnett, tremblant encore, dit entre ses dents avec difficulté.

— Vous mentez. Vous avez tué Molly. Joyce et moi sommes sortis de la chambre quand nous avons entendu Molly crier. Nous avons entendu le coup et nous l'avons vue tomber au seuil de votre porte, et personne n'est sorti après.

— Bon, dit calmement le vieux. Je vais vous expliquer : c'est un accident. On m'avait dit qu'un type venant d'Australie voulait me voir au sujet de mes biens là-bas. N'y étant jamais allé (il sourit), je me doutais qu'il y avait quelque chose de louche là-dessous, d'une manière ou d'une autre. Je ne savais pas si l'un de mes chers neveux avait des soupçons, et me montait une histoire ou quoi. Mais je savais que si Wally n'était pas dans le coup, il essaierait de tirer les vers du nez au type, et que je pourrais perdre ainsi une de mes pensions gratuites.

Il ricana :

— Alors, j'ai pensé que je pourrais prendre contact avec Ira, pour pouvoir retourner chez lui si les choses tournaient mal, et qu'il fallait essayer de se débarrasser de cet Australien. Wally a toujours pensé que j'étais à moitié toqué.

Il jeta un coup d'œil en biais à son neveu.

— Il a toujours eu peur qu'on ne me colle dans une maison de fous avant que j'aie eu le temps de faire un testament, ou qu'on le considère comme nul. Vous comprenez, il s'est fait une assez mauvaise réputation avec cette histoire du Stock Exchange et tout le reste, et il sait qu'aucun tribunal ne lui aurait confié le soin de gérer mes affaires si je devenais fou ; du moins, pas tant que j'aurais un autre neveu qui est un avocat respectable.

Il tourna son regard en biais vers Ira.

— Aussi, je savais que, plutôt que de me voir faire une histoire qui pourrait m'emmener à la maison de fous, il préférerait mettre le visiteur à la porte. Alors j'ai monté une petite comédie pour Molly qui s'est trouvée être la première à se montrer. Mais elle a pris ça au sérieux.

« J'avais un revolver et j'ai fait tout un tintamarre, disant que j'étais espionné par mes ennemis en Australie, et que j'allais descendre tuer ce type. Mais elle s'est trop énervée et a essayé de me prendre le revolver. Avant que j'aie pu m'en rendre compte, le coup était parti, il a fallu que je fasse ces marques sur mon cou et que j'imagine toute cette histoire du gros homme brun.

Il jeta un coup d'œil méprisant à Wallace :

— Je ne savais pas qu'il me couvrait. Je n'ai pas une haute opinion de lui, mais je ne l'aurais jamais cru assez bas pour couvrir le meurtre de sa femme, même s'il ne l'aimait pas, pour l'appât de l'argent.

— Passons, dit Spade. Et maintenant, le maître d'hôtel ?

— Je ne sais rien du maître d'hôtel, répondit le vieux d'un air calme.

— Il fallait que vous le tuiez vite, dit Spade, avant qu'il ait le temps de faire ou dire quelque chose. Aussi, vous vous faufilez dans l'escalier de service, vous ouvrez la porte pour tromper les gens, allez à la porte d'entrée, tirez la sonnette, refermez la porte, et vous dissimulez dans l'ombre de la porte de la cave, sous le grand escalier. Quand Jarboe ouvre, vous le tuez, le trou était derrière la tête, vous éteignez le compteur, à l'entrée de la porte de la cave, remontez l'escalier de service quatre à quatre dans le noir, et vous blessez soigneusement au bras. Je suis monté trop tôt pour vous, alors vous m'avez frappé avec le revolver, l'avez jeté par la porte, et vous êtes effondré sur le plancher pendant que j'étais à moitié dans les pommes.

Le vieux renifla de nouveau.

— Vous êtes juste…

— Assez, dit calmement Spade. Inutile de discuter. Le premier meurtre était un accident, d'accord. Mais le second ne pouvait pas en être un. Il serait facile de montrer que les deux premières balles et celle qui est dans votre bras proviennent du même revolver. D'ailleurs, pourquoi chercher lequel des deux crimes était prémédité ? Cela ne fait aucune différence. On ne peut vous pendre qu'une fois.

Il sourit :

— Et une fois suffira.

Titre original : *They Can only Hang you once* (*Collier's*, 19 novembre 1932).

Le juge rit le dernier

— L'ennui, dans ce pays — le vieux Covey explosa sans qu'on s'y attende, soulignant ses mots de coups répétés d'un index tordu sur le journal qu'il lisait —, c'est que les tribunaux ont la mainmise sur tout. La loi ? Il n'y a pas de loi. Il y a des tribunaux et des juges, et cette histoire que vous nommez loi est une arme qu'ils emploient pour arrêter toute initiative humaine, pour décourager l'originalité et le progrès.

L'article du journal du matin qui provoquait l'apostrophe du vieux, je le vis avec difficulté, concernait des grèves dans l'Ouest. Le vieux Covey, je le savais, ne pouvait avoir aucun intérêt personnel dans l'une ou l'autre des parties en présence. Il avait aussi peu à voir avec le capital qu'avec le travail, et c'était fort peu. Depuis bientôt huit ans qu'un prêcheur dans la rue avait détourné « Covey le trapu » de la voie du crime et qu'il était redevenu tout simplement « John Covey » et, plus tard, le « Vieux Covey », il avait vécu grâce à la générosité d'un gendre.

Son intérêt, dans cette histoire, était donc purement gratuit.

Mais son attitude était sans nul doute influencée par une expérience approfondie des cours criminelles, et je soupçonnais que quelque souvenir particulièrement cuisant avait provoqué cette explosion.

Aussi je roulai une autre cigarette et le poussai doucement dans la voie de la discussion. L'expérience m'avait appris que c'était le chemin le plus direct pour éveiller son vieil esprit querelleur.

— Être un sentencier, dis-je, me servant de sa propre expression pour désigner un juge, afin de mieux remuer tous les vieux souvenirs de sa jeunesse vagabonde, est un rude métier. Les lois sont compliquées et déroutantes, et il n'est pas facile de les appliquer aux cas particuliers. Je trouve que la plupart des sentenciers s'en tirent très bien.

— Tu crois ça ?

Le vieux bandit renifla d'un air méprisant :

— Eh bien ! laisse-moi te dire, fiston, tu n'y connais rien. Je pourrais te raconter des histoires sur les sentenciers et leur façon de faire qui te feraient sortir les yeux de la tête.

Je résumai dans un sourire fin tout le scepticisme possible, étant maintenant sûr que je le possédais.

— Vous regardez les choses de votre point de vue, répliquai-je, et dans ce temps-là vous étiez de l'autre côté de la barrière. Je ne dis pas que les juges ne font pas quelques erreurs par-ci par-là. Ça leur arrive. Ce ne sont que des êtres humains. Mais je n'ai jamais eu connaissance d'un cas où le juge ait positivement tourné la loi pour…

Il mordit à l'appât. Il jura, renifla, pesta et me regarda de travers. Je souris d'un air dubitatif… Bref, l'histoire sortit.

— Moi et Rork, « le Cogneur », on était sur la route ensemble, il y a dix ans, avec chacun un revolver et un grand mouchoir pour cacher nos gueules derrière au besoin. On faisait les boîtes de nuit un peu moches, et ça marchait à merveille. Il y avait des nuits où on arrivait à en faire deux. On s'amenait là-dedans l'un après l'autre, à trois ou quatre heures du matin, sans faire voir qu'on se connaissait, et on s'empiffrait du café et des brioches jusqu'à ce qu'on soit seuls avec le mec derrière le comptoir. Alors, on lui braquait nos égalisateurs sous le nez, on raflait le tiroir-caisse et on se défilait. C'était jamais de gros coups, tu me comprends, mais un petit boulot peinard et régulier.

« On travaille comme ça pendant quelques mois puis l'idée me vient d'un nouveau boulot : une vraie perle. Le Cogneur, c'est un pote qui manque plutôt d'imagination, ne voit pas très bien tout d'abord de quoi il retourne. Mais je continue à l'asticoter jusqu'à ce qu'il mette les pouces et accepte de tenter la chance.

« Tu n'as jamais vu Rork le Cogneur, n'est-ce pas ? Je le pensais bien. Eh bien, c'est un brave type, ce que Pif le Pointu avait l'habitude d'appeler « un bon bougre », mais il n'a pas l'air d'une fleur. J'ai vu, au cours d'une de ces dernières histoires de crimes, la caricature d'un cambrioleur dans un journal, et c'est la seule fois que j'ai vu une binette comme celle du Cogneur. Un bon type, mais il fallait faire attention à ce qu'on faisait, parce que les flics avaient l'habitude de nous coincer juste à cause de sa tête. Moi, personne ne m'a jamais pris pour un agneau, mais à côté du Cogneur j'avais l'air tout en sucre.

« Donc, nos gueules avaient été jusque-là un handicap pour nous, mais maintenant, d'après mon nouveau plan, elles allaient nous rapporter de l'argent.

« On était dans le Middle West à l'époque. On s'amène dans le premier patelin de notre liste, on jette un coup d'œil dans la grand-rue et on se met au boulot. Nos revolvers sont enterrés sous un tas de pierres quelque part dans la campagne. On entreprend un droguiste. Il y a deux gentils petits gars à l'intérieur. Je me plante devant l'un d'eux avec une main dans la poche et le Cogneur fait la même chose avec l'autre.

« — Amenez le fric, on leur dit.

« Sans dire ouf, l'un d'eux tourne la clef du tiroir-caisse, rafle jusqu'au moindre centime et passe le tout au Cogneur.

« — Étalez-vous derrière le comptoir et ne vous pressez pas trop d'en sortir, ajoutons-nous ensuite.

« Ils font ce qu'on leur dit et moi et le Cogneur on sort et on continue notre business.

« Le jour d'après, on vire deux autres magasins et on passe au patelin suivant. À chaque ville qu'on entreprend, on fait deux coups d'essai et tout va bien. Avec un atout dans la manche, on peut miser plus gros ! On peut faire deux, même trois coups par jour sans même attendre que le chambard du premier soit calmé.

« Ah ! on pouvait faire du boulot dans ce temps-là !

« Puis, un après-midi, dans un nouveau patelin, on retourne un garage, un magasin, et un prêteur sur gages, et toc ! On est refaits.

« Les flics qui nous coinçaient étaient équipés comme pour la chasse à l'ours, mais, après avoir couru jusqu'à ce qu'on voie que ce n'était pas la peine, on les suit, doux comme des agneaux.

« Quand ils nous fouillent, ils trouvent l'argent du travail de la journée. C'est tout. Le reste était caché dans un coin sûr où on pourrait le prendre quand on voudrait, et nos revolvers étaient toujours sous leur tas de pierres, à cinq cents kilomètres de là. On n'en avait plus besoin.

« Les types que nous avions nettoyés cet après-midi-là arrivent pour nous voir et tous nous reconnaissent très bien. Comme dit l'un d'eux, nous avons des têtes qu'on n'oublie pas. Mais on se tient peinards, sans rien dire. On savait où on allait et on était satisfaits.

« Après deux jours, on nous laisse avoir un avocat. On récolte un petit gars dont le diplôme était encore trop neuf pour être poussiéreux, mais qui n'avait pas l'air de vouloir nous éreinter, et pour nous il n'avait pas besoin de savoir beaucoup de lois. Après ça, on attend que ça se passe et on prend la vie de prison du bon bout.

« Après quelques jours, on nous amène devant le tribunal. On laisse aller les choses sans se défendre jusqu'à ce que le bon moment arrive. Alors notre enfant de pie se lève et essaie notre petite combinaison sur eux.

« — Mes clients, il dit (c'était le Cogneur et moi), sont parfaitement disposés à plaider coupables sous l'inculpation de mendicité. Mais on ne peut en rien les inculper de vol. Ils avaient besoin de fonds, sont entrés dans trois établissements, et ont demandé de l'argent.

Ils n'avaient pas d'armes : l'accusation ne mentionne pas qu'aucune contrainte ait été exercée. Quels que soient les motifs qui aient pu inciter les personnes, dans les magasins, à remettre le contenu de la caisse entre leurs mains afin de leur rendre service, dit la pie, cela n'a rien à voir dans l'affaire. Le cas est clair : mes clients ont demandé de l'argent et on leur en a donné. Mendicité ? d'accord, et alors mes clients sont passibles d'une peine de trente jours de prison pour vagabondage. Mais vol ? Non ! »

« Eh bien, fiston ! Il fallait voir ça ! Je crus que le sentencier allait casser quelque chose. C'est un gros tordu bien conservé avec une figure rouge et un pince-nez. Son visage devient cramoisi et ses carreaux lui dégringolent du nez trois fois en cinq minutes.

« Le procureur général exécute une petite danse de guerre de circonstance, avec les cris et tout. Mais on les possède.

Le vieux Covey s'arrêta, ayant l'air d'avoir terminé. J'attendis un instant, mais il ne continuait pas l'histoire, si toutefois il y avait une suite. Alors je le relançai.

— Je ne vois pas ce qui peut appuyer votre position, dis-je. La loi n'a pas été utilisée comme une arme dans ce cas…

— Attends, fiston, attends ! promit-il. Tu vas voir ça.

« Ils ramènent les témoins sur la sellette, mais ça n'ajoute rien. Aucun d'eux n'avait vu d'arme et aucun ne pouvait dire qu'on l'avait menacé. Ils disent bien des choses au sujet de notre air, mais ce n'est tout de même pas un crime d'être laid.

« Alors ils ferment la boutique pour la journée et me renvoient avec le Cogneur, en prison, et on s'en retourne, la plus joyeuse paire que vous ayez jamais vue. On les avait refaits comme des rats et cela nous plaisait. Trente jours, ou même soixante, dans la prison du pays, pour vagabondage, c'était rien pour nous. Ça nous était déjà arrivé avant et on s'en était pas trop mal tirés.

« On était heureux, mais ça venait de la naïveté de nos natures confiantes. On pensait qu'après tout un tribunal était peut-être un endroit où la justice était faite, où le droit était le droit, et où les choses marchaient en accord avec la loi. On avait eu pas mal d'histoires avec la loi, auparavant. Mais cette fois c'était différent. La loi était de notre côté et on pensait que ça collerait. Mais…

« Bref, après quelques jours, ils nous ramènent devant le tribunal. Au premier coup d'œil que je jette au sentencier et au procureur, je me sens comme un frisson dans le bas du dos. Ils avaient au coin de l'œil une petite lueur rigolarde, comme une paire de gosses qui ont mis des punaises sur une chaise et qui attendent que quelqu'un s'assoie dessus.

« Peut-être, je me dis, ils ont arrangé les choses de façon à nous filer deux ou trois ou même six mois de tôle pour vagabondage. Mais je n'en soupçonnais pas la moitié !

« Bon ! Tu connais tous ces racontars au sujet de la lenteur des tribunaux ? Eh bien, laisse-moi te dire que rien au monde n'a marché aussi vite que la cour ce matin-là. Avant même qu'on soit assis, ça marchait déjà à pleins gaz.

« Notre enfant de pie se trémousse et n'arrête pas de se lever et de s'asseoir, essayant de placer un mot. Pas mèche. Chaque fois qu'il ouvre la bouche, le juge lui tombe dessus et la lui boucle ; il le menace même de le flanquer dehors et de lui coller une amende s'il ne se tient pas tranquille.

« Le type du garage était le propriétaire, mais les deux autres, dans les magasins de prêt et de chaussures, étaient gérants.

« Alors, ils retirent le garagiste du jeu. Mais ils mettent les deux autres au banc des accusés et les accusent de vol. Ils plaident coupables. On les condamne à cinq ans chacun et on les gracie aussi sec, avant que vous ayez eu le temps de changer votre chique de joue.

« — Si, dit le juge, en réponse aux jacassements de notre pie, si vos clients demandaient seulement de l'argent et que ces hommes leur en ont donné, alors ces deux hommes sont coupables de vol, puisque l'argent appartenait à leurs employeurs. Dans ce cas, la cour n'a d'autre solution que de les juger coupables et de les condamner chacun à cinq ans de prison. Mais l'accusation tend à prouver que ces hommes ont été mus simplement par un désir irrésistible d'aider deux de leurs frères, qu'ils ont été poussés à dérober l'argent simplement par un geste irrépressible de charité, et la cour, dans ce cas, pense qu'elle a de bonnes raisons d'exercer ses privilèges légaux d'indulgence et de les gracier. »

« Moi et le Cogneur, on ne pige pas tout de suite ce qui nous attend. Mais notre avocat comprend et dès que je lui jette un coup d'œil, je me dis que ça ne tourne pas rond. Il a comme qui dirait le souffle coupé.

« La suite de ce sale boulot prend plus de temps mais marche à une allure de tonnerre. Ce vieux hibou de sentencier transforme notre inculpation en celle de : recel d'argent volé, une grave faute dans cet État. On nous inculpe de deux recels, et ils nous refilent à chacun dix ans de prison, la peine devant être purgée de bout en bout.

« Et penses-tu que ce vieux hibou trouve que la cour pourrait exercer son privilège légal d'indulgence et nous gracier ? Pas de risque… Le Cogneur et moi, on était refaits !

Titre original : *The Judge Laughed Last* (*Black Mask*, 15 février 1924, sous le titre *The New Racket*).

On demande Spade

Samuel Spade reposa le téléphone et regarda sa montre. Il n'était pas tout à fait quatre heures. Il appela :

— Ohé !

Effie Perine sortit de la pièce à côté. Elle mangeait un morceau de gâteau au chocolat.

— Dites à Sid Wise que je ne vais pas pouvoir aller à ce rendez-vous cet après-midi, dit-il.

Elle mit le reste du gâteau dans sa bouche et lécha le bout de son index et son pouce.

— Ça va faire la troisième fois cette semaine.

Quand il sourit, le V formé par son menton, sa bouche et ses sourcils s'allongea :

— Je sais, mais il faut que j'aille sauver une vie.

Il désigna le téléphone de la tête.

— Quelqu'un terrorise Max Bliss.

Elle rit :

— Probablement quelqu'un qui s'appelle Conscience.

Il s'arrêta de rouler une cigarette et la regarda.

— Vous savez quelque chose que je devrais savoir, à son sujet ?

— Rien que vous ne sachiez. Je pensais juste à l'année où il a laissé son frère partir à la prison de San Quentin.

Spade haussa les épaules :

— Ce n'est pas la pire chose qu'il ait faite.

Il alluma sa cigarette, se leva et attrapa son chapeau :

— Mais il est correct maintenant. Les clients de Spade sont des gens honnêtes, qui craignent Dieu. Si je ne suis pas de retour à l'heure de la fermeture, allez-vous-en tranquillement.

Il entra dans un grand immeuble de rapport dans Nob Hill, et pressa un bouton à l'entrée d'une porte marquée 10 K. Un gros homme noir, ventripotent, avec des vêtements noirs défraîchis, ouvrit immédiatement la porte. Il était presque chauve et portait un chapeau gris à la main. Le gros homme dit :

— Hello, Sam.

Il sourit, mais ses yeux ne perdirent rien de leur dureté :

— Que faites-vous ici ?

— Hello, Tom, dit Spade.

Son visage était durci, sa voix sans expression :

— Bliss est là ?

— S'il y est !

Tom abaissa les coins de sa bouche lippue :

— Vous n'avez pas à vous en faire pour ça.

Les sourcils de Spade se rejoignirent :

— Eh bien ?

Un homme apparut dans le vestibule, derrière Tom. Il était plus petit que Spade ou Tom, mais massif, avec un visage carré, taillé à coups de serpe, et une moustache coupée court, grisonnante. Ses vêtements étaient soignés. Il portait un chapeau melon noir perché sur le derrière de la tête.

— Hello, Dundy, fit Spade par-dessus l'épaule de Tom.

Dundy fit un rapide signe de tête et vint à la porte. Ses yeux bleus étaient durs et inquisiteurs.

— Qu'est-ce que c'est ? demanda-t-il à Tom.

— B-l-i-s-s, M-a-x, épela patiemment Spade. Je veux le voir. Il veut me voir. Compris ?

Tom rit, mais Dundy ne rit pas. Tom dit :

— Un de vous deux seulement aura ce qu'il veut.

Il jeta un clin d'œil de côté à Dundy et s'arrêta brusquement de rire. Il semblait gêné.

Spade fronça le sourcil.

— Eh bien ! demanda-t-il avec irritation, est-il mort, ou a-t-il tué quelqu'un ?

Dundy tourna brusquement son visage carré vers Spade et sembla projeter ses mots en avant avec sa lèvre inférieure :

— Qu'est-ce qui vous fait supposer cela ?

— Oh ! bien sûr, dit Spade, j'arrive pour voir Mr Bliss, je suis arrêté à la porte par deux hommes de la police criminelle, et je suis censé croire que j'interromps juste une partie de belote.

— Bon, ça va, Sam, grommela Tom sans regarder Spade ni Dundy. Il est mort.

— Tué ?

Tom secoua lentement la tête de haut en bas. Puis il regarda Spade.

— Qu'est-ce que vous savez là-dessus ?

Spade répliqua d'un ton volontairement neutre :

— Il m'a appelé cet après-midi, mettons à quatre heures moins cinq. J'ai regardé ma montre après qu'il eut raccroché et il était à peu près moins une, et il m'a dit que quelqu'un en voulait à sa peau. Il voulait que je vienne. Ça lui paraissait assez sérieux, et il semblait vraiment empêtré. Alors je suis venu.

— Il n'a pas dit qui, ni comment ? demanda Dundy.

Spade secoua la tête :

— Non. Simplement, quelqu'un avait promis de le tuer. Il le croyait, et me demandait si je pouvais venir tout de suite.

— N'a-t-il pas ?... commença rapidement Dundy.

— Il n'a rien dit d'autre, dit Spade. Et vous, vous n'avez rien à me dire ?

Dundy dit brièvement :

— Entrez, et jetez-lui un coup d'œil.

— Ça vaut le coup ! dit Tom.

Ils traversèrent le vestibule et entrèrent dans un salon vert et rose. Un homme, près de la porte, cessa de répandre une poudre blanche sur une petite table recouverte de glace et dit :

— Hello, Sam.

Spade inclina la tête ; et demanda :

— Comment ça va, Phels ?

Puis fit un signe de tête aux deux hommes qui parlaient, debout près de la fenêtre.

L'homme mort gisait, la bouche ouverte. Une partie de ses vêtements avaient été arrachés. Sa gorge était enflée et noire. Sur sa poitrine nue, au-dessus du cœur, était dessinée à l'encre noire une étoile à cinq branches et, dans le centre de l'étoile, un T.

Spade regarda l'homme et resta debout un moment, l'étudiant silencieusement. Puis questionna :

— On l'a trouvé comme ça ?

— À peu près, dit Tom. On l'a déplacé un peu.

Il montra du pouce la chemise, le gilet et la veste étendus sur une table :

— Ils étaient éparpillés sur le plancher.

Spade se frotta le menton. Ses yeux vert-jaune étaient rêveurs.

— Quand ? demanda-t-il.

Tom dit :

— Nous l'avons appris à quatre heures vingt. Sa fille nous a téléphoné.

Il hocha la tête dans la direction d'une porte fermée :

— Vous la verrez.

— Elle sait quelque chose ?

— Dieu sait, dit Tom avec lassitude. Jusqu'à présent, ça a été plutôt dur d'en sortir quelque chose.

Il se retourna vers Dundy :

— Voulez-vous essayer encore maintenant ?

Dundy secoua la tête et dit à l'un des deux hommes près de la fenêtre :

— Fouillez ses papiers, Mack. Il paraît qu'il a été menacé.

— Bien, dit Mack.

Il enfonça son chapeau sur ses yeux et se dirigea vers un secrétaire vert à l'autre bout de la pièce.

Un homme d'environ cinquante ans entra. Il était d'apparence robuste avec un visage grisâtre, profondément ridé, sous un chapeau noir à larges bords.

— Hello, Sam, dit-il.

Il se retourna vers Dundy :

— À deux heures et demie environ, il a reçu quelqu'un qui est resté une heure. Un gros homme blond en costume marron, environ quarante ou quarante-cinq ans, qui ne s'est pas fait annoncer. Je tiens cela du garçon d'ascenseur cubain, qui l'a monté et l'a redescendu.

— Est-il sûr qu'il n'est pas resté plus d'une heure ? demanda Dundy.

L'homme au visage gris secoua la tête :

— Il est sûr qu'il n'était pas plus de trois heures et demie quand il est redescendu. Il dit que les journaux du soir arrivent à cette heure-là, et que l'homme était reparti avant qu'on les apporte.

Il sortit son chapeau pour se gratter la tête, pointa un index épais vers l'étoile dessinée sur la poitrine du mort et demanda :

— Que diable croyez-vous que c'est ?

Personne ne répondit.

Dundy demanda :

— Est-ce que le garçon d'ascenseur peut identifier ce type ?

— Il dit qu'il pourrait le reconnaître s'il le voyait. Il ne l'avait jamais vu auparavant.

Il détourna les yeux du cadavre.

— L'employé est en train de relever la liste des coups de téléphone. Comment ça va, Sam ?

— Bien, dit Spade.

Il ajouta doucement :

— Son frère est gros et blond et peut avoir quarante ou quarante-cinq ans.

Les yeux bleus de Dundy étaient durs et brillants.

— Et alors ? demanda-t-il.

— Vous vous rappelez l'escroquerie de Graystone Loan. Ils étaient tous deux compromis, mais Max a tout mis sur le dos de Theodore qui a écopé de quatorze ans à San Quentin.

Dundy acquiesçait lentement de la tête :

— Je me le rappelle maintenant. Où est-il ?

Spade haussa les épaules et se mit à rouler une cigarette.

Dundy poussa Tom du coude :

— Trouve-le et amène-le.

Tom dit :

— Bien sûr, mais s'il est sorti d'ici à trois heures et demie et que le copain était encore en vie à quatre heures moins cinq…

— Débrouille-toi pour le trouver, répéta Dundy.

— Entendu, dit Tom.

Il se dirigea vers le téléphone.

— Faites une enquête au sujet des journaux, dit Dundy à l'homme au visage gris. Voyez à quelle heure exactement on les a apportés cet après-midi.

L'homme acquiesça et quitta la pièce.

L'inspecteur qui fouillait le secrétaire se retourna, tenant une enveloppe d'une main, une feuille de papier de l'autre. Dundy tendit la main :

— Il y a du neuf ?

— Hum… fit l'autre, et il lui donna la feuille de papier.

Spade regarda par-dessus l'épaule de Dundy. C'était une feuille de papier blanc ordinaire portant un message écrit au crayon, d'une écriture nette et commune :

« Quand ceci vous atteindra, je serai trop près de vous pour que vous échappiez. Cette fois nous réglerons nos comptes, pour de bon. »

La signature figurait une étoile à cinq branches avec un grand T au milieu.

Dundy tendit la main, et on lui passa l'enveloppe. Elle était tapée à la machine, et timbrée de France.

Max BLISS, Esq.
Amsterdam Apartments
SAN FRANCISCO, Calif. U.S.A.

— Postée à Paris, dit-il, le 2 de ce mois.

Il compta rapidement sur ses doigts :

— Cela a dû arriver aujourd'hui. Parfait.

Il replia la lettre avec précaution, la glissa dans l'enveloppe et mit l'enveloppe dans la poche de son manteau.

— Continuez à chercher, dit-il à l'homme qui avait trouvé le message.

L'homme acquiesça de la tête et retourna au secrétaire.

Dundy regarda Spade :

— Qu'en pensez-vous ?

La cigarette de Spade suivit le mouvement de ses lèvres, de bas en haut :

— Ça ne me plaît pas.

Tom reposa le téléphone :

— Il est sorti de prison le 15 du mois dernier. Je leur ai dit d'essayer de le trouver.

Spade alla au téléphone, forma un numéro et demanda Mr Darrell :

— Hello, Harry, ici Sam Spade… Très bien. Comment va-t-il ?… Oui… Écoute, Harry, que signifie une étoile à cinq branches avec un grand T au milieu ?… Quoi ? Comment l'écris-tu ?… Oui, je vois… Et tu l'as déjà trouvé sur un cadavre ?… Moi non plus… Oui, et merci. Je t'en parlerai quand je te verrai… Oui, passe-moi un coup de fil… Merci… Au revoir.

Dundy et Tom le regardaient attentivement quand il se retourna. Il dit :

— C'est un copain qui a parfois des tuyaux. Il dit que c'est un pentagone avec un Tau grec au milieu. Un signe que les magiciens employaient. Peut-être que les Rose-Croix l'emploient encore.

— Qu'est-ce qu'un Rose-Croix ? demanda Tom.

— Ça pourrait être aussi la première lettre de Theodore, dit Dundy.

Spade haussa les épaules et dit brutalement :

— Oui, mais s'il voulait signer son travail, il aurait aussi bien fait d'écrire son nom en entier.

Il poursuivit d'un air pensif :

— Il y a des Rose-Croix à San José et Point-Loma. Je ne donne pas beaucoup dans ces histoires, mais peut-être vaudrait-il mieux y jeter un coup d'œil.

Dundy acquiesça d'un signe de tête.

Spade regarda les vêtements du mort sur la table :

— Rien dans les poches ?

Il s'approcha et regarda la pile formée par une montre et une chaîne, des clefs, un porte-billets, un carnet d'adresses, de l'argent, un porte-mine en or, un mouchoir et un étui à lunettes à côté des vêtements. Il ne les toucha pas, mais souleva délicatement, un par un, la chemise, le gilet et la veste. Une cravate bleue était posée sur la table, à côté du tas. Il fronça les sourcils :

— Cette cravate n'a pas été portée, dit-il.

Dundy, Tom et le coroner, un petit homme avec un visage mince et intelligent, qui pendant tout le temps était resté debout près de la fenêtre, sans rien dire, s'approchèrent ensemble et regardèrent la cravate avec stupeur.

Tom grommela. Dundy jura. Spade souleva la cravate pour regarder l'envers : la griffe était celle d'un chemisier de Londres.

— L'affaire prend de l'ampleur, fit Spade avec amusement. San Francisco, Point-Loma, San José, Paris, Londres.

Dundy lui jeta un regard sombre.

L'homme au visage gris entra :

— Les journaux sont bien arrivés à trois heures et demie, dit-il.

Il écarquilla les yeux :

— Que se passe-t-il ?

Il s'approcha d'eux et dit :

— Personne n'a vu le type blond revenir ici.

Il regarda la cravate sans comprendre jusqu'à ce que Tom s'exclame :

— Cette sacrée cravate est neuve !

Il siffla doucement entre ses dents.

Dundy se tourna vers Spade :

— Le diable s'en mêle, fit-il rageusement. Il a un frère qui a de bonnes raisons de ne pas l'aimer. Ce frère sort justement de tôle. Quelqu'un qui ressemble à ce frère sort d'ici à trois heures et demie. Vingt-cinq minutes plus tard, il téléphone qu'il a été menacé.

Moins d'une demi-heure plus tard, sa fille entre et le trouve étranglé… C'est bien cela ? dit-il, en pointant un index sur la poitrine du petit homme brun.

— Oui, étranglé, dit l'homme brun, et par un homme. Les mains devaient être très grandes.

— OK.

Dundy se retourna vers Spade.

— Nous trouvons une lettre de menaces. Peut-être est-ce de cela qu'il vous parlait, peut-être est-ce de quelque chose que son frère lui aurait dit. N'essayons pas de deviner. Tenons-nous-en à ce que nous savons. Nous savons qu'il…

L'homme qui fouillait dans le secrétaire se retourna et dit :

— En voilà une autre.

Il semblait assez content de lui. Les cinq hommes près de la table se retournèrent vers lui et regardèrent d'un air froid et hostile.

Il lut tout haut :

> *« Mon cher Bliss, je vous écris pour vous dire, pour la première fois, que je veux mon argent. Je veux l'avoir le premier du mois, au complet. Si je ne l'ai pas, je serai obligé d'agir. Vous comprenez sans doute ce que cela signifie. Et ne croyez pas que je plaisante.*
>
> *Sincèrement vôtre.*
>
> « DANIEL TALBOT. »

Il sourit :

— Et voilà un autre grand T pour vous.

Il montra une enveloppe : postée à San Diego le 25 du mois dernier. Il sourit de nouveau :

— Voilà une autre ville à ajouter à votre collection.

Spade secoua la tête.

— Point-Loma est par là-bas, dit-il.

Il s'avança avec Dundy pour regarder la lettre. Elle était écrite à l'encre bleue, sur du papier blanc de bonne qualité. L'adresse était rédigée d'une écriture hachée et anguleuse qui n'avait rien de commun avec l'écriture de la lettre au crayon.

— Maintenant, fit Spade ironiquement, nous tenons enfin quelque chose.

Dundy eut un geste impatient.

— Il faut s'en tenir à ce que nous savons.

— Bien sûr, approuva Spade. Mais que savons-nous au juste ?

Personne ne répondit.

Spade sortit du tabac et du papier à cigarette de sa poche.

— Personne n'avait parlé d'une fille à interroger ? demanda-t-il.

— Nous allons lui parler.

Dundy tourna sur ses talons et s'arrêta brusquement devant le cadavre, le sourcil froncé.

— Plus rien à en tirer ? dit-il au petit homme brun.

— J'ai terminé.

— Enlevez-le, dit brièvement Dundy à Tom.

Il se retourna vers l'homme au visage gris :

— Je veux voir les deux garçons d'ascenseur quand j'en aurai fini avec la fille.

Il se dirigea vers la porte fermée que Tom avait indiquée à Spade et frappa.

— Qu'est-ce que c'est ? demanda une voix de femme assez sèchement.

— L'inspecteur Dundy. Je désire parler à Miss Bliss.

Il y eut un silence, puis la voix dit :

— Entrez.

Dundy ouvrit la porte et Spade entra à sa suite dans une pièce noir, gris et argent. Une femme d'âge moyen, laide, fortement charpentée, en robe noire et tablier blanc, était assise près d'un lit où reposait une jeune fille.

La jeune fille était allongée sur le côté, le coude sur l'oreiller, la joue dans la main, faisant face à la grande femme. Elle pouvait avoir dix-huit ans. Elle portait un tailleur gris. Ses cheveux étaient courts et blonds, ses traits bien dessinés et remarquablement réguliers. Elle ne regarda pas les deux hommes qui entraient dans la pièce.

Dundy s'adressa à la grande femme pendant que Spade allumait une cigarette.

— Nous désirons vous poser aussi quelques questions, Mrs Hooper. Vous êtes la gouvernante de Bliss, n'est-ce pas ?

— Oui, dit la femme.

Sa voix légèrement rauque, le regard tranquille de ses yeux gris profondément enfoncés, la taille de ses mains qui reposaient immobiles sur ses genoux, tout contribuait à renforcer l'impression de force paisible qu'elle donnait.

— Que savez-vous ?

— Je ne sais rien. J'avais congé ce matin pour aller à l'enterrement de mon neveu à Oakland, et quand je suis rentrée, vous étiez là avec l'autre monsieur.

Dundy hocha la tête et dit :

— Que pensez-vous de tout cela ?

— Je ne sais que penser, répondit-elle simplement.

— Vous ne savez pas qu'il s'attendait à quelque chose ?

La jeune fille cessa brusquement de regarder Mrs Hooper. Elle s'assit sur le lit, tournant de grands yeux troublés vers Dundy, et demanda :

— Que voulez-vous dire ?

— Je veux dire ce que je dis. Il avait été menacé. Il a téléphoné à Mr Spade (il désigna Spade d'un signe de tête) et le lui a dit, quelques instants avant d'être tué.

— Mais qui ?... commença-t-elle.

— C'est précisément ce que nous vous demandons, dit Dundy. Qui pouvait lui en vouloir tellement ?

Elle le fixa avec stupeur :

— Mais personne ne...

Cette fois, Spade l'interrompit, parlant avec une douceur qui ôtait à ses paroles un peu de leur brutalité :

— Quelqu'un lui en voulait. Vous n'étiez au courant d'aucune menace ?

Elle secoua la tête avec énergie en signe de dénégation. Il regarda Mrs Hooper.

— Et vous ?

— Non, monsieur, dit-elle.

Il reporta son attention sur la jeune fille.

— Connaissez-vous Daniel Talbot ?

— Oui, pourquoi ? dit-elle. Il était là à dîner hier soir.

— Qui est-ce ?

— Je n'en sais rien, si ce n'est qu'il vit à San Diego et que lui et papa faisaient des affaires ensemble. Je ne l'avais jamais vu auparavant.

— En quels termes étaient-ils ?

Elle fronça le sourcil, puis dit lentement :

— Amicaux.

— Que faisait votre père ? demanda Dundy.

— C'était un financier.

— Vous voulez dire un homme d'affaires ?

— Oui. Je crois que c'est ça.

— Savez-vous où Mr Talbot est descendu, ou bien s'il est reparti à San Diego ?

— Je ne sais pas.

— Comment est-il ?

Elle fronça de nouveau les sourcils, réfléchissant :

— Il est plutôt fort, avec une figure rouge, des cheveux et une moustache blancs.

— Vieux ?

— Je pense qu'il doit avoir soixante ans. Au moins cinquante-cinq ans en tout cas.

Dundy regarda Spade qui posa son mégot dans un cendrier sur la table et poursuivit le questionnaire.

— Depuis quand n'avez-vous pas vu votre oncle ?

Elle rougit.

— Vous voulez parler d'oncle Ted ?

— Oui.

— Pas depuis… commença-t-elle, et elle se mordit la lèvre.

Puis elle dit :

— Naturellement, vous comprenez… Pas depuis le premier jour qu'il est sorti de prison.

— Il est venu ici ?

— Oui.

— Pour voir votre père ?

— Naturellement.

— Dans quels termes étaient-ils ?

Elle écarquilla les yeux.

— Aucun d'eux n'est très démonstratif, mais ils sont frères, et papa lui donnait de l'argent pour l'aider à remonter une affaire.

— Alors ils étaient en bons termes ?

— Oui, dit-elle d'un ton étonné.

— Où habite-t-il ?

— Dans Post Street, dit-elle, et elle donna un numéro.

— Et vous ne l'avez pas revu depuis ?

— Non. Il était gêné, vous comprenez, d'être allé en prison.

Elle acheva sa phrase d'un geste de main.

Spade s'adressa à Mrs Hooper :

— Vous ne l'avez pas vu depuis ?

— Non, monsieur.

Il pinça les lèvres et demanda lentement :

— L'une de vous sait-elle qu'il était ici cet après-midi ?

— Non, répondirent-elles ensemble.

On frappa à la porte.

— Entrez, dit Dundy.

Tom ouvrit la porte et passa la tête.

— Son frère est ici, dit-il.

La jeune fille se pencha en avant et appela :

— Oh ! oncle Ted !

Un homme blond et corpulent entra derrière Tom. Il était à tel point bruni par le soleil que ses dents semblaient plus blanches et ses yeux plus bleus qu'ils ne l'étaient en réalité.

— Que se passe-t-il, Miriam ? demanda-t-il.

— Père est mort, dit-elle.

Dundy fit un signe de tête à Tom qui s'écarta et laissa entrer Theodore Bliss dans la pièce.

Une femme entra derrière lui, doucement, avec hésitation. Elle était grande, blonde, et pouvait avoir vingt-huit à vingt-neuf ans. Elle n'était pas vraiment grasse mais bien en chair, et avait un visage agréable et intelligent. Elle portait un petit chapeau marron et un manteau de vison.

Bliss passa un bras autour des épaules de sa nièce, l'embrassa sur le front, et s'assit sur le lit à côté d'elle.

— Eh bien ? dit-il d'un air embarrassé.

Elle aperçut la femme blonde, la fixa un instant à travers ses larmes et dit :

— Oh ! Comment allez-vous, Miss Barrow ?

La femme blonde dit :

— Je suis absolument navrée de…

Bliss se racla la gorge et dit :

— Elle est Mrs Bliss, maintenant. Nous nous sommes mariés cet après-midi.

Dundy jeta un coup d'œil furieux à Spade qui roulait une cigarette d'un air amusé.

Miriam Bliss, après un instant de silence stupéfait, dit :

— Oh ! Je vous souhaite tout le bonheur possible.

Elle se tourna vers son oncle :

— À vous aussi, oncle Ted.

Il lui caressa l'épaule et la serra contre lui. Il regardait Spade et Dundy d'un air interrogateur.

— Votre frère est mort cet après-midi, dit Dundy, il a été assassiné.

Mrs Bliss retint son souffle. Bliss eu un léger sursaut mais son visage ne bougea pas.

— Assassiné ? répéta-t-il sans comprendre.

— Oui.

Dundy mit les mains dans les poches de son manteau.

— Vous étiez ici cet après-midi ?

Theodore Bliss pâlit un peu sous son hâle, mais dit tranquillement :

— Oui, en effet.

— Combien de temps êtes-vous resté ?

— Environ une heure. Je suis arrivé à deux heures et demie et — il se retourna vers sa femme — il était presque trois heures et demie quand je vous ai téléphoné, n'est-ce pas ?

— Oui, dit-elle.

— Bien. Je suis parti tout de suite après.

— Aviez-vous rendez-vous avec lui ? demanda Dundy.

— Non. J'ai téléphoné à son bureau (il fit un signe de tête à sa femme) et on m'a dit qu'il était reparti chez lui. Alors je suis venu. Naturellement, je voulais le voir avant de repartir avec Elise, et je voulais qu'il vienne à notre mariage, mais il ne pouvait pas. Il m'a dit qu'il attendait quelqu'un. Nous nous sommes assis et avons bavardé plus longtemps que je ne pensais, alors j'ai téléphoné à Elise de me retrouver à la mairie.

Après avoir réfléchi un instant, Dundy demanda :

— À quelle heure ?

— À quelle heure nous sommes-nous retrouvés ?

Bliss jeta un coup d'œil interrogateur à sa femme :

— Il était juste quatre heures moins le quart.

Elle eut un petit rire :

— Je suis arrivée la première et n'ai pas cessé de regarder ma montre.

Bliss dit délibérément :

— Nous avons été mariés à quatre heures et quelques minutes. Il a fallu attendre le juge White Field environ dix minutes, le temps qu'il termine l'audience en cours. Vous pouvez contrôler : Superior Court, deuxième section, je crois.

Spade virevolta et dit à Tom :

— Vous feriez peut-être mieux de vérifier.

— OK, dit Tom.

Il sortit.

— Si c'est ainsi, vous êtes mis hors de cause, Mr Bliss, dit Dundy. Mais il faut que je vous pose ces questions. Est-ce que votre frère a dit qui il attendait ?

— Non.

— Est-ce qu'il vous a parlé des menaces qu'il avait reçues ?

— Non. Il ne parlait pas beaucoup de ses affaires aux autres, pas même à moi. Avait-il été menacé ?

Dundy serra les lèvres.

— Étiez-vous en bons termes ?

— Amicaux, si c'est ce que vous voulez dire.

— En êtes-vous bien sûr ? demanda Dundy. Êtes-vous sûr qu'aucun de vous n'avait de motifs de ressentiment ?

Theodore Bliss détacha son bras des épaules de sa nièce. Une pâleur grandissante donnait une teinte jaune à son visage. Il dit :

— Chacun ici sait que je suis allé à San Quentin. Vous pouvez en parler clairement, si c'est là où vous voulez en venir.

— C'est là, en effet, dit Dundy.

Puis, après une pause, il ajouta :

— Eh bien ?

Bliss se leva.

— Eh bien, quoi ? demanda-t-il avec impatience. Est-ce que je lui gardais rancune ? Non. Pourquoi l'aurais-je fait ? Nous étions tous deux dans l'affaire. Il pouvait s'en tirer, pas moi. J'étais sûr d'être condamné, qu'il le fût ou non. Qu'il aille avec moi en prison n'aurait pas arrangé mes affaires. Nous en avons parlé, et nous avons décidé que je prendrais tout sur moi, le laissant hors de cause pour qu'il puisse arranger les choses. C'est ce qu'il a fait. Si vous consultez son compte en banque, vous pourrez constater qu'il m'a fait un chèque de vingt-cinq mille dollars, deux jours après que j'ai quitté San Quentin, et le comptable du National Steel Corporation peut vous dire qu'un millier de valeurs ont été transférées de son compte au mien depuis.

Il sourit avec l'air de s'excuser et s'assit de nouveau sur le lit :

— Je suis navré. Je sais que vous devez poser ces questions.

Dundy dédaignait l'excuse.

— Connaissez-vous, Daniel Talbot ? demanda-t-il.

— Non, fit Bliss.

Sa femme dit :

— Je le connais, du moins, je l'ai vu. Il était au bureau hier.

Dundy l'inspecta soigneusement des pieds à la tête et demanda :

— Quel bureau ?

— Je suis… J'étais la secrétaire de Mr Bliss et…

— De Max Bliss ?

— Oui. Et un certain Daniel Talbot est venu le voir hier après-midi, si c'est du même qu'il s'agit.

— Que s'est-il passé ?

Elle regarda son mari qui dit :

— Mais si vous savez quelque chose, dites-le-leur, au nom du ciel !

Elle dit :

— En fait, il ne s'est rien passé. Je pensais qu'ils se disputaient au début, mais quand ils sont partis ensemble ils riaient et plaisantaient. Et, avant de partir, Mr Bliss m'a sonnée et m'a demandé que Trapper, le comptable, fasse un chèque à l'ordre de Mr Talbot.

— L'a-t-il fait ?

— Oui. Je le lui ai porté. C'était un chèque de sept cent cinquante dollars.

— Pour quelle affaire était-ce ?

Elle secoua la tête.

— Je ne sais pas.

— Mais si vous étiez la secrétaire de Bliss, vous devez avoir une idée de ce que pouvait être cette affaire avec Talbot.

— Non, aucune idée, dit-elle. Je n'avais jamais entendu parler de lui avant.

Dundy regarda Spade. Le visage de Spade était tendu. Dundy le regarda intensément et demanda à Bliss :

— Quelle sorte de cravate portait votre frère quand vous l'avez vu pour la dernière fois ?

Bliss cligna des yeux, regarda au-delà de Dundy, ferma les paupières et répondit :

— Elle était verte, avec… Je la reconnaîtrais si je la voyais. Pourquoi ?

Mrs Bliss continua :

— Avec d'étroites bandes en diagonale de différents tons de vert. C'est celle qu'il avait au bureau ce matin.

— Où pend-il ses cravates ? demanda Dundy à la gouvernante.

Elle se leva en disant :

— Dans un placard de la chambre. Je vais vous faire voir.

Dundy et les nouveaux mariés la suivirent dehors.

Spade posa son chapeau sur la coiffeuse et demanda à Miriam Bliss :

— À quelle heure êtes-vous sortie ?

Il s'assit au pied du lit de la jeune fille.

— Aujourd'hui ? À une heure, à peu près. J'avais un rendez-vous à une heure pour le déjeuner et j'étais un peu en retard ; et puis j'ai fait quelques courses et puis…

Elle s'arrêta et frissonna.

— À quelle heure êtes-vous rentrée ?

La voix de Spade était amicale mais insinuante.

— Un peu après quatre heures, je crois.

— Et qu'est-il arrivé ?

— J'ai trouvé papa étendu et j'ai téléphoné. Je ne sais plus si j'ai téléphoné en bas ou à la police, et puis, je ne sais plus ce que j'ai fait. Je me suis trouvée mal et j'ai piqué une crise de nerfs, ou quelque chose comme ça. La première chose que je me rappelle est d'avoir vu ces hommes et Mrs Hooper à côté de moi, en me réveillant.

Elle le regarda bien en face.

— Vous n'avez pas appelé un docteur ?

Elle baissa de nouveau les yeux.

— Non, je ne crois pas.

— Naturellement, vous ne l'avez pas fait si vous saviez qu'il était mort, dit-il légèrement.

Elle garda le silence.

— Vous saviez qu'il était mort ? demanda-t-il.

Elle leva les yeux et le regarda avec stupeur.

— Mais il était mort, dit-elle.

Il sourit.

— Naturellement, mais là où je veux en venir, c'est de savoir si vous vous êtes assurée qu'il était mort avant de téléphoner.

Elle porta une main à sa gorge.

— Je ne me rappelle plus ce que j'ai fait, dit-elle avec vivacité, sans doute, je me suis rendu compte qu'il était mort.

Il eut un hochement de tête compréhensif.

— Et si vous avez téléphoné à la police, c'est parce que vous saviez qu'il avait été tué ?

Elle joignit les mains, les regarda avec embarras et dit :

— Je pense que oui. C'était affreux. Je ne sais plus ce que j'ai pensé ni fait.

Spade se pencha en avant et prit une voix basse et persuasive.

— Je ne suis pas un détective de la police, Miss Bliss. J'ai été engagé par votre père quelques minutes trop tard pour le sauver. En un sens, je travaille pour vous maintenant. Aussi, s'il y a quelque chose que je peux faire, peut-être quelque chose que la police ne…

Il coupa court en voyant Dundy entrer dans la pièce suivi par les Bliss et la gouvernante.

— Quoi de neuf ?

Dundy dit :

— La cravate n'y est pas.

Son regard soupçonneux alla de Spade à la jeune fille.

— Mrs Hooper dit que la cravate bleue que nous avons trouvée est une des six qu'il venait juste de rapporter d'Angleterre.

— Quelle importance a cette cravate ? demanda Bliss.

Dundy lui jeta un regard sombre.

— Il était en partie déshabillé quand nous l'avons trouvé. La cravate qui était avec ses vêtements n'avait jamais été portée.

— Il était peut-être en train de se changer quand le meurtrier est entré, et il a pu être tué avant d'avoir fini de s'habiller.

Le regard de Dundy s'assombrit encore.

— Oui, mais qu'a-t-il fait de la cravate verte ? Il l'a avalée ?

Spade dit :

— Il n'était pas en train de se changer. Si vous regardez le col de sa chemise, vous verrez qu'il l'avait sûrement sur lui quand il a été attaqué.

Tom apparut à la porte.

— J'ai vérifié. L'alibi est exact, dit-il. Le juge et un huissier nommé Kittredge disent qu'ils étaient là à quatre heures moins le quart environ, et qu'ils sont restés jusqu'à quatre heures cinq ou dix. J'ai dit à Kittredge de venir leur jeter un coup d'œil pour s'assurer que ce sont bien les mêmes.

— Bien, dit Dundy sans tourner la tête.

Il sortit de sa poche la lettre de menaces écrite au crayon et signée d'un grand T au milieu d'une étoile. Il la plia de telle sorte que seule la signature fût visible. Puis il demanda :

— Quelqu'un sait-il ce que c'est ?

Miriam descendit du lit pour regarder avec les autres. Ils relevèrent la tête et se regardèrent sans comprendre.

— Personne ne sait rien ? demanda encore Dundy.

Mrs Hooper dit :

— C'est comme ce qui était sur la poitrine du pauvre Mr Bliss…

— Personne n'avait vu cela auparavant ?

Tous répondirent non.

— Très bien, dit Dundy. Attendez ici. J'aurai peut-être quelque chose à vous demander dans un instant.

Spade dit :

— Juste une minute, Mr Bliss, depuis combien de temps connaissez-vous Mrs Bliss ?

Bliss regarda Spade avec curiosité.

— Depuis que je suis sorti de prison, répliqua-t-il d'un air réticent, pourquoi ?

— Depuis un mois seulement, dit Spade, comme se parlant à lui-même. Vous l'avez connue par l'intermédiaire de votre frère ?

— Naturellement. Dans son bureau. Pourquoi ?

— Et cet après-midi, à la mairie, vous êtes restés ensemble tout le temps ?

— Oui, naturellement, dit sèchement Bliss. Où voulez-vous en venir ?

Spade lui sourit d'un air amical.

— Il faut que je pose ces questions, dit-il.

Bliss sourit aussi.

— Je comprends.

Son sourire s'élargit :

— En fait, je suis un menteur. Je suis sorti dans le couloir pour fumer une cigarette, mais je puis vous assurer que, chaque fois que je regardais à travers la vitre, je pouvais la voir assise dans la salle où je l'avais laissée.

Spade avait un sourire aussi large que celui de Bliss. Néanmoins, il demanda :

— Et quand vous ne regardiez pas à travers la vitre, vous restiez en vue de la porte ? Elle n'aurait pas pu quitter la salle sans que vous la voyiez ?

Le sourire de Bliss disparut.

— Naturellement, dit-il, et je ne suis pas resté dehors plus de cinq minutes.

— Merci, dit Spade.

Il suivit Dundy dans le salon, fermant la porte derrière lui.

Dundy jeta un regard de côté à Spade :

— Qu'en pensez-vous ?

Spade haussa les épaules.

Le corps de Max Bliss avait été enlevé. Dans la pièce se trouvaient l'homme qui cherchait dans le secrétaire, l'homme au visage gris et les deux garçons d'ascenseur en tenue de couleurs vives assis côte à côte sur un sofa.

— Mack, dit Dundy, je veux retrouver une cravate verte. Je veux qu'on fouille toute la maison, tout le pâté de maisons, et tout le quartier s'il le faut, jusqu'à ce qu'on la retrouve. Prenez tous les hommes dont vous avez besoin.

— Bien, dit l'homme près du secrétaire.

Il se leva, enfonça son chapeau sur ses yeux et sortit. Dundy fronça les sourcils et regarda les Cubains :

— Lequel de vous deux a vu l'homme blond ?

Le plus petit se leva :

— Moi, monsieur.

Dundy ouvrit la porte de la chambre et appela :

— Bliss !

Bliss vint à la porte.

Le visage du Cubain s'éclaira :

— Oui, monsieur, c'est bien lui.

Dundy referma la porte au nez de Bliss.

— Assieds-toi.

Le garçon s'assit avec empressement.

Dundy les fixa tous deux sans parler jusqu'à ce que, gênés, ils se mettent à se trémousser sur le sofa. Alors il dit :

— Qui d'autre avez-vous monté à cet appartement cet après-midi ?

Ils secouèrent la tête de gauche à droite avec ensemble.

— Personne d'autre, monsieur, dit le plus petit avec un large sourire obséquieux.

Dundy s'avança d'un air menaçant.

— Espèces d'idiots, dit-il d'un ton rude, vous avez monté Miss Bliss.

Le plus grand des deux garçons secoua la tête de haut en bas :

— Oui, monsieur, oui, monsieur, je les ai montés. Je croyais que vous vouliez parler d'autres personnes.

Il essaya de sourire.

Dundy le regardait fixement :

— Peu importe ce que vous croyez que je veux dire. Répondez à ce que je vous demande. Maintenant, qu'entendez-vous par : Je « les » ai montés ?

Le sourire du garçon s'évanouit. Il regarda le plancher entre ses pieds et dit :

— Miss Bliss et le monsieur.

— Quel monsieur ? Le monsieur qui est là ?

Il désigna de la tête la porte qu'il avait refermée sur Bliss.

— Non, monsieur, un autre monsieur, pas un Américain.

Il avait relevé la tête et prenait maintenant un air éveillé :

— Je crois qu'il est arménien.

— Pourquoi ?

— Parce qu'il ne nous ressemble pas, et qu'il ne parle pas comme nous.

Spade se mit à rire et demanda :

— Est-ce que tu as déjà vu un Arménien ?

— Non, monsieur. C'est pour ça que je pense que…

Dundy lui ferma la bouche d'un geste impératif.

— Comment est-il ? demanda Dundy.

Le garçon se redressa et étendit les mains.

— Il est grand comme ce monsieur, il désigna Spade. Il a des cheveux noirs, une moustache noire. Très (il fronça vivement les sourcils), très jolis vêtements. C'est un monsieur qui a l'air très bien. Il a une canne, des gants et même des guêtres et…

— Jeune ? demanda Dundy.

La tête s'agita de nouveau de haut en bas :

— Jeune, oui, monsieur.

— À quelle heure sont-ils entrés ?

— Cinq minutes après être montés, répondit le garçon.

Dundy remua les mâchoires comme s'il ruminait et demanda :

— À quelle heure est-il reparti ?

Le garçon se redressa de nouveau :

— À quatre heures, peut-être quatre heures dix.

— Avez-vous monté quelqu'un d'autre après notre arrivée ?

Les Cubains secouèrent la tête avec ensemble. Dundy dit à Spade entre ses dents :

— Faites-la venir.

Spade ouvrit la porte de la chambre, s'inclina légèrement et dit :

— Voulez-vous venir un instant, Miss Bliss ?

— Qu'y a-t-il ? demanda-t-elle avec méfiance.

— Juste un instant, dit-il, tenant la porte ouverte.

Puis il ajouta soudain :

— Et vous feriez mieux de venir aussi, Mr Bliss.

Miriam Bliss entra lentement dans la salle à manger suivie de son oncle et Spade referma la porte derrière eux. Quand elle vit les deux garçons d'ascenseur, sa lèvre inférieure trembla un peu et elle regarda Dundy avec appréhension.

— Qu'est-ce que c'est que cette chanson ? dit Dundy. Qui est cet homme qui est monté avec vous ?

Sa lèvre inférieure trembla de nouveau.

— Quoi ?

Elle essaya de prendre un air égaré. Theodore Bliss traversa rapidement la pièce, resta debout un instant devant elle comme s'il voulait parler, puis, changeant d'idée, se plaça derrière elle, les bras croisés sur le dessus d'une chaise.

— L'homme qui est entré avec vous ? dit Dundy sèchement, rapidement. Qui est-ce ? Où est-il ? Pourquoi est-il parti ? Pourquoi n'avez-vous pas parlé de lui ?

La jeune fille cacha son visage dans ses mains et se mit à pleurer.

— Il n'a rien à voir dans tout cela, sanglota-t-elle, il n'y est pour rien, et ça lui attirerait seulement des ennuis.

— Charmant garçon, dit Dundy. Ainsi, pour ne pas avoir son nom dans les journaux, il fiche le camp et vous laisse toute seule avec votre père assassiné.

Elle releva la tête.

— Oh ! Il le fallait ! cria-t-elle. Sa femme est tellement jalouse. Si elle apprenait qu'il était encore sorti avec moi, elle demanderait sûrement le divorce, et lui n'a pas un centime.

Dundy regarda Spade. Spade regarda les Cubains qui roulaient des yeux stupéfaits.

— Allez, ouste ! dit-il.

— Et qui est cette merveille ? demanda Dundy à la jeune fille.

— Mais il n'a rien à…

— Qui est-ce ?

Elle courba les épaules et baissa les yeux.

— Il s'appelle Boris Smekalov, dit-elle avec lassitude.

— Épelez.

Elle épela…

— Où habite-t-il ?

— Au Saint-Mark Hotel.

— Est-ce qu'il fait quelque chose pour vivre, à part épouser les gros sacs ?

Elle releva la tête. La colère lui monta au visage mais disparut rapidement.

— Il ne fait rien, dit-elle.

Dundy tourna sur ses talons et dit à l'homme au visage gris :

— Amenez-le.

L'homme au visage gris grommela un oui et sortit. Dundy regarda de nouveau la jeune fille :

— Êtes-vous amoureuse de ce Smekalov ?

Elle prit un air méprisant, lui jeta un regard hautain et se tut.

Il dit :

— Maintenant que votre père est mort, est-ce que vous aurez assez d'argent pour qu'il vous épouse si sa femme demande le divorce ?

Elle cacha son visage dans ses mains.

Il continua :

— Maintenant que votre père est mort, aurez-vous…

Elle vacilla. Spade, se penchant, la rattrapa et la porta dans sa chambre. En revenant, il ferma la porte derrière lui et s'y adossa.

— Je ne sais pas ce que vaut le reste, dit-il, mais cet évanouissement me paraît louche.

— Tout paraît louche, dit Dundy.

Spade sourit d'un air moqueur :

— On devrait faire une loi qui obligerait les criminels à se dénoncer eux-mêmes.

Theodore Bliss sourit et s'assit devant le bureau de son frère, près de la fenêtre.

— Bien sûr, dit Dundy à Spade d'une voix aigre, vous, vous n'avez pas à vous inquiéter. Votre client est mort et ne peut pas réclamer. Mais moi, si je ne tire pas l'affaire au clair, je vais me faire passer un savon par le chef, les journaux, et Dieu sait qui…

— Ne vous en faites pas, dit Spade d'un air conciliant, vous trouverez bien un meurtrier, tôt ou tard.

Son visage redevint sérieux, mais une lueur amusée dansait encore dans ses yeux jaunes.

— Je ne veux pas compliquer encore l'affaire, dit-il, mais ne croyez-vous pas qu'il faudrait voir de plus près cette histoire d'enterrement du neveu de la gouvernante ? Cette femme a quelque chose de bizarre.

Dundy regarda un instant Spade d'un air soupçonneux, puis dit :

— Tom va s'en occuper.

Spade se retourna vers Tom et dit en claquant des doigts :

— Je parie dix contre un qu'il n'y avait pas d'enterrement. Vérifiez bien, ne laissez rien échapper.

Il ouvrit la porte de la chambre et appela :

— Mrs Hooper ! L'inspecteur Polhaus désirerait avoir quelques renseignements.

Pendant que Tom notait les noms et adresses que lui donnait la femme, Spade s'assit sur le sofa, roula une cigarette, et l'alluma. Dundy marchait de long en large, la tête baissée. Avec l'acquiescement de Spade, Theodore Bliss se leva et rejoignit sa femme dans la chambre.

Tom remit le calepin dans sa poche et remercia la gouvernante.

— À tout à l'heure, dit-il à Spade et Dundy, et il quitta la pièce.

La gouvernante était restée debout, là où il l'avait laissée, laide, massive, sereine.

Spade se tourna sur le sofa jusqu'à ce qu'il rencontre ses yeux enfoncés et calmes.

— Ne vous en faites pas pour cela, dit-il en agitant une main dans la direction de la porte par où Tom était sorti. C'est juste une question de routine.

Il serra les lèvres et demanda :

— Sincèrement, que pensez-vous de cela, Mrs Hooper ?

Elle répondit calmement, de sa voix forte et un peu rauque :

— Je pense que c'est le jugement de Dieu.

Dundy s'arrêta net d'arpenter la pièce.

— Hein ? dit Spade.

Il n'y avait aucune excitation dans la voix de la gouvernante, seulement une certitude tranquille :

— La mort est le prix du péché.

Dundy s'approcha d'elle sur la pointe des pieds, mais Spade l'arrêta d'un geste de la main. Il prit un air pénétré.

— Le péché ? demanda-t-il d'un ton aussi solennel que celui de la femme.

Elle dit :

— Mais si quelqu'un scandalise un de ces petits qui croient en moi, il vaudrait mieux pour lui qu'on lui attachât au cou une meule d'âne et qu'on le jetât au fond de la mer.

Elle parlait non comme si elle faisait une citation, mais comme si elle affirmait sa propre conviction.

— Quels petits ? lui jeta brusquement Dundy.

Elle tourna vers lui ses yeux gris, puis dirigea son regard vers la porte de la chambre.

— Elle, dit-elle gravement. Miriam.

Dundy fronça le sourcil :

— Sa fille ?

La femme dit :

— Oui, sa fille adoptive.

La colère fit monter le rouge au visage carré de Dundy.

— Cré bon Dieu ! Qu'est-ce que ça veut dire ? demanda-t-il.

Il secoua la tête comme si son col le gênait :

— Elle n'est pas réellement sa fille ?

Sa colère n'altéra pas la tranquillité de la gouvernante :

— Non, sa femme a été malade pendant toute sa vie. Ils n'ont pas eu d'enfants.

Dundy serra les mâchoires et demanda d'une voix plus calme :

— Que lui a-t-il fait ?

— Je ne sais pas, dit-elle, je suis convaincue que lorsque la vérité éclatera, on découvrira que l'argent laissé par son père — je veux dire son vrai père — a été…

Spade l'interrompit. Il s'efforçait de parler clairement, accompagnant ses mots de petits cercles de la main :

— Vous voulez dire qu'en fait vous n'êtes pas sûre qu'il l'exploitait ? Vous avez seulement des soupçons ?

Elle porta une main à son cœur.

— Je le sais déjà, répondit-elle avec calme.

Dundy regarda Spade, Spade Dundy. Les yeux de Spade brillaient d'un éclat qui n'était pas pur amusement. Dundy se racla la gorge et s'adressa de nouveau à la femme :

— Et vous pensez que ceci — il montra de la main l'endroit où le corps avait été retrouvé — est le jugement, hein ?

— Je le crois.

Il ferma à demi les yeux et prit un air indifférent :

— Ainsi, quel que soit l'auteur, il a agi comme la main de Dieu.

— Ce n'est pas à moi de le dire, répondit-elle.

Le rouge monta de nouveau à son visage.

— Ça suffit, dit-il d'une voix étranglée.

Mais, pendant qu'elle se dirigeait vers la porte, ses yeux reprirent leur vivacité.

— Un instant, dit-il.

Elle se retourna.

— Écoutez, vous ne faites pas partie des Rose-Croix par hasard ?

— Je suis simplement chrétienne.

— Ça va, ça va, dit-il, et il lui tourna le dos.

Elle entra dans la chambre et referma la porte.

Il passa sa main droite sur son front et dit avec lassitude :

— Bon Dieu ! quelle famille !

Spade haussa les épaules :

— Essayez un peu de fouiller dans la vôtre quelquefois.

Dundy pâlit. Ses lèvres se pincèrent. Il serra les poings et bondit vers Spade :

— Que voulez-vous ?…

Le regard de surprise amusée de Spade l'arrêta. Il détourna les yeux, passa sa langue sur ses lèvres et grommela :

— Hum ! vous voulez dire n'importe quelle famille, je suppose.

Il se tourna vivement vers la porte du couloir en entendant sonner à la porte d'entrée.

Une grimace d'amusement tordit le visage de Spade, accentuant sa ressemblance avec un diable blond.

Une voix aimable et lente dit à travers la porte du corridor :

— Je suis Jim Kittredge, de la mairie. On m'a dit de venir ici.

— Oui, entrez.

Kittredge était un petit homme genre pot à tabac, boudiné dans des vêtements qui luisaient de vieillesse. Il fit un signe de tête à Spade et dit :

— Je me souviens de vous, Mr Spade, pour l'affaire Burke Harris.

— Bien sûr, dit Spade, et il se leva pour lui serrer la main.

Dundy était allé à la porte de la chambre pour appeler Theodore Bliss et sa femme.

Kittredge les regarda, sourit aimablement et demanda :

— Comment allez-vous ?

Il se retourna vers Dundy :

— C'est bien eux.

Il regarda autour de lui comme pour chercher un endroit où cracher, ne trouva pas et dit :

— Il était juste quatre heures moins dix quand ce monsieur est entré dans la salle d'audience et m'a demandé dans combien de temps la cérémonie commencerait. Je lui ai dit dix minutes environ, et ils ont attendu là. Juste après la suspension d'audience, nous les avons mariés.

— Merci, dit Dundy.

Il salua Kittredge, renvoya les Bliss dans la chambre, fronça les sourcils d'un air mécontent, et dit à Spade :

— Alors quoi ?

Spade répondit en s'asseyant :

— Alors, comme on ne peut pas aller d'ici à la mairie en moins d'un quart d'heure, il n'a pas pu faire un saut jusqu'ici en attendant d'être marié, et, d'autre part, il n'a pas eu le temps de revenir avant l'arrivée de Miriam.

Le mécontentement grandit sur le visage de Dundy. Il ouvrit la bouche, mais la referma sans rien dire.

L'homme au visage gris entrait, accompagné d'un jeune homme pâle, grand et mince, qui correspondait à la description que le Cubain avait faite du compagnon de Miriam Bliss.

L'homme au visage gris présenta :

— Inspecteur Dundy, M. Spade, M. Boris… Euh… Smekalov.

Dundy s'inclina rapidement.

Smekalov se mit immédiatement à parler. Son accent n'était pas assez fort pour gêner ses interlocuteurs, bien que ses « u » ressemblassent à des « ou » :

— Inspecteur, je dois vous supplier de ne pas ébruiter cela. Si quelque chose transpirait, cela me ruinerait, inspecteur, me ruinerait complètement et très injustement. Je suis tout à fait innocent, monsieur, je vous le promets, en cœur, en esprit et en acte, non seulement je suis innocent, mais je n'ai été mêlé en aucune façon à quoi que ce soit de toute cette horrible histoire. Il n'y a aucun…

— Un instant…

Dundy pointa un doigt massif sur la poitrine de Smekalov.

— Personne ne dit que vous ayez été mêlé à quoi que ce soit, mais cela aurait fait meilleur effet si vous ne vous étiez pas débiné.

Le jeune homme étendit les bras, les paumes en avant, d'un geste théâtral.

— Mais que puis-je faire ? J'ai une femme qui…

Il secoua violemment la tête :

— C'est impossible. Je ne peux pas faire cela.

L'homme au visage gris dit à Spade à mi-voix :

— Tous cinglés, ces Russes.

Dundy regarda fixement Smekalov et dit d'une voix sentencieuse :

— Vous vous êtes sans doute mis dans de sales draps.

Smekalov semblait prêt à pleurer.

— Mais, mettez-vous à ma place, supplia-t-il, et vous…

— Je ne voudrais pas y être.

Dundy semblait navré pour le jeune homme :

— Le meurtre n'est pas une chose avec laquelle on plaisante dans ce pays.

— Meurtre ! Mais je vous dis, inspecteur, j'ai été mêlé à cette affaire par la plus malencontreuse malchance. Je ne suis pas…

— Vous voulez dire que vous êtes entré ici avec Miss Bliss par hasard ?

Le jeune homme sembla sur le point de dire oui. Il dit non, lentement, puis poursuivit, de plus en plus rapidement :

— Mais ce n'était rien, monsieur. Rien du tout. Nous avions déjeuné ensemble. Je l'ai raccompagnée chez elle, et elle m'a dit : « Voulez-vous monter prendre un cocktail ? » J'ai accepté et c'est tout. Je vous donne ma parole. Est-ce que cela n'aurait pas pu vous arriver ?

Il agita la main dans la direction de Spade :

— Et à vous ?

Spade dit :

— Quantité de choses me sont arrivées. Est-ce que Bliss savait que vous sortiez avec sa fille ?

— Oui. Il savait que nous étions amis.

— Est-ce qu'il savait que vous aviez une femme ?

Smekalov dit avec hésitation :

— Je ne crois pas.

Dundy dit :

— Vous savez que non.

Smekalov mouilla ses lèvres et ne contredit pas l'inspecteur.

Dundy demanda :

— Que croyez-vous qu'il aurait fait, s'il l'avait appris ?

— Je ne sais pas, monsieur.

Dundy s'approcha du jeune homme et lui dit entre ses dents, d'une voix sèche et décidée :

— Qu'a-t-il fait, quand il l'a appris ?

Le jeune homme recula d'un pas, le visage blême et terrifié. La porte de la chambre s'ouvrit et Miriam Bliss entra.

— Pourquoi ne le laissez-vous pas tranquille ? demanda-t-elle avec indignation. Je vous ai dit qu'il n'avait rien à voir dans tout cela.

Elle s'était approchée de Smekalov et tenait une de ses mains entre les siennes :

— Vous allez seulement lui attirer des ennuis, sans que rien de bon en résulte. Je suis absolument navrée, Boris. J'ai fait de mon mieux pour les empêcher de vous ennuyer.

Le jeune homme marmonna quelques mots inintelligibles.

— Ça, c'est vrai, reconnut Dundy.

Il s'adressa à Spade :

— Est-ce que les choses peuvent s'être passées comme ça, Sam ? Bliss a appris qu'il avait une femme, savait qu'ils avaient rendez-vous pour le déjeuner, est rentré tôt à la maison pour les trouver quand ils rentreraient, a menacé de tout dire à la femme, et on l'a étranglé pour qu'il se taise.

Il jeta un coup d'œil de côté à la jeune fille :

— Et maintenant, si vous voulez simuler un autre évanouissement, allez-y.

Le jeune homme poussa un cri et se jeta sur Dundy, l'agrippant des deux mains. Dundy gronda et le frappa violemment au visage. Le jeune homme partit à la renverse à travers la pièce, heurta une chaise et tomba avec elle sur le plancher.

— Emmenez-le au commissariat comme témoin, dit Dundy à l'homme au visage gris.

— OK, fit l'homme.

Il ramassa le chapeau de Smekalov et alla l'aider à se relever.

Theodore Bliss, sa femme et la gouvernante apparurent à la porte que Miriam Bliss avait laissée ouverte. Miriam Bliss criait, tapant du pied, et menaçant Dundy :

— Je vous dénoncerai, lâche. Vous n'avez pas le droit… et ainsi de suite.

Personne ne lui prêtait attention. Tous regardaient l'homme au visage gris aider Smekalov à se remettre sur pied et l'emmener. Le nez de Smekalov et sa bouche étaient meurtris et rouges.

— La ferme, fit négligemment Dundy à Miriam Bliss.

Il sortit une feuille de papier de sa poche :

— J'ai la liste des coups de téléphone. Arrêtez-moi quand vous les reconnaîtrez.

Il lut un numéro.

— C'est le boucher, dit Mrs Hooper. Je lui ai téléphoné avant de partir ce matin.

Le numéro suivant était celui de l'épicier.

Il en lut un autre.

— C'est celui du Saint-Mark, dit Miriam Bliss. J'ai téléphoné à Boris.

Elle reconnut deux autres numéros qu'elle avait appelés.

Bliss identifia le sixième numéro qui était celui du bureau de son frère :

— Probablement mon coup de téléphone à Elise pour lui demander de me retrouver à la mairie.

Au septième numéro, Spade intervint :

— C'est le mien.

Et Dundy ajouta :

— Le dernier est l'appel de secours à la police.

Il remit le papier dans sa poche.

— Voilà qui nous fait gagner du terrain, fit joyeusement Spade.

On sonna à la porte d'entrée. Dundy se dirigea vers cette porte et parlementa avec un autre homme, mais à voix trop basse pour qu'on puisse distinguer ce qu'ils disaient depuis le salon.

Le téléphone retentit. Spade prit l'écouteur :

— Allô… Non. Ici Spade. Attendez un mom… Allez-y.

Il écouta :

— Bon… Je vais le lui dire… Je ne sais pas. Il vous rappellera… Entendu.

Quand il se retourna, Dundy était debout, les mains derrière le dos, dans l'embrasure de la porte du couloir. Spade lui dit :

— O'gar dit que votre Russe est devenu complètement maboul pendant le trajet. Il a fallu lui passer la camisole de force.

— Il aurait fallu la lui mettre depuis longtemps, grommela Dundy. Venez par ici.

Spade suivit Dundy dans le couloir. Un policier en uniforme était debout à la porte d'entrée.

Dundy sortit ses mains de derrière son dos, et les ouvrit. Dans l'une était une cravate avec d'étroites bandes en diagonale de différents tons de vert, dans l'autre était une épingle de cravate en forme de croissant sertie de petits diamants.

Spade se pencha pour examiner trois petits points irréguliers sur la cravate.

— Du sang.

— Ou de la saleté, dit Dundy. Il les a trouvées entortillées dans un journal, dans la poubelle au coin de la rue.

— Oui, monsieur, dit fièrement le policier. C'est là que je les ai trouvées, pêle-mêle avec… il s'arrêta net car personne ne lui prêtait attention.

— Supposons que ce soit du sang, dit Spade. Cela expliquerait que l'on ait enlevé la cravate. Allons interroger les gens.

Dundy fourra la cravate dans une poche, enfonça la main qui tenait l'épingle dans l'autre.

— Entendu, dit-il, et disons que c'est du sang.

Ils entrèrent dans le salon. Dundy prit un air irrité et regarda successivement Bliss, sa femme, sa nièce et la gouvernante. Il sortit son poing de sa poche, le tendit droit devant lui et l'ouvrit, montrant l'épingle en croissant dans le creux de sa main.

— Qu'est-ce que c'est que ça ? demanda-t-il.

Miriam Bliss parla la première.

— Mais c'est l'épingle de papa, dit-elle.

— Vraiment, dit-il d'une voix aigre. Et il l'avait sur lui aujourd'hui ?

— Il l'avait toujours sur lui.

Elle se retourna vers les autres pour les prendre à témoin.

— Oui, dit Mrs Bliss, pendant que les autres acquiesçaient d'un signe de tête.

— Où l'avez-vous trouvée ? demanda la jeune fille.

Dundy les examinait de nouveau un par un, d'un air de plus en plus mécontent. Son visage était rouge.

— Il la portait toujours, gronda-t-il, mais pas un de vous n'a eu l'idée de dire : « Papa portait toujours une épingle, où est-elle ? » Non, il faut attendre de l'avoir retrouvée pour vous tirer quelque chose à ce sujet.

— Soyez juste, dit Bliss. Comment pouvions-nous savoir ?...

— Je me fiche de ce que vous pouviez savoir, dit Dundy. Maintenant, c'est à mon tour de dire un peu ce que je sais.

Il sortit la cravate verte de sa poche.

— Est-ce bien sa cravate ?

— Oui, monsieur, dit Mrs Hooper.

— Bien, dit Dundy, il y a du sang dessus, et ce n'est pas son sang, car il n'avait pas une égratignure.

Il les regarda chacun leur tour, les yeux mi-clos :

— Maintenant, supposons que vous essayiez d'étrangler un homme qui porte une épingle de cravate, et qu'il se débatte, et...

Il s'interrompit pour regarder Spade.

Spade avait traversé la pièce dans la direction de Mrs Hooper. Ses grosses mains étaient jointes devant elle. Il prit sa main droite, la retourna, et ôta le mouchoir chiffonné qu'elle serrait dans sa paume. Dans la chair, il y avait une égratignure toute fraîche, d'environ cinq centimètres de long.

Elle l'avait laissé passivement examiner sa main. Son attitude ne changea pas. Elle ne dit rien.

— Eh bien ? demanda-t-il.

— Je me suis accrochée à l'épingle de Miss Miriam en la portant sur le lit quand elle s'est évanouie, dit calmement la gouvernante.

Dundy émit un petit rire bref et amer.

— Cela ne vous empêchera pas d'être pendue, dit-il.

La femme ne broncha pas.

— Que la volonté de Dieu soit faite, répondit-elle.

Spade émit un petit bruit bizarre dans la gorge et laissa retomber la main.

— Bon. Voyons un peu où nous en sommes, dit-il.

Il fit une grimace à Dundy.

— Vous n'aimez pas beaucoup cette étoile et ce T, n'est-ce pas ?

— Ça ne me dit rien qui vaille, fit Dundy.

— À moi non plus, dit Spade. Il y a bien cette menace de Talbot, mais la dette semble avoir été réglée. Maintenant… Attendez un peu.

Il prit le téléphone et appela son bureau.

— L'histoire de la cravate nous avait paru louche, dit-il pendant qu'il attendait, mais je pense que le sang explique tout.

Il dit dans le téléphone :

— Hello, Effie. Écoutez : une demi-heure environ avant le coup de téléphone de Bliss, n'avez-vous pas reçu un autre appel qui vous ait paru bizarre ? Une erreur qui aurait pu servir de prétexte ?... Oui, avant... Réfléchissez bien.

Il mit la main sur le micro et dit à Dundy :

— Il y a vraiment des gens qui ont le diable dans la peau.

Il parla de nouveau :

— Oui ?... Oui... Kruger ?... Oui. Homme ou femme ? Merci... Non, j'en aurai fini dans une demi-heure. Attendez-moi et je vous paie à dîner. Au revoir.

Il se retourna :

— Environ une demi-heure avant le coup de téléphone de Bliss, un homme a appelé mon bureau et a demandé Mr Kruger.

Dundy fronça le sourcil.

— Et alors ?

— Kruger n'était pas là.

Les sourcils de Dundy se rejoignirent.

— Qui est Kruger ?

— Je ne sais pas, dit Spade d'une voix tranquille. Je n'ai jamais entendu parler de lui.

Il sortit du tabac et du papier à cigarette de sa poche.

— Alors, Bliss, où est votre égratignure ?

— Quoi ? dit Theodore Bliss, pendant que les autres fixaient Spade avec stupeur.

— Votre égratignure, répéta Spade avec une patience voulue, tout en s'absorbant dans la confection de sa cigarette. L'endroit où l'épingle de votre frère vous a blessé pendant que vous l'étrangliez.

— Êtes-vous fou ? demanda Bliss. J'étais…

— Oui, vous étiez en train de vous marier quand il a été tué, Eh bien ! non.

Spade mouilla le bord du papier à cigarette et le lissa avec l'index.

Mrs Bliss dit alors en balbutiant légèrement :

— Mais il… Mais Max Bliss a appelé.

— Qui dit que Max Bliss m'a appelé ? demanda Spade. Je n'en sais rien. Je ne connaissais pas sa voix. Tout ce que je sais est qu'un homme m'a appelé, et que cet homme a prétendu être Max Bliss. N'importe qui pouvait en faire autant.

— Mais la liste prouve que l'appel venait d'ici.

Il secoua la tête et sourit :

— La liste prouve seulement que j'ai reçu un coup de téléphone. Mais elle ne dit pas de qui. Je vous ai dit que quelqu'un m'a appelé une demi-heure environ avant le présumé Max Bliss, et a demandé Mr Kruger.

Il fit un signe de tête vers Theodore Bliss :

— Il a été assez malin pour demander mon numéro, de cet appartement, avant d'aller vous retrouver.

Elle se tourna vers son mari avec des yeux bleus confondus de stupeur.

Il dit légèrement :

— C'est absurde, ma chère. Vous comprenez…

Spade ne le laissa pas finir sa phrase :

— Vous savez qu'il est allé dans le couloir fumer une cigarette en attendant le juge. Il y avait des cabines téléphoniques dans le couloir. Une minute lui a suffi.

Il alluma sa cigarette et remit son briquet dans sa poche.

— C'est absurde, dit Bliss plus vivement. Pourquoi aurais-je voulu tuer Max ?

Il sourit d'un air rassurant à sa femme qui le regardait avec des yeux horrifiés.

— Ne vous laissez pas troubler, ma chère. Les méthodes de la police sont quelquefois…

— Bon, dit Spade, voyons un peu ces égratignures.

Bliss tourna sur ses talons pour lui faire face :

— Le diable m'emporte !

Et il mit une main derrière son dos.

Spade, le visage tendu, les yeux perdus, s'avança vers lui.

~

Spade et Effie Perine étaient assis à une petite table au Julius's Castle dans Telegraph Hill. Par la fenêtre, à côté d'eux, on pouvait voir les ferry-boats, petits points lumineux et mouvants, qui allaient et venaient devant les lumières de la ville, de l'autre côté de la baie.

— … Sans doute n'était-il pas venu avec l'intention de tuer, disait Spade. Il voulait juste lui faire cracher un peu d'argent, mais, quand la querelle s'est envenimée et qu'il a tenu sa gorge entre ses mains, sa rancune, encore vivace, lui a fait perdre tout contrôle, et il a serré jusqu'à ce que Max soit mort. Vous comprenez, j'essaie juste de rassembler ce qui est évident, ce que nous avons pu tirer de sa femme, et le peu que nous avons pu tirer de lui.

Effie hocha la tête :

— Sa femme est gentille et loyale.

Spade but son café et haussa les épaules :

— À quoi bon ? Elle sait maintenant qu'il lui faisait la cour uniquement parce qu'elle était la secrétaire de Max. Elle sait que, lorsqu'il a demandé une autorisation de mariage, il y a quinze jours, c'était pour mieux se l'attacher, parce qu'il voulait obtenir d'elle la photographie des documents prouvant que Max était compromis dans l'escroquerie de Graystone Loan.

Il prit une autre gorgée de café :

— Alors, il passe chez son frère cet après-midi et agite de nouveau cette histoire de San Quentin pour obtenir de l'argent. Ils se battent, il le tue, et il s'égratigne le poignet à l'épingle de cravate en l'étranglant. Du sang sur la cravate, une égratignure au poignet, ça ne va pas. Il enlève sa cravate et en cherche une autre, parce que l'absence de cravate va faire réfléchir la police. Là, il y a un coup de déveine : les cravates neuves de Max sont sur le devant de l'étagère, il attrape la première qui se présente. Bon. Maintenant il ne lui reste plus qu'à la passer au cou du mort. Ou, non, attendez, il a une meilleure idée. Ôter quelques vêtements et dérouter la police. La cravate enlevée n'éveillant pas les soupçons si la chemise est enlevée, elle aussi. En le déshabillant, il a une autre idée. Il va donner, à la police, un autre sujet d'ennui en traçant sur la poitrine du mort un signe mystérieux qu'il a vu quelque part.

Spade vida sa tasse, la reposa et continua :

— Maintenant, il va passer maître dans l'art de dérouter la police. Une lettre de menaces signée de l'étoile qu'il a dessinée sur la poitrine de Max. Le courrier de l'après-midi est sur le bureau. Une enveloppe en vaut une autre, pourvu qu'elle soit tapée à la machine, et ne porte pas au verso l'adresse de l'expéditeur, mais l'enveloppe de France ajoute une note étrangère. Aussi, la lettre originale est sortie, et la lettre de menaces insérée à sa place. Mais il corse un peu la chose, n'est-ce pas ? Il nous fournit tant d'éléments faux que nous ne pouvons nous empêcher de trouver louches des choses qui semblent normales — l'appel téléphonique, par exemple. Bien, le voilà maintenant prêt pour le coup de téléphone — son alibi. Il prend un nom au hasard, dans la liste des détectives privés sur le bottin, et monte l'histoire de Mr Kruger. Mais ceci, après avoir appelé la blonde Elise et lui avoir dit que non seulement les obstacles à leur mariage sont écartés, mais qu'on lui offre un travail à New York et qu'il faut partir immédiatement. Et il lui demande de le rejoindre dans un quart d'heure à la mairie pour l'épouser. Il y a plus qu'une possibilité d'alibi là-dedans... Il veut qu'elle soit absolument sûre qu'il n'a pas tué Max, car elle sait qu'il n'aime pas Max. Et s'il lui venait à l'idée qu'il lui a fait la cour juste pour mettre le grappin sur Max, alors, elle pourrait poser deux et deux, et obtenir quelque chose qui ressemble à la solution juste.

« Après cette dernière précaution, il est prêt à s'en aller. Il part ouvertement, avec seulement un sujet de préoccupation ; la cravate et l'épingle dans sa poche. Il emporte l'épingle parce qu'il n'est pas sûr que la police ne découvrirait pas les traces de sang sur les pierres, même s'il les efface soigneusement. Sur son chemin, il achète un journal au garçon qu'il rencontre à la porte, y enveloppe la cravate et l'épingle, et les jette dans une poubelle au coin de la rue. Tout semble parfait. Il n'y a aucune raison pour que la police s'inquiète de la cravate. Aucune raison pour que le bonhomme qui videra la poubelle fasse attention à un morceau de journal déchiré, et si, par comble de malchance, quelque chose tourne mal, eh bien ! le meurtrier a jeté le paquet là, mais lui, Theodore Bliss, ne peut pas être le meurtrier, car il va avoir un alibi.

« Alors, il saute dans sa voiture et arrive à la mairie. Il sait qu'il y a quantité de cabines téléphoniques là, et il peut toujours dire qu'il a besoin de s'absenter. Il se trouve que ce n'est même pas la peine. Pendant qu'ils attendent le juge, il sort pour fumer une cigarette, et nous y voilà : « Monsieur Spade, ici Max Bliss, j'ai été menacé..., etc. »

Effie Perine hocha la tête et demanda :

— Pourquoi croyez-vous qu'il a choisi un détective privé au lieu de la police ?

— Il jouait au plus sûr. Si le corps avait été trouvé dans l'intervalle, la police aurait pu être déjà prévenue et dépister le coup de téléphone. Un détective privé avait peu de chances d'entendre parler de l'affaire avant de la lire dans les journaux.

Elle rit et dit :

— Ça a été un coup de veine pour vous.

— Veine ? Je ne sais pas.

Il regarda d'un œil sombre le dos de sa main gauche :

— Je me suis démis une articulation en le maîtrisant, et le travail n'a duré qu'un après-midi. Il y a de bonnes chances pour que ceux qui vont régler ses affaires poussent de hauts cris si je leur envoie une note, même raisonnable.

Il leva une main pour attirer l'attention du garçon :

— Bah ! tant pis. J'aurai plus de chance la prochaine fois. Voulez-vous aller au cinéma ? Ou avez-vous autre chose à faire ?

Titre original : *A Man Called Spade* (*American Magazine,* juillet 1932).

J'avais un frère

Je sais ce qu'un tas de gens disaient de Loney, mais pour moi il a toujours été épatant. Aussi loin que je me le rappelle, il a été épatant pour moi et je parie que je l'aurais aimé tout autant s'il avait été quelqu'un d'autre, au lieu d'être mon frère. Mais j'étais content qu'il ne soit pas juste quelqu'un d'autre.

Il n'était pas comme moi. Il était mince et aurait paru chic dans n'importe quels vêtements. Mais il s'habillait d'une façon très élégante, et on aurait dit qu'il sortait toujours d'une boîte, même quand il flânait autour de la maison. Et il avait des cheveux lisses et les dents les plus blanches que vous avez jamais vues, et des doigts longs et minces, qui semblaient toujours propres. Il était un peu comme je me rappelais mon père, mais en mieux. Moi, je suis plus du côté des parents de maman, les Malone, et c'est rigolo parce que Loney est justement celui qu'on avait appelé par leur nom : Malone Bolan. Il était malin comme un singe aussi, et ce n'était pas la peine d'essayer de le rouler. Et c'est peut-être cela qu'on lui reprochait. Il faut dire que c'était difficile de s'entendre avec Pete Gonzalez.

Pete Gonzalez n'aimait pas Loney, et ça, ça m'embêtait beaucoup parce que lui aussi était un type épatant; et il n'essayait jamais de rouler les autres. Il avait deux boxeurs, et un lutteur qui s'appelait Kildek, et il les envoyait se battre le mieux qu'ils pouvaient, juste comme Loney faisait avec moi.

C'était l'as des managers dans notre coin, et quantité de gens disaient qu'on ne pouvait pas trouver mieux, aussi je trouvais ça assez appréciable qu'il désire me prendre en main, même si je refusai.

C'est dans le hall, en sortant du gymnase de Tubby que je me trouvai nez à nez avec lui cet après-midi-là. Il poussa son cigare dans un coin de la bouche pour pouvoir parler et dit :

— Salut Kid, comment ça va ?

— Salut, ça va !

Il me regarda de haut en bas en louchant à cause de la fumée de son cigare.

— Prêt à étendre ce type, samedi ?

— J'espère que oui.

Il me regarda de nouveau de haut en bas comme s'il me soupesait. Ses yeux étaient plutôt petits et quand il louchait comme ça on pouvait à peine les voir.

— Quel âge as-tu, Kid ?

— Je vais sur mes dix-neuf ans.

— Et tu dois peser à peu près cent soixante livres, dit-il.

— Cent soixante et demie. J'augmente rudement vite.

— Est-ce que tu as déjà vu ce type contre qui tu te bats samedi ?

— Non.

— C'est un costaud !

Je fis une grimace et dis :

— Oui, je sais qu'il est costaud.

— Et il est rudement malin aussi.

— Je le crois, dis-je à nouveau.

Il sortit son cigare de la bouche, fronça le sourcil et dit comme s'il était triste pour moi.

— Tu sais que tu ne lui arrives pas à la cheville, sur le ring n'est-ce pas ?

Avant que j'aie pu penser quelque chose à répondre, il enfonça le cigare dans sa bouche et dit avec une voix et un visage changés :

— Pourquoi ne me laisses-tu pas te prendre en main, Kid. Tu as l'étoffe qu'il faut. Je te prendrais bien en main, t'entraînerais sans t'user, et tu serais prêt pour une longue carrière.

— Je ne peux pas faire ça, dis-je. Loney m'a appris tout ce que je sais et…

— T'a appris quoi ? Pete renifla avec dédain. Si tu crois avoir appris quelque chose, regarde ta gueule dans la prochaine glace que tu rencontreras.

Il sortit son cigare de la bouche, et cracha un bout de tabac qui s'était détaché.

— Ça a dix-huit ans, ça ne s'est même pas battu un an, et regardez cette gueule !

Je me sentis rougir. Je sais que je n'ai jamais été une beauté mais, comme dit Pete, j'ai reçu pas mal de coups sur la figure et je crois que ça se voit. Je dis :

— Oh, naturellement, je ne suis pas un boxeur.

— Ça, c'est la vérité, bon Dieu, dit Pete, et pourquoi n'es-tu pas un boxeur ?

— Je ne sais pas. Je crois juste que ce n'est pas ma manière de me battre.

— Tu pourrais apprendre. Tu es rapide, et tu n'es pas idiot... Et qu'est-ce que ça te rapporte ? Chaque semaine Loney t'envoie contre un type que tu n'es pas prêt à combattre et tu écopes d'une quantité de coups et...

— Et je gagne, dis-je.

— Bien sûr que tu gagnes, jusqu'à présent, parce que tu es jeune et costaud, que tu as du pot et que tu peux frapper. Mais je ne voudrais pas y laisser ce que tu y laisses pour gagner, et je ne voudrais pas qu'aucun de mes garçons le fasse. J'ai vu des petits gars prendre le chemin que tu as pris, et certains promettaient autant que toi, et j'ai vu ce qui restait d'eux deux ans plus tard. Crois-moi, mon garçon, tu pourrais faire mieux que ça avec moi.

— Vous avez peut-être raison, dis-je, et je vous remercie, et tout le reste, mais je ne peux pas quitter Loney.

— Je donnerai à Loney l'équivalent de ton contrat, si tu en as un avec lui.

— Non, je regrette. Je... je ne peux pas.

Pete ouvrit la bouche pour dire quelque chose, puis s'arrêta et devint tout rouge. La porte du bureau de Tubby s'était ouverte et Loney en sortait. Son visage était tout pâle et on pouvait à peine voir ses lèvres tant il les serrait. Alors je compris qu'il nous avait entendus parler. Il vint tout près de Pete, sans même me regarder et dit :

— Espèce de sale métèque !

— Je lui ai seulement dit ce que je t'ai dit la semaine dernière, quand je t'ai fait l'offre, dit Pete.

— Ça va, dit Loney. Eh bien, maintenant que tu l'as dit à tout le monde, tu peux aussi aller leur raconter ça.

Et il frappa Pete sur la bouche du revers de la main.

Je m'avançais un peu, parce que Pete était beaucoup plus fort que Loney, mais Pete dit simplement :

— OK, mon vieux, il se peut que tu ne vives pas éternellement. Oui, ça se peut bien, même si Big Jake n'apprend pas ce qui se passe avec sa moitié.

Loney lui envoya un coup de poing cette fois, mais Pete se recula et Loney le manqua d'un pied et demi, et quand Loney se jeta sur lui de nouveau, il tourna le dos et courut vers le gymnase.

Loney revint vers moi en souriant, sans aucune trace de colère. Il pouvait changer d'expression plus rapidement que n'importe qui. Il passa un bras autour de mes épaules :

— Le sale métèque, dit-il. Fichons le camp.

Une fois dehors, il se retourna pour me montrer les affiches annonçant les matches :

— Et voilà, petit. Je ne le blâme pas de te vouloir. Il y en a un tas qui voudraient t'avoir avant que tu aies percé.

Et vraiment, ça faisait de l'effet : « Kid Bolan contre Perelman le marin », écrit en lettres rouges, bien plus gros que tous les autres noms et tout à fait en haut de l'affiche. C'était la première fois que j'avais mon nom tout en haut. Je me dis que maintenant ça serait comme ça tout le temps et peut-être même à New York, mais je ne dis rien et me contentai de sourire à Loney. Et nous rentrâmes à la maison.

Maman était partie voir ma sœur qui est mariée à Pittsburgh, et nous avions une négresse qui s'appelait Suzanne pour faire le ménage ; quand elle eut fini la vaisselle et fut partie, Loney alla au téléphone et je l'entendis parler tout bas. Je voulais lui dire quelque chose quand il revint, mais j'avais peur de faire une gaffe, parce que Loney aurait pu penser que je voulais me mêler de ses affaires, et avant que j'aie pu trouver le bon bout pour commencer, on sonna à la porte d'entrée.

Loney alla ouvrir. C'était Mrs Schiff, et je l'aurais bien parié, parce qu'elle était venue la première nuit après le départ de maman.

Elle entra en riant, avec le bras de Loney autour de la taille et me dit :

— Salut, champion !

— Salut, lui dis-je, et je lui serrai la main.

Je l'aimais bien, mais je crois que j'avais un peu peur d'elle. Je veux dire : Je n'avais pas peur d'elle à cause de Loney, mais pour un tas d'autres raisons. Vous savez, quelquefois, quand on est gosse et qu'on se retrouve à l'autre bout de la ville dans un coin qu'on ne connaît pas, il n'y a rien qui puisse vraiment vous effrayer, mais on se tient sur ses gardes, comme s'il allait arriver quelque chose. Eh bien, c'était un peu comme ça. Elle était rudement jolie, mais elle avait quelque chose de sauvage. Je ne veux pas dire sauvage comme ces filles qu'on voit, je veux dire : un peu comme un animal, comme si elle guettait toujours quelque chose. C'était comme si elle avait faim. Je veux dire : seulement ses yeux avaient cet air, et peut-être aussi sa bouche, parce qu'on n'aurait pas pu dire qu'elle était maigre, ni grasse non plus, d'ailleurs.

Loney sortit une bouteille de whisky et des verres et ils trinquèrent. Je restai un moment à rôder, juste pour être poli, puis je dis que je me sentais fatigué, leur souhaitai bonne nuit, et montai dans ma chambre avec mon magazine. Loney commençait à lui raconter son accrochage avec Pete Gonzalez quand je montai l'escalier.

Après m'être déshabillé, j'essayai de lire, mais je continuai à me tracasser pour Loney. C'était à cette Mrs Schiff que Pete avait fait allusion cet après-midi. Elle était la femme de Big Jake Schiff, le patron du gymnase, et quantité de gens devaient savoir qu'elle était bien avec Loney. J'aurais voulu que Loney laisse tomber. Il aurait pu avoir un tas d'autres filles, et il valait mieux ne pas avoir à se frotter à Big Jake, même en laissant de côté toutes les relations qu'il avait à la mairie.

Chaque fois que j'essayais de lire, toutes ces histoires me revenaient à l'esprit. Aussi, à la fin j'y renonçai et m'endormis, bien qu'il fût rudement tôt, même pour moi.

C'était un lundi. Le mardi soir, quand je revins du cinéma, elle m'attendait dans le couloir. Elle avait un grand manteau, mais pas de chapeau, et paraissait rudement excitée.

— Où est Loney ? me demanda-t-elle, sans dire bonjour ou quoi que ce soit.

— Je ne sais pas. Il n'a pas dit où il allait.

— Il faut que je le voie, dit-elle. Tu n'as aucune idée de l'endroit où il peut être ?

— Non, je ne sais pas où il est.

— Tu crois qu'il va être en retard ?

— Habituellement, il est en retard, dis-je.

Elle fronça le sourcil et me dit :

— Il faut que je le voie. Je vais attendre encore un peu.

Alors nous entrâmes dans la salle à manger.

Elle garda son manteau et se mit à marcher de long en large, regardant autour d'elle, mais sans rien voir. Je lui demandai si elle voulait boire un verre, et elle me dit oui, comme si elle pensait à autre chose. Mais quand je me mis à chercher une bouteille, elle me prit par le revers de mon manteau et dit :

— Écoute, Eddie, est-ce que tu veux me dire quelque chose ? Honnêtement ?

— Bien sûr, dis-je, me sentant tout embarrassé à la regarder en face comme ça. Si je peux.

— Est-ce que Loney m'aime réellement ?

Ça, c'était un sacré coup. Je me sentais rougir de plus en plus. Je faisais des vœux pour que la porte s'ouvre et que Loney entre, ou que la maison prenne feu, ou n'importe quoi.

Elle tira sur mon revers.

— Eh bien ?

Je dis :

— Bien entendu. J'en suis sûr. Mais Loney ne me parle jamais de choses comme ça. Honnêtement jamais il ne le fait.

Elle se mordit la lèvre et me tourna le dos. Je transpirais. Je restai le plus longtemps possible dans la cuisine, préparant le whisky et les autres choses. Quand je retournai dans la salle à manger, elle s'était assise et se remettait du rouge à lèvres. Je posai le whisky à côté d'elle, sur la table.

Elle me sourit et dit :

— Tu es un gentil garçon, Eddie. J'espère que tu gagneras des centaines de matches. Quand te bats-tu ?

Ça me fit rire. Je crois bien que j'étais persuadé que tout le monde savait que j'allais combattre Perelman le marin, ce samedi-là, juste parce que c'était mon premier grand événement. Je crois que c'est comme ça qu'on se monte la tête.

— C'est samedi, dis-je.

— Très bien, dit-elle, et elle regarda son bracelet-montre. Oh ! mais pourquoi n'arrive-t-il pas ? Il faut que je rentre à la maison avant Jake.

Elle sauta sur ses pieds.

— Bon, je ne peux pas attendre plus longtemps. Je n'aurais pas dû rester. Veux-tu dire quelque chose à Loney pour moi ?

— Bien sûr !

— Tu ne le diras à personne d'autre ?

— Promis.

Elle fit le tour de la table et me prit de nouveau par mon revers.

— Bon, écoute. Dis-lui qu'on a raconté des histoires à Jake sur nous. Dis-lui qu'il faut qu'il soit prudent, Jake nous tuerait tous les deux. Dis-lui que je ne crois pas que Jake soit tout à fait sûr, mais il faut être prudent. Dis à Loney de ne pas me téléphoner et d'attendre ici que je lui téléphone, demain après-midi. Est-ce que tu lui diras ?

— Bien sûr.

— Et tu l'empêcheras de faire des bêtises ?

— Oui, dis-je.

J'aurais dit n'importe quoi pour en avoir fini.

— Tu es un chic garçon, Eddie, dit-elle.

Elle m'embrassa sur la bouche et sortit.

Je n'allai pas à la porte avec elle. Je regardais le whisky en me disant que peut-être je ferais bien de boire pour la première fois de ma vie. Mais au lieu de ça, je m'assis et pensai à Loney. Peut-être que j'ai somnolé un peu, mais j'étais réveillé quand il rentra, il était à peu près deux heures.

Il le prit très mal.

— Que diable fais-tu, au lieu d'être couché ? dit-il.

Je lui racontai l'histoire de Mrs Schiff et ce qu'elle m'avait chargé de lui dire.

Il resta là, debout, avec son chapeau et son manteau, jusqu'à ce que j'aie fini, puis il dit :

— Ce sale métèque !

Il dit ça à mi-voix et son visage changea comme lorsque la colère lui montait.

— Et elle a dit qu'il ne fallait pas que tu fasses de bêtises.

— Bêtises ? Il me regarda et eut un petit rire. Non, je ne vais pas faire de bêtises. Si tu filais au lit ?

— Oui, dis-je, et je montai dans ma chambre.

Le lendemain matin, il était encore au lit quand je partis pour le gymnase, et il était sorti quand je rentrai. Je l'attendis pour le dîner jusqu'à sept heures et puis je mangeai tout seul. Suzanne commençait à se tracasser parce qu'il serait tard quand elle partirait. Il resta peut-être dehors toute la nuit, mais il avait l'air tout à fait normal quand il arriva chez Tubby le lendemain après-midi pour surveiller mon travail. Il riait et plaisantait avec les copains qui étaient là, comme s'il n'avait pas de préoccupation.

Il attendit que je sois rhabillé et nous rentrâmes ensemble. La seule chose un peu bizarre fut qu'il me dit :

— Comment te sens-tu, fils ?

Ça c'était bizarre, parce qu'il savait que je me sentais toujours très bien. Je crois que je n'ai jamais eu un rhume de ma vie.

— Très bien, dis-je.

— Tu fais du bon boulot, dit-il. Et demain ne t'en fais pas. Il faut que tu sois d'attaque pour ce type de Chicago. Comme a dit ce sale métèque : il est rudement costaud et rudement malin.

— Je le crois, Loney, dis-je. Est-ce que tu penses vraiment que Pete a touché un mot à Big Jake de…

— N'y pense plus, dit-il, qu'ils aillent au diable !

Il me toucha le bras :

— Tu n'as à te préoccuper de rien d'autre que de ce que tu seras capable de faire samedi soir.

— Tout ira bien.

— N'en sois pas trop sûr, dit-il. Il se peut que tu aies la veine de t'en tirer avec un match nul.

Je m'arrêtai net. J'étais sidéré. Jamais auparavant Loney ne m'avait ainsi parlé de mes marches. Il me disait toujours :

— Ne t'en fais pas s'il a l'air d'avoir la gueule solide, rentre-lui dedans et casse-le, ou quelque chose dans le même genre.

— Qu'est-ce que tu veux dire ? demandai-je.

Il me prit par le bras pour que je continue à marcher.

— Il se peut que je t'aie surestimé cette fois, fils. Le marin est rudement fort. Il peut boxer et frapper bien plus fort qu'aucun de ceux que tu as combattus jusqu'à présent.

— Oh ! mais tout ira bien, dis-je.

— Ça se peut, dit-il, en fronçant le sourcil et regardant droit devant lui. Écoute : qu'est-ce que tu penses de ce qu'a dit Pete à propos de ton manque de technique ?

— Je ne sais pas. Je ne m'inquiète jamais beaucoup de ce que les autres disent, sauf toi.

— Eh bien ! Qu'est-ce que tu en penses, maintenant ? demanda-t-il.

— Bien sûr, j'aimerais apprendre à boxer mieux, je crois.

Il me sourit sans trop bouger ses lèvres :

— Il est possible que tu prennes quelques bonnes leçons avec ce marin, que tu le veuilles ou non. Mais, blague à part, si je te disais de le boxer, au lieu de lui rentrer dedans, est-ce que tu le ferais ? Ce serait peut-être une bonne expérience, même si tu ne fais pas une partie bien brillante.

— Est-ce que je ne me bats pas toujours comme tu me dis de le faire ? répondis-je.

— C'est vrai. Mais imagine que tu perdes, même si tu dois apprendre quelque chose ?

— Je voudrais gagner, naturellement, dis-je. Mais je ferai tout ce que tu me diras. Veux-tu que je me batte de cette manière ?

— Je ne sais pas, dit-il, nous verrons.

Le vendredi et samedi je flânai. Le vendredi, j'essayai de trouver quelqu'un pour aller à la chasse au faisan ; mais je trouvai seulement Bob Kirby et j'étais fatigué de l'entendre rabâcher éternellement les mêmes plaisanteries. Aussi je changeai d'avis et restai à la maison.

Loney arriva pour dîner et je lui demandai si les paris étaient de notre côté.

— Même la cote est pour toi, répondit-il. Tu as un tas d'amis.

— Est-ce que nous parions ?

— Pas encore. Peut-être, si la cote est meilleure. Je ne sais pas.

J'aurais voulu qu'il n'ait pas aussi peur de me voir perdre, mais je pensais que j'aurais peut-être l'air trop sûr de moi si je lui en parlais ; aussi je continuai à manger sans rien dire.

Le public était épatant ce samedi-là. La salle était pleine à craquer et on nous acclama quand nous entrâmes. Je me sentais bien, et je crois que Dick Cohen, qui devait être dans mon coin avec Loney, se sentait bien aussi. Ça se voyait à la façon dont il se retenait pour ne pas sourire. Il n'y avait que Loney qui semblait un peu inquiet. Pas assez pour que ça se remarque, mais moi qui le connaissais bien, je le voyais.

— Je me sens bien, lui dis-je. Un tas de lutteurs disent qu'ils se sentent mal à l'aise avant de commencer, mais moi je me sens toujours bien.

— Parfait ! dit Loney, et il me donna une claque sur l'épaule. Écoute, Kid, dit-il, et il se racla la gorge. Il approcha sa bouche de mon oreille pour que personne d'autre ne l'entende. Écoute, fils, peut-être serait-il mieux que tu « boxes scientifiquement », comme nous avions dit, entendu ?

— Entendu ! dis-je.

— Et ne te laisse pas entraîner par les gueulements de tous ces types de l'autre côté des cordes. C'est ici que tu te bats.

— Entendu, dis-je.

Les deux premiers rounds furent plutôt rigolos, en un sens, parce que c'était tout nouveau pour moi, cette façon de lui tourner autour sur la pointe des pieds, d'avancer et de reculer avec les poings hauts. Naturellement je l'avais fait quelquefois avec des copains dans le gymnase, mais jamais sur le ring, et jamais avec un type aussi bon que lui. Il était rudement fort et eut le dessus pendant ces deux rounds, mais sans aucun bobo des deux côtés.

Mais, à la première minute du troisième round, il me toucha à la mâchoire d'un sacré crochet du droit, et me cogna deux fois, rapidement de son gauche. Pete et Loney ne plaisantaient pas en disant qu'il pouvait cogner. J'oubliai toute cette histoire de « boxe scientifique » et je me mis à le poursuivre tout autour du ring, tapant des deux poings, comme un sourd, jusqu'au moment où il me prit en corps à corps. Tout le monde hurla, aussi je crois que le coup était assez joli, mais en réalité je l'atteignis seulement une fois. Il para le reste avec les bras. Vraiment, c'était le plus habile type que j'aie jamais combattu.

Au moment où Pop Agnew nous sépara je me rappelai qu'il fallait que je « boxe », aussi, j'en revins là, mais Perelman était plus rapide et je passai la fin du round à essayer de protéger mon visage contre son gauche.

— Blessé ? demanda Loney quand je revins dans mon coin.

— Pas encore, dis-je, mais il peut cogner.

Au quatrième round, je pris un autre crochet du droit dans l'œil et un tas de gauches sur la figure ; et le cinquième round fut encore plus dur. D'abord l'œil qu'il avait atteint était presque fermé à ce moment-là, et ensuite je crois qu'il savait parfaitement à qui il avait affaire. Il tournait autour de moi sans me laisser une minute de répit.

— Comment te sens-tu ? demanda Loney en me massant avec Dick, à la fin de ce round.

Sa voix était toute drôle, comme s'il était enrhumé.

— Ça va, dis-je.

C'était difficile de parler parce que mes lèvres étaient terriblement enflées.

— Tâche de te couvrir un peu plus, dit Loney.

Je secouai la tête de haut en bas pour dire que j'essaierais.

— Et ne fais pas attention à ce que gueulent les gens.

J'avais été trop occupé avec Perelman pour faire attention à autre chose, mais quand nous rentrâmes pour le sixième round, J'entendis les gens hurler des trucs comme : « Vas-y, Kid, cogne-le », et « Vas-y, Kid, montre-lui de quoi tu es capable », et « Qu'est-ce que tu attends, Kid ? » Aussi je me dis qu'ils avaient sans doute hurlé comme ça tout le temps. C'est peut-être pour ça, ou c'est peut-être parce que je voulais montrer à Loney que j'étais encore d'attaque pour qu'il ne se tracasse pas, bref, vers la fin du round, comme Perelman m'agaçait encore avec un de ses crochets du droit qui me donnaient tant de mal, je me baissai et passai à l'attaque. Il m'atteignit plusieurs fois, mais pas assez pour m'écarter. Il para la plupart de mes coups mais je réussis tout de même à en placer deux et je vous assure qu'il les sentit. Et quand il m'attrapa en corps à corps, je me rendis compte que c'était parce qu'il était plus malin que moi, et non plus fort.

— Qu'est-ce qui te prend ? me souffla-t-il à l'oreille. Tu deviens marteau ?

Je n'ai jamais aimé parler sur le ring, aussi je souris sous cape, sans rien dire et j'essayai de dégager une main.

Loney me regarda d'un air mécontent quand je revins m'asseoir à la fin de ce round.

— Qu'est-ce qui te prend ? dit-il. Est-ce que je ne t'ai pas dit de « boxer » ?

Il était très pâle et sa voix était rauque.

— Très bien, dis-je, je boxerai.

Dick Cohen se mit à jurer, du côté où je ne pouvais pas voir. Il ne jurait pas après quelqu'un, il jurait, tout simplement, à voix basse, jusqu'à ce que Loney lui dise de la boucler.

Je voulais demander à Loney ce qu'il fallait que je fasse au sujet de ces crochets du droit, mais dans l'état où était ma bouche, c'était tout un travail de parler et, en plus, mon nez étant complètement bouché, il me fallait respirer par la bouche, aussi je me tins coi. Loney et Dick s'affairèrent autour de moi plus qu'ils ne l'avaient fait pour les autres rounds. Quand Loney se glissa hors du ring, juste avant le gong, il me tapa sur l'épaule et dit d'une voix brève :

— Et maintenant, « boxe » et ne cogne pas.

Je m'avançai et « boxai ». Perelman m'a sans doute atteint plus de trente fois au visage, pendant ce round, du moins c'est l'impression que j'ai eue, mais je continuai à essayer de « boxer ». Ce round n'en finissait plus.

Je retournai dans mon coin. Je ne me sentais pas vraiment malade, mais comme si j'étais sur le point de l'être, et ça, c'était bizarre, parce que je ne me rappelais pas avoir reçu de coups dans l'estomac. La plupart du temps, Perelman avait visé la tête. Loney avait l'air bien plus malade que moi. Il avait l'air tellement malade que j'essayai de ne pas le regarder et que je me sentis vaguement honteux de le ridiculiser en laissant ce Perelman me traiter comme un pantin.

— Est-ce que tu peux tenir encore ? demanda Loney.

J'essayai de répondre et je découvris que je ne pouvais pas bouger ma lèvre inférieure qui était enfoncée sur une dent cassée. Je la fis voir du pouce à Loney qui écarta mon gant et décolla la lèvre de la dent. Alors je dis :

— Bien sûr, je ne tarderai pas à me faire à son jeu.

Loney émit un drôle de petit gargouillis dans sa gorge, et, brusquement, approcha son visage tout près du mien de sorte que je fus bien obligé de lever les yeux du plancher et de le regarder. Ses yeux étaient égarés, comme on imagine ceux des fous.

— Écoute, Kid, dit-il d'une voix dure et cruelle, comme s'il me détestait, au diable cette histoire.

Rentre-lui dedans et casse-lui la figure. Pourquoi boxes-tu, nom de Dieu!... Tu es un cogneur, vas-y et cogne.

J'ouvris la bouche pour dire quelque chose, puis je me tus, et puis j'eus l'idée baroque que j'aimerais l'embrasser ou quelque chose dans le genre. Et puis il enjamba les cordes et le gong retentit.

J'étais content de ce qu'avait dit Loney, et je crois que je pris ce round par le bon bout. C'était épatant de combattre de nouveau à ma manière, en frappant des deux poings en avant, sans danser ou faire d'autres choses idiotes comme ça; juste frapper dur et court en m'appuyant sur une cheville puis sur l'autre pour faire monter toute ma force dans mes poings. Naturellement, il m'atteignit, mais je me disais qu'il y avait peu de chances pour qu'il me cogne plus dur que dans les autres rounds, et j'avais résisté, aussi je ne m'en faisais pas trop pour ça. Juste avant que le gong sonne, je me dégageai d'un corps à corps, et quand il sonna, je l'avais acculé dans un coin.

C'était épatant dans mon coin. Tout le monde hurlait, excepté Loney et Dick qui ne me disaient pas un seul mot. Ils me regardaient à peine, s'occupant juste de me soigner, et ils furent plus durs avec moi que jamais auparavant. On aurait dit que j'étais une machine qu'ils remontaient. Loney n'avait plus l'air malade. Je pouvais voir qu'il était excité parce que son visage était calme et dur. J'aime me le rappeler comme ça, il était magnifique à voir. Dick sifflait tout bas entre ses dents en m'aspergeant d'eau avec une éponge.

J'eus Perelman plus tôt que je le pensais, au neuvième round. Il eut le dessus pendant toute la première partie parce qu'il engagea rapidement du gauche, me faisant paraître parfaitement idiot, je crois, mais il ne put maintenir sa cadence. Il se découvrit dans une attaque et je l'atteignis au menton d'un crochet du gauche. C'était la première fois que je le touchais à la tête comme je le désirais. Même avant que sa tête parte en arrière, je savais que le coup avait bien porté et je le cognai six fois de suite aussi rapidement que je pus : gauche, droite, gauche, droite, gauche, droite. Il para quatre coups, mais le cinquième l'atteignit encore au menton, le sixième au-dessus de la ceinture ; ses genoux plièrent un peu et il essaya de me prendre en corps à corps, alors, je le repoussai et le frappai à la tête de toutes mes forces.

L'instant d'après, Dick Cohen posait mon peignoir sur mes épaules, m'embrassant, reniflant, jurant et riant tout à la fois, et de l'autre côté du ring, on hissait Perelman sur son tabouret.

— Où est Loney ? demandai-je.

Dick regarda autour de lui :

— Je ne sais pas. Il était ici. Quelle raclée, fiston !

Loney nous rejoignit au moment où nous partions au vestiaire.

— Il faut que je voie un type, dit-il.

Ses yeux étaient brillants comme s'il riait, mais il était blanc comme un linge, et ses lèvres étaient pincées, même quand il me dit, avec un drôle de petit sourire en biais :

— Il y en a pour un bout de temps avant que quelqu'un te batte, Kid.

Je dis que je l'espérais bien. J'étais affreusement fatigué maintenant que tout était fini. Habituellement, je me sens un appétit terrible après un combat, mais là, j'étais juste affreusement fatigué.

Loney traversa la pièce vers l'endroit où était pendu son manteau, et l'enfila sur son pull-over. Quand il l'enfila, un pan resta accroché et je vis qu'il avait un automatique dans sa poche revolver. Ça, c'était bizarre, parce que je ne l'avais jamais vu porter un revolver auparavant, et s'il l'avait eu sur lui sur le ring, tout le monde aurait pu le voir quand il se penchait pour me soigner. Mais je ne pouvais pas le questionner parce qu'il y avait un tas de gens tout autour qui bavardaient et discutaient.

Perelman arriva très vite avec son manager et deux autres hommes que je ne connaissais pas, aussi je me dis qu'ils avaient dû venir de Chicago avec lui. Il regardait droit devant lui, mais les autres jetèrent un regard mauvais à Loney et à moi et s'en allèrent à l'autre bout de la pièce sans rien dire. On s'habillait tous dans une seule grande pièce.

— Prends ton temps, dit Loney à Dick qui m'aidait, je ne veux pas que Kid sorte tant qu'il sera en sueur.

Perelman s'habilla à toute allure et sortit en regardant toujours droit devant lui. Son manager et les deux hommes qui étaient avec lui s'arrêtèrent devant nous. Le manager était un gros homme avec des yeux de poisson, verts, et une sorte de figure plate et brune. Il avait un accent, aussi ; peut-être était-il polonais.

— Malins, les gars, hein ? dit-il.

Loney posa les deux mains sur le dossier d'une chaise, et se pencha en avant.

— C'est moi qui suis malin, dit Loney. Kid se bat comme je lui dis de le faire.

Le manager me regarda, regarda Dick, regarda de nouveau Loney et dit :

— Hum… c'est comme ça que ça se passe !

Il réfléchit une minute et dit :

— C'est bon à savoir.

Puis il enfonça son chapeau sur sa tête, tourna les talons et s'en alla, suivi des deux hommes.

— Qu'est-ce qui se passe ? demandai-je à Loney.

Il rit, mais pas comme si c'était drôle :

— Mauvais joueurs, dit-il.

— Mais tu as un revolver dans…

Il me coupa la parole.

— Oui, un copain m'a demandé de le garder. Il faut que j'aille le rendre, maintenant. Rentre à la maison avec Dick et je vous y rejoins dans un moment. Mais ne te dépêche pas ; je ne veux pas que tu sortes tout en sueur. Prenez la voiture, tu sais où elle est garée. Écoute un peu, Dick…

Il prit Dick dans un coin et lui parla tout bas… Dick hochait la tête de haut en bas et avait l'air de plus en plus préoccupé. Ça se voyait, bien qu'il essayât de me le cacher en revenant vers moi.

— À tout à l'heure, dit Loney, et il sortit.

— Que se passe-t-il ? demandai-je à Dick.

— Il n'y a pas à s'inquiéter, dit-il en hochant la tête ; et c'est tout ce que je pus tirer de lui.

Cinq minutes plus tard, Pudge, le frère de Bob Kirby, entra en courant et cria :

— On a tué Loney !

J'ai tué Loney. Si je n'avais pas été aussi stupide, il serait encore en vie, dans n'importe quel cas. Pendant longtemps, j'ai mis ça sur le compte de Mrs Schiff, mais je crois que c'est juste parce que je ne voulais pas admettre que c'était ma faute. Je veux dire, je n'ai jamais pensé qu'elle l'avait tué. Il y a des gens qui disent que, quand il a raté le train qu'ils devaient prendre ensemble, elle est revenue l'attendre à la sortie et que, lorsqu'il lui a dit qu'il avait changé d'avis, elle l'a tué.

Non, je veux dire, je la blâmais parce qu'elle lui avait menti ; parce qu'après on a su que personne n'avait parlé d'elle et de Loney à Big Jake. Loney lui avait donné cette idée en lui racontant ce que Pete avait dit, et elle avait inventé cette histoire pour que Loney parte avec elle. Mais si je n'avais pas été si stupide, Loney n'aurait pas raté son train.

Et puis, un tas de gens ont dit que Big Jake avait tué Loney. Ils ont dit que c'est pour ça que la police n'avait pas cherché bien loin, à cause des relations que Big Jake avait à la mairie. Et c'est un fait qu'il était rentré chez lui plus tôt que ne le pensait Mrs Schiff, et elle avait laissé un mot disant qu'elle partait avec Loney. Il a pu avoir le temps de revenir jusqu'à la rue où Loney a été tué, mais il n'aurait pas eu le temps d'aller jusqu'à la gare, et, si je n'avais pas été si stupide, Loney aurait pris son train.

Et c'est la même chose pour la bande à Perelman, si c'est eux qui l'ont fait, comme le pensent la plupart des gens et même la police, bien que la police les ait laissés partir faute de preuves. Si je n'avais pas été si stupide, Loney aurait pu me dire franchement :

— Écoute, Kid, il faut que je m'en aille, et il me faut tout l'argent que je peux ramasser. Et le meilleur moyen c'est de s'arranger avec Perelman pour que tu sois battu et ensuite parier tout ce qu'on a contre toi.

Je me serais laissé battre mille fois pour Loney, mais comment aurait-il su qu'il pouvait avoir confiance en moi, avec toute ma stupidité ?

Ou bien j'aurais pu deviner ce qu'il voulait, et me faire descendre, quand Perelman m'a sonné avec cet uppercut, au cinquième round. Ç'aurait été facile. Ou bien, si je n'avais pas été si stupide, j'aurais pu apprendre à mieux boxer, et même en étant moins fort que Perelman, j'aurais pu l'empêcher de me réduire en bouillie, de me mettre dans un tel état que Loney n'a pas pu le supporter et a été obligé d'envoyer tout promener et de me dire d'arrêter de boxer, et de cogner.

Et même si tout s'était passé comme ça s'est passé, il aurait pu encore s'échapper à la dernière minute. Mais je suis si stupide qu'il a fallu qu'il reste pour veiller sur moi, en disant à ce type de Chicago que je n'étais pour rien dans la supercherie.

Je voudrais être mort plutôt que Loney.

Titre original : *His Brother's Keeper* (*Collier's*, 13 janvier 1934).

L’éléphant vert

Posté en biais dans l’ouverture de la porte d’un building à façade carrée — son épaule maigre appuyée à la pierre grise, ce qui lui permettait de se tenir en équilibre sur ses jambes croisées —, Joe Shupe contemplait la rue d’un regard absent.

Il était entré dans le vestibule de l’immeuble pour y rouler une cigarette à l’abri du vent impétueux qui s’ébattait bruyamment le long de Riverside Avenue, et il y était resté parce qu’il n’avait rien de mieux à faire. À dire vrai, rien ne l’appelait ailleurs à ce moment précis. Demain, il referait sa tournée des bureaux de placement — un parcours de quelques centaines de mètres le long de l’avenue principale, avec de rapides incursions dans une ou deux rues transversales ; ce serait son cinquième jour consécutif de démarches : peut-être serait-il cette fois récompensé par un emploi, peut-être s’entendrait-il ressasser la même formule devenue familière : « Rien d’intéressant pour vous aujourd’hui. » Mais vingt-quatre heures le séparaient encore du prochain pèlerinage ; Joe Shupe flânait donc sur le pas de la porte, et des pensées sombres commençaient à s’insinuer dans sa petite tête ronde.

Il pensa tout d'abord au Suédois avec dégoût. C'était d'ailleurs un Danois, mais la distinction était trop subtile pour Joe. Le Suédois, qui travaillait à une coupe de bois de Lost Creek, était descendu en ville avec de l'argent dans les poches et une certaine dose de confiance en ses concitoyens. Quand ils s'étaient rencontrés et s'étaient liés d'une amitié sans lendemain, il ne restait de la fortune tangible du Suédois que cinquante dollars. Joe les avait subtilisés par une astuce, grossière et vieille comme le monde, que même la dernière des têtes de bûche de Lost Creek aurait dû éventer. Ce qu'il était advenu de la confiance du Suédois détroussé ne vaut pas qu'on en fasse état. Joe n'y avait d'ailleurs pas consacré une seule pensée.

Mais ce qui était capital pour Joe, c'est qu'inspiré par la facilité avec laquelle ces cinquante dollars étaient tombés dans sa poche il avait déserté le comptoir poli sur lequel il poussait des gâteaux, des sandwiches et des tasses de café à longueur de journée, pour s'en aller vivre sa vie. Seulement les cinquante dollars avaient fondu rapidement, le Suédois n'avait pas eu de successeur, et maintenant Joe Shupe était obsédé par la nécessité de trouver de l'embauche.

De l'avis de Doc Haire, Joe avait un défaut : c'était un artisan inexpérimenté dans l'univers du crime ; il lui fallait par conséquent se contenter de voler ce qui lui tombait sous la main, méthode dépourvue de style et fertile en déceptions.

La même autorité avait souvent déclaré : « Gagner sa vie à coups de nerf de bœuf, c'est pas du tout cuit. Prends la moitié de ces types que t'entends raconter à tout un chacun qu'ils sont les rois des crocheteurs, les as de la mise en l'air et tout le reste — eh ben ! y en a pas un qu'est foutu de faire ses trois repas par jour ! Alors qu'est-ce que tu veux qu'un type qu'a pas de combine régulière et qui doit se fier au hasard fasse ? Peux-tu me le dire ? »

Cependant Joe Shupe n'avait pas tenu compte de cet avis, pas plus que de l'exemple de l'oracle lui-même. Car Doc Haire, bien qu'il se vantât d'être le casseur le plus compétent du Nord-Ouest, ne jugeait pas indigne de s'embarquer de temps en temps pour le « coron d'Alènes », afin de renflouer ses finances par quelques semaines de travail dans les mines. Joe comprenait bien que Doc avait raison ; que lui-même n'était pas équipé pour creuser dans la cuirasse protectrice dont l'espèce humaine revêt ses richesses, que l'aventure du Suédois n'avait été qu'un épisode fortuit et qu'il était vain d'en attendre la réédition. Il en voulait au Suédois, maintenant.

Un branle-bas insolite dans la rue interrompit la méditation de Joe Shupe. Au milieu de la chaussée, deux automobiles vrillaient, tournoyaient, reculaient dans un grotesque ballet et finalement s'arrêtaient. Des hommes commençaient à aller et venir en courant de l'une à l'autre. Un personnage de haute taille, vêtu d'un pardessus noir, se dressa dans l'une des voitures et se mit à tirer avec un revolver de petit calibre sur des cibles indéterminées.

Des armes surgirent dans les autres voitures et dans les mains des individus qui se trouvaient sur la chaussée entre les véhicules. Les passants se précipitaient sous les portes cochères. Du bas de la rue, un policier accourait, s'efforçant péniblement de sortir quelque chose de son côté et de libérer son poignet empêtré dans un pan de vêtement.

Un homme, portant une sacoche noire qui se balançait à son côté, traversa la rue en courant et se rua vers la porte où se tenait Joe.

Comme il touchait du pied la bordure du trottoir, l'homme s'étala de tout son long, moitié dans le caniveau, moitié sur le trottoir. Le sac lui échappa, glissa sur le pavement comme s'il eût été monté sur patins à roulettes et vint s'arrêter aux pieds de Joe.

La leçon de Doc Haire ne servit de rien. Sans accorder une pensée à la science du vol ni aux bienfaits de la spécialisation, Joe Shupe suivit son penchant naturel. Il ramassa la sacoche, s'engagea par la porte à tambour dans le vestibule de l'immeuble, tourna l'angle, suivit un corridor et atteignit enfin une petite porte qui donnait sur une ruelle. Cette ruelle menait à une autre rue dans laquelle un tramway venait de stopper pour éviter un camion. Joe grimpa dans le tramway.

Jusque-là, Joe Shupe ne s'était laissé guider que par l'instinct et, en admettant qu'il eût été bien inspiré en s'emparant du sac ou même en le touchant, il avait agi avec une adresse et une précision admirables. Mais, maintenant, voilà que la conscience lui revenait et reprenait son emprise sur lui. Il commença à se demander dans quoi il était allé se fourrer, si la prise valait le risque qu'entraînait sa possession et quelle était l'importance du risque. Il devint nerveux, son pouls s'accéléra, ses tempes bourdonnèrent et sa bouche se dessécha. Il eut la vision d'une nuée d'agents entassés comme des poulets en caisse dans des taxis lancés à ses trousses dans une poursuite échevelée.

Il descendit quatre rues plus loin et seule la crainte d'être épié par le conducteur lui fit renoncer à abandonner la sacoche. Il aurait préféré la laisser en douce derrière le siège, quitte à ce qu'on la retrouve au dépôt. Il s'éloigna rapidement de la voie du tramway, prenant avec reconnaissance tous les tournants que la ville mettait sur son passage, jusqu'à ce qu'il parvînt à une autre ligne de tram où stationnait une rame. Il y monta et y resta l'espace de six blocs, puis, par de nouveaux détours à travers les rues, il gagna finalement l'hôtel où il logeait.

Après avoir recouvert d'une serviette le trou de la serrure et baissé le store sur l'unique et étroite fenêtre, Joe Shupe mit la sacoche sur son lit et entreprit de l'ouvrir. Elle était munie d'une serrure de sûreté, mais avec son couteau il entama la paroi de cuir et fit une déchirure à travers laquelle son regard plongea dans des profondeurs de papier vert[1].

— Oh p… de mère ! s'exclama-t-il bouche bée. Tout le fric de la création !

Il se leva soudain, l'oreille tendue, tandis que de ses petits yeux bruns, il parcourait avec méfiance les murs de la pièce. Il gagna la porte à pas de loup, écouta encore, fit tourner prestement la clef dans la serrure et ouvrit d'une secousse, scrutant du regard le couloir sombre. Puis il retourna au sac noir, élargit l'ouverture qu'il avait pratiquée et se mit à déverser son butin sur le lit : un amoncellement de papier vert — un plein boisseau de petits pavés bien moelleux ceinturés de

1. Toutes les coupures de la monnaie des États-Unis sont imprimées dans cette couleur (*N.d.E.*).

papier. Billets de mille, de cent, de dix, de vingt, de cinquante ! Un long moment, il demeura la bouche ouverte, fasciné, haletant ; puis il recouvrit hâtivement la pile de coupures avec l'une des couvertures grises et lustrées du lit et s'affaissa lourdement à côté.

À présent, le désir de connaître le montant du tout se mêlait à la stupéfaction de Joe, aussi voulut-il compter le magot. Il comptait lentement, avec difficulté, sortant un paquet de billets de sa cachette et le plaçant sous une autre couverture une fois l'opération terminée ; billet par billet, sans se soucier du total imprimé sur les bandes. À cinquante mille, il s'arrêta, estimant qu'il avait bien manipulé un tiers de la pile. Son effervescence intérieure, jointe à l'effort inaccoutumé qu'avait dû fournir son cerveau pour cette addition, avait fini par éteindre sa curiosité.

Son esprit, libéré de son fardeau mathématique, était maintenant assailli par des pensées alarmantes : le patron de l'hôtel, qui faisait en même temps office de portier, l'avait vu entrer avec la sacoche et, bien que cet objet fût d'un modèle courant, toutes les sacoches noires allaient automatiquement attirer les regards et retenir l'attention après la lecture des journaux du soir. Joe se dit qu'il lui faudrait quitter l'hôtel et se débarrasser du sac.

Avec acharnement et au prix de deux belles ampoules qu'il se fit aux mains, il hachura le sac avec son couteau émoussé. Puis il le plia dans un vieux journal de manière à en faire un petit paquet d'apparence anodine. Ensuite, il répartit l'argent sur toute sa personne, emplissant ses poches et fourrant même quelques liasses dans sa chemise. Cela fait, il se regarda dans

la glace : piètre résultat : il avait décidément l'air d'un bibendum. Ça ne ferait pas l'affaire. Il sortit sa vieille valise de dessous son lit et y cacha l'argent sous les quelques vêtements qu'il possédait.

Sans perdre une seconde, il quitta l'hôtel. C'était le genre d'établissement où l'on paie d'avance. Il passa devant quatre poubelles avant de trouver le courage de se débarrasser des fragments de la sacoche, puis il les jeta hardiment dans la cinquième.

Il alla chercher un hôtel à l'autre bout de la ville, loua une chambre et s'y installa aussitôt.

Derrière les persiennes tirées, un trou de serrure masqué et des impostes fermées, il sortit encore une fois l'argent. Il avait l'intention de connaître l'étendue de sa fortune, mais, quand il s'aperçut qu'il avait tout mélangé, ce qui était compté avec ce qui ne l'était pas, l'immensité de la tâche l'incita à renoncer à son projet. C'était un « vache boulot » et, d'ailleurs, les journaux du soir lui apprendraient combien il avait embarqué au juste.

Il désirait ardemment voir son argent, en repaître ses yeux, le caresser avec ses doigts, mais l'énormité même de sa fortune le mettait mal à l'aise, l'effrayait, bien qu'elle fût à l'abri des regards inquisiteurs. Il y en avait trop. Cela l'énervait. Un millier de dollars ou même dix mille l'eussent fait crier de joie, mais cette cargaison… Furtivement, il remit le tout dans la valise.

Pour la première fois, il y pensa non plus comme à de l'argent proprement dit, mais à ce que cela représentait : femmes, cartes, alcool, oisiveté, tout quoi ! L'espace d'un instant, il eut le souffle coupé à la pen-

sée de ce que l'univers avait à lui offrir désormais ! Et il se rendit compte qu'il était en train de perdre son temps, que toutes ces choses étaient là dehors qui l'attendaient, pendant qu'il restait planté dans sa chambre à rêver d'elles. Il ouvrit la valise pour en extraire deux poignées de billets qu'il fourra dans ses poches. Dans l'escalier, entre le bureau de l'hôtel et la rue, il s'arrêta subitement. Un hôtel de cet ordre — ou tout autre — n'était certainement pas un endroit où l'on pouvait laisser quelque cent cinquante mille dollars sans surveillance. Quel crétin il serait de le laisser là pour qu'on le lui vole !

Il remonta en hâte et cette fois, sans s'arrêter ni songer à prendre la moindre précaution, il sauta sur la valise. L'argent était toujours là. Alors il s'assit et entreprit de réfléchir au moyen de mettre son pactole en lieu sûr pendant son absence. Il avait faim — il n'avait pas mangé depuis la veille —, mais il ne pouvait pas se risquer à abandonner cet argent. Il trouva un morceau de papier résistant, y emballa les billets et ficela solidement le tout, faisant de la sorte un paquet assez important, mais d'apparence normale.

Dans la rue, les crieurs de journaux annonçaient une édition spéciale. Joe acheta un journal, le plia avec soin pour dissimuler les titres de première page et entra dans un restaurant de la première avenue. Il s'assit à une table d'angle, tournant le dos à la salle, son paquet par terre et ses pieds sur le paquet. Puis, avec une nonchalance feinte, il déplia le journal devant lui et lut le compte rendu d'une attaque à main armée en plein jour, au cours de laquelle deux cent cinquante mille dollars avaient été subtilisés à un fourgon appartenant

à la succursale n° 4 de la Banque nationale. Deux cent cinquante mille dollars ! Il se pencha pour empoigner le paquet et, dans sa hâte, sa tête cogna bruyamment la table. L'ayant récupéré, il le mit sur ses genoux. Puis il rougit, se ressaisit rapidement, pâlit d'inquiétude et s'étira avec un bâillement un peu forcé. Après s'être assuré que personne dans le restaurant n'avait remarqué son manège insolite, il reporta son attention sur le journal.

D'après le quotidien, cinq des bandits avaient été capturés sur-le-champ et deux d'entre eux étaient grièvement blessés. Les criminels, qui, s'il fallait en croire l'article, avaient dû être renseignés sur un transfert d'argent exceptionnellement important par un complice dans la place, avaient raté leur manœuvre d'abordage, ils avaient, en effet, arrêté leur propre voiture trop loin de celle de leurs victimes pour réussir le coup. Néanmoins, le sixième bandit avait disparu avec l'argent. Comme il fallait s'y attendre les autres niaient la présence d'un sixième complice, mais la disparition du magot témoignait irréfutablement en faveur de son existence.

En sortant du restaurant, Joe se rendit dans un petit bar de Howard Street, où il acheta deux bouteilles d'alcool pour les emporter dans sa chambre. Il avait décidé qu'il resterait chez lui cette nuit-là : il ne pouvait pas sortir avec deux cent cinquante mille dollars sous le bras. Et si une craquelure du papier d'emballage allait céder à la pression qui s'exerçait sur elle ? Et s'il laissait tomber son paquet ?

Dans sa chambre, il s'agita pendant des heures, ruminant son problème avec toute l'application dont était capable son cerveau hébété. Il déboucha l'une des bouteilles dont il venait de faire emplette, mais la repoussa sans y goûter… Il ne pouvait pas se risquer à boire, tant qu'il n'avait pas mis l'argent en lieu sûr. Il avait trop conscience de sa responsabilité pour se laisser troubler par les vapeurs de l'alcool. La tentation des femmes, des cartes et des autres plaisirs ne le tourmentait pas encore; il serait bien temps d'y penser quand l'argent serait en sûreté. Il ne pouvait pas le laisser dans sa chambre, et il ne pouvait le déposer dans aucun de ses refuges habituels ni, si l'on va par là, dans aucun endroit imaginable.

Il dormit peu cette nuit-là : au matin, le problème était encore entier et n'avait pas progressé. Il pensa déposer l'argent en banque, mais rejeta aussitôt cette solution, à cause de son absurdité même : il ne pouvait guère se présenter dans un établissement de crédit quelques jours après un vol qui avait suscité une publicité tapageuse et s'y faire ouvrir un compte au moyen d'un sac d'espèces. Il songea même à quelque endroit retiré où il pourrait enfouir sa propre fortune, mais cela lui parut encore plus ridicule. Quelques pelletées de terre ne constituaient pas une protection suffisante pour un tel trésor. Il pourrait acheter ou louer une maison et dissimuler l'argent sous son propre toit; mais il fallait prévoir le risque d'incendie. D'ailleurs, telle cachette qui aurait été excellente pour abriter quelques centaines de dollars s'avérait plus qu'insuffisante quand il s'agissait de plusieurs milliers : il lui fallait avoir un plan absolument sûr à tous points de vue, un plan de tout repos qui ne laisserait subsister aucune fissure par où l'argent pourrait s'échapper. Il connaissait bien cinq ou six bonshommes susceptibles de le conseiller utilement sur la conduite à tenir, mais à qui se fier, pour une somme aussi exorbitante que deux cent cinquante mille dollars ?

Quand la tête lui tourna, à force d'avoir trop fumé, l'estomac vide, il fit sa valise et quitta l'hôtel. La journée qui suivit, lourde de malaise et d'inquiétude, avec son fardeau tantôt à main, tantôt sous son pied, ne lui porta pas conseil. Le cauchemar vert qu'il transportait dans son sac délabré paralysait son esprit déjà fort peu doué pour la spéculation. Ses nerfs commençaient à lancer à son cerveau de petits messages agités, avant-coureurs de la panique.

En sortant d'un restaurant, ce même soir, il rencontra Doc Haire en personne.

— Bonsoir, Joe. Tu t'en vas ?

Joe regarda la valise au bout de son bras.

— Oui, fit-il.

C'était cela. Pourquoi n'y avait-il pas pensé plus tôt ? Dans une autre ville, loin du théâtre de l'agression, il échapperait à toutes les contraintes qui l'oppressaient à Spokane.

Seattle, Portland, San Francisco, Los Angeles, l'Est !

Bien qu'il eût payé pour un wagon-lit, Joe Shupe se garda bien de l'occuper : il voyagea assis toute la nuit dans un simple compartiment. Au dernier moment, il s'était en effet rappelé que les usages des sleeping-cars lui étaient inconnus ; peut-être ne pouvait-on pas garder avec soi ses bagages à main, Joe n'en savait rien, mais ce qu'il savait, c'est qu'il ne se dessaisirait pas de la valise, et de son contenu.

À Seattle, il ne se sentit pas vraiment plus libre qu'à Spokane. Il avait eu l'intention de se faire ouvrir un compte dans chacune des banques de la ville et de répartir ses richesses en multiples tranches de médiocre importance. Deux jours de suite, il essaya de mettre son plan à exécution. Mais ses jambes se dérobaient chaque fois qu'il voulait franchir le seuil d'un établissement de crédit. Il y avait quelque chose de trop austère, de trop artificiel, de trop « au courant de tout », rien que dans l'architecture de ces institutions financières — sans parler des complications et des questions qui attendaient le nouveau venu, une fois entré.

La peur d'être frustré de son magot par des voleurs plus rusés que lui — et il admettait franchement maintenant qu'il pouvait y en avoir un certain nombre — commença de l'obséder et le tint à l'écart des salles de danse, des salles de billard, des maisons de jeu et des bars. Si quelqu'un essayait d'entrer en conversation avec lui, en faisant quelque remarque sur la pluie ou le beau temps, il filait, sans se retourner. Le jour de son arrivée à Seattle, il s'acheta un assortiment complet de vêtements rutilants aux vives couleurs, mais il ne les porta qu'une demi-heure. Un tel accoutrement, songea-t-il, lui donnait une apparence trop aisée, et cela ne manquerait pas d'attirer l'attention des bandes organisées.

La nuit, maintenant, il dormait avec la valise serrée contre lui, sous les draps, et il l'enlaçait de ses bras, dans un geste qui n'était pas sans rappeler l'étreinte d'un jeune marié. De temps à autre, il s'éveillait, pris de panique ; croyant sentir quelqu'un tirer sur son précieux colis.

Chaque nuit il couchait dans un hôtel différent. Et, tous les jours, il cherchait un nouveau logis, car il craignait que sa manie de transporter constamment son bagage avec lui n'éveillât la curiosité du portier s'il prolongeait le séjour dans l'un de ces hôtels.

Le peu d'intelligence dont il disposait à l'ordinaire se trouvait complètement submergé par la frayeur dans laquelle il vivait. Il errait sans but autour de la ville, avec dans ses yeux furtifs une expression de lièvre traqué. Il tournait en rond, sans destination, sans objet, le cœur plein de pressentiments qui ne pouvaient que contribuer à obscurcir son raisonnement.

Ses journées étaient réglées selon une absurde routine : à huit heures ou huit heures et demie le matin, il quittait l'hôtel où il avait passé la nuit, prenait son petit déjeuner dans une crémerie avoisinante et se mettait en route ; il descendait la Seconde Avenue jusqu'à Yessler Way, rejoignait la Quatrième à Pike et quelquefois poussait plus loin encore, jusqu'à Steward ; il revenait enfin à la Seconde Avenue, à Yessler Way, à la Quatrième…

Parfois il changeait d'itinéraire et allait s'asseoir une heure ou deux sur l'un des bancs métalliques peints en vert qui encerclent le « totem » au Square des Pionniers. Il restait là, contemplant la rue d'un air absent, sa valise à côté de lui ou sous son pied. Tout à coup, aiguillonné par une inquiétude obscure, il se levait brusquement et retournait à sa promenade le long de Yessler Way jusqu'à la Quatrième, puis au Pike, puis à la Seconde Avenue, puis à Yessler Way, puis…

Quand il pensait à se nourrir, il prenait un repas frugal dans le premier restaurant venu, mais souvent il oubliait de manger de toute la journée.

Ses nuits étaient terriblement agitées ; dans l'obscurité, son esprit sortait un peu de sa torpeur et devenait sensible à la douleur. Couché dans le noir, toujours dans une chambre étrangère, il était en butte à des terreurs dont le chaos désordonné touchait au délire. C'est seulement en rêve qu'il voyait les choses clairement. Des sommes de courte durée et fort espacés lui apportaient des images distinctes aux contours burinés, dans lesquelles il se trouvait invariablement dépouillé de son argent et objet de sévices fort peu attrayants.

La fin était inévitable. Dans une plus grande ville, Joe Shupe aurait probablement persévéré de la sorte jusqu'à la désagrégation complète de son cerveau et l'effondrement final. Mais Seattle n'est pas assez important pour que l'identité de ses habitants s'y trouve noyée. Les visages des étrangers y deviennent familiers : vous prenez l'habitude de rencontrer l'homme au derby marron quelque part aux abords de la poste et la fille rousse qui a des raisins sur son chapeau dans Fine Street entre midi et une heure, et vous cherchez automatiquement du regard le beau jeune homme mince à la moustache agressive que vous vous attendez à croiser en ville au moins deux fois dans le courant de la journée. C'est ainsi que deux agents de la Prohibition en vinrent à reconnaître Joe Shupe dans la personne qui errait avec sa valise délabrée et son air effaré.

Ils ne le prirent pas très au sérieux, au début, jusqu'à ce que, tout à fait accidentellement, ils se rendissent compte qu'il changeait de domicile toutes les nuits. Puis, un jour qu'ils n'avaient rien de spécial à faire et que le souvenir du savon que leur chef leur avait passé sous prétexte qu'ils n'avaient « pas de rendement » était encore frais à leur mémoire, ils rencontrèrent Joe dans la rue. Ils le filèrent deux heures durant — de la Quatrième Rue à Pike Place, de Pike Place à la Deuxième Rue, de la Deuxième Rue à Yessler Way, de Yessler Way à Pike Place… Au troisième tour complet, le désarroi et la mauvaise humeur incitèrent les agents à accoster Joe.

— J'ai rien fait ! leur dit Joe, étreignant convulsivement sa valise contre son corps ravagé. Laissez-moi tranquille !

L'un des agents dit quelque chose que Joe ne comprit pas — il était de toute manière dans l'incapacité de comprendre quoi que ce fût —, mais les larmes montèrent à ses paupières rougies et ruisselèrent dans le creux de ses joues.

— Laissez-moi tranquille ! répétait-il.

Puis, serrant toujours la valise contre sa poitrine, il fit demi-tour et se sauva en courant. Les agents eurent vite fait de le rattraper.

Les déclarations de Joe Shupe quant à la façon dont il s'était approprié le quart de million volé furent accueillies dans un immense accès d'hilarité par la police, la presse et le public. Mais, comme la responsabilité de l'argent incombait désormais à la police de Seattle, il dormit d'un sommeil de plomb cette nuit-là et les nuits qui suivirent.

Et, lorsqu'il se présenta devant le jury, à la cour de justice de Spokane, quinze jours plus tard, pour tenter puérilement de convaincre le tribunal qu'il ne faisait pas partie de la bande des agresseurs du fourgon de la Banque nationale, il était redevenu lui-même et avait retrouvé tout son équilibre aussi bien physique que moral.

Titre original : *The Green Elephant* (*Smart Set,* octobre 1923).

Le Velu

Mettons que cela se soit passé dans les îles Tawi-Tawi. Cela fait de Jeffol un Malais, ce qui n'a d'ailleurs aucune importance. Aurait-il été maya ou gourkha, il aurait ouvert le bras de Levison d'un coup de machette ou de koukri au lieu de se servir d'un criss, mais le résultat aurait été le même. Et pour ce qui est de Dinihari, la race est également matière négligeable. C'était une de ces femmes dociles et complaisantes dont le « non » initial se transforme toujours en « oui » avant qu'il ait franchi leurs lèvres. On trouve de ses pareilles aussi bien à Nome qu'à Durham ou au Cap, et la nuance de leur teint n'y change rien.

C'était une femme brune à la chair lisse qui savait si bien draper un sarong autour de ses reins qu'il semblait faire partie de sa personne — un coup à attraper qui permet à certaines femmes de tirer parti d'un sac à pommes de terre, alors que d'autres en sont à jamais incapables, même si on les couvre de brocarts du Japon. Elle était petite, joliment bâtie et pleine de dignité. Peut-être n'était-elle pas parfaitement belle, mais c'était le genre de femme qu'on ne peut quitter des yeux lorsqu'on se trouve seul avec elle et qu'on préfère ne pas voir appartenir à un homme dont on a peur. C'était l'époque où elle était à Levison.

Tout d'abord elle avait appartenu à Jeffol. Je ne sais pas où il l'avait pêchée. Elle ne parlait pas l'idiome du village, mais ça ne veut jamais dire grand-chose là-bas, où s'entremêlent mille dialectes : des mélanges de malais, de tagalogs, de portugais et de Dieu-sait-quoi. Elle portait un sarong lamé de *kain sungkit* ; donc il l'avait de toute évidence ramenée de Bornéo. Quand il rentrait d'une expédition de pêche, on pouvait toujours s'attendre à lui voir ramener n'importe quoi.

Jeffol était un beau type de Malais, aussi bon compagnon dans une bagarre qu'à table. Pour un Malais, il était très grand, presque aussi grand que moi, et son corps avait une maigreur trompeuse qui ne permettait pas de deviner l'étrange force de ses muscles, souples comme des serpents. Il avait un visage gai, intelligent, presque beau, et une démarche pleine d'assurance. Il avait vite fait de porter la main aux couteaux qui garnissaient sa ceinture, et il arborait à même la peau, de jour comme de nuit, un boléro ajusté et sans manches, brodé de versets coraniques. Cette jaquette était la chose du monde à laquelle il tenait le plus — tout de suite après son grigri.

Son frère aîné était sorcier comme l'avait été leur père, mais ce frère n'avait guère hérité l'autorité ni le penchant du père pour la magie. Son autorité avait été annihilée par le gouvernement militaire et c'est Jeffol qui avait pris tous les talents de la famille. Aussi celui-ci avait-il mené une existence sauvage et déchaînée, jusqu'au jour où Langworthy lui mit le grappin dessus.

Langworthy était déjà installé dans l'île quand j'y arrivai. Il n'avait pas obtenu de résultats bien brillants. La religion mahométane convenait mieux aux Malais, surtout sous la forme dégénérée qu'ils avaient adoptée. Langworthy n'avait rien du missionnaire décharné, solennel et chevalin. C'était un homme au coffre puissant, aux muscles lourds ; il faisait des haltères et du punching-ball tous les matins avant le petit déjeuner, et il passait son temps à arpenter l'île d'un bout à l'autre, le visage congestionné, avec un sourire tout prêt, pour parer à n'importe quelle rencontre ; dès qu'il vous apercevait, son menton pointait en avant et il souriait en vous toisant de haut.

Il ne me plaisait pas.

Dès le début, il y eut des frictions. J'avais mes raisons de lui cacher d'où je venais et, quand il eut compris que j'avais l'intention de m'installer pour un bout de temps, il me dit que je n'aurais pas sur ses fidèles — c'est ainsi qu'il les appelait, malgré le peu d'attention qu'ils lui accordaient — une bonne influence. Plus tard, il se mit à envoyer à Bangao rapport sur rapport, m'accusant de corrompre les indigènes et de porter atteinte au prestige des Blancs.

Finalement, il me prit en grippe quand il sut que je leur avais enseigné à jouer au mistigri. Comme ils avaient la manie de parier sur tout dès qu'ils avaient un sou à perdre, je m'étais dit qu'autant valait les faire jouer à quelque chose qui laissât un peu moins de chances au hasard. Si ce n'était pas moi qui gagnais leur argent, ce seraient les Chinois qui le leur prendraient et, de plus, la somme totale qui entrait en jeu ne valait pas de quoi fouetter un chat.

Quelque deux ans plus tôt, avant 1900, Langworthy n'aurait pas eu de mal à se débarrasser de moi, mais, depuis ce temps-là, l'emprise du gouvernement s'était un peu relâchée. Je ne sais pas ce qu'on lui écrivit pour répondre à ses lamentations, mais l'absence de toute intervention officielle le décida à agir.

— Peters, me disait-il, il faut que vous quittiez l'île. Vous avez une mauvaise influence et il faut vous en aller.

— Mais oui, bien sûr, lui répondais-je en bâillant. Mais c'est pas tellement pressé.

Nous étions au plus mal ensemble et, pourtant, c'est grâce à mes parties de mistigri qu'il finit par marquer un point dans son apostolat, bien qu'il ait toujours refusé d'en convenir.

Un beau soir, Jeffol se ruina au jeu — y laissant sa fortune de quarante dollars mexicains — et découvrit ce qui, pour son esprit naïf, était la cause évidente de sa déveine. Son grigri avait disparu, ce précieux ramassis de porte-bonheur qu'il portait dans un sachet puant, accroché par une ficelle autour de son cou. J'eus beau essayer de le prendre à la rigolade, il refusa de m'écouter. Sa protection contre tous les maux de ce monde — et de tous les autres mondes qui existaient peut-être — avait disparu. Maintenant il pouvait lui arriver n'importe quoi — mais rien de bon. Il se mit à errer à travers le village, la tête basse, s'offrant comme un fruit mûr aux griffes de Langworthy, et Langworthy ne le rata pas.

J'assistai à la conversion de Jeffol, mais de trop loin pour pouvoir entendre leur dialogue. Je m'étais assis au pied d'un cotonnier pour bourrer ma pipe. Jeffol

arpentait déjà la plage depuis plus d'une demi-heure, le menton sur la poitrine, en traînant les pieds, quand je vis arriver Langworthy. Il marchait les genoux raides, l'air avantageux, comme quelqu'un qui se rend à un match dont il sait qu'il sortira vainqueur. Il rejoignit Jeffol et dit quelques mots auxquels le Malais ne prêta aucune attention. La tête toujours baissée, Jeffol se contentait de poursuivre sa route, lui qui d'ordinaire se montrait poli. Langworthy lui emboîta le pas, et je les vis aller jusqu'au bout de la plage, puis revenir ; le Blanc parlait à toute vitesse et Jeffol, pour autant que j'en pouvais juger, ne disait mot.

Soudain, ils s'immobilisèrent, face à face. Le visage de Langworthy était plus congestionné que jamais, et son menton avançait, menaçant. Jeffol le regardait de travers, et finit par dire quelque chose. Langworthy lui répondit. Alors Jeffol fit un pas en arrière et porta la main au manche d'ivoire du criss qui était accroché à la ceinture de son sarong. Mais il n'eut pas le temps de tirer son arme : le missionnaire avait foncé à temps et l'avait jeté à terre d'un gauche violent en plein ventre. Je me levai et quittai les lieux en me disant que, si jamais j'avais une altercation avec Langworthy, je ferais bien de me méfier de son poing gauche. Je n'avais pas besoin de m'attarder davantage pour comprendre que Langworthy venait de faire un converti. Il y a deux choses qu'un Malais comprend tout de suite et respecte sans arrière-pensée : la violence et la plaisanterie. Si on est capable soit de le battre, soit de le faire rire, on peut ensuite le mener par le bout du nez… et, qui plus est, c'est avec plaisir qu'il obéira. La fois suivante où je rencontrai Jeffol, il était chrétien.

Malgré les protestations des sorciers, quelques autres Malais suivirent l'exemple de Jeffol et l'on vit Langworthy se rengorger. Il était assez malin pour avoir compris que la force de ses poings lui serait plus utile que celle des arguments théologiques les plus précieux ; aussi, après deux ou trois réunions évangéliques du type athlétique, il put se dire qu'il avait son troupeau bien en main — pour le moment.

Il perdit la plupart de ses ouailles quand il en vint au chapitre des épouses. Les femmes ne sont guère coûteuses à entretenir dans ce coin-là ; aussi, bien que la plupart des Malais de l'île ne fussent pas particulièrement fortunés, ils avaient presque tous les moyens de se payer deux femmes, et certains se trouvaient même à la tête d'affaires assez prospères pour prendre une petite esclave ou deux en plus des quatre épouses légitimes autorisées par la loi. Langworthy s'aventura sur ce terrain dangereux. Il annonça à ses disciples qu'ils devaient se débarrasser de toutes leurs femmes, à l'exception de la première épouse. Aussi tous ceux de ses nouveaux convertis qui avaient plus d'une femme s'empressèrent-ils de revenir à Allah — tous, excepté Jeffol.

Il avait mis toute sa ferveur dans sa nouvelle religion, désireux de compenser la perte de son grigri. Il avait quatre femmes et deux esclaves, dont Dinihari. C'est elle qu'il aurait voulu garder et les autres qu'il souhaitait renvoyer, mais il se heurta à l'opposition du missionnaire. Celui-ci affirma que seule la première des femmes de Jeffol était son épouse légitime. Jeffol faillit se regimber, mais il tenait absolument à conserver un substitut pour le grigri perdu. Ils en vinrent aux concessions mutuelles. Il devait répudier toutes ses femmes, puis se rendre à Bangao pour divorcer d'avec sa première épouse, et, à ce moment-là, Langworthy pourrait le marier à Dinihari. En attendant, la jeune femme se réfugia chez le sorcier. Celui-ci avait pour femme une mégère au visage de pleine lune qui, jusqu'à présent, avait interdit à son mari de prendre une seconde épouse, et leur foyer avait une assez bonne réputation pour offrir toute garantie de respectabilité à la jeune femme.

Il y avait trois jours que Jeffol était parti pour Bangao quand, un beau matin, nous nous réveillâmes pour découvrir que la colonie s'était enrichie d'un nouveau membre en la personne de Levison. Il avait débarqué pendant la nuit, seul, d'un sloop à moteur lourdement chargé de caisses de bois.

Levison avait tout du monstre. Haut de près de deux mètres, il paraissait cependant, de loin, être un homme de taille moyenne. Il pesait deux cents kilos comme rien, et ses vêtements se tendaient de partout sur sa viande épaisse, sans parler de son système pileux qui, à lui seul, valait le coup d'œil. Il était couvert de poils noirs, de la tête aux pieds. Ses cheveux en broussaille recouvraient sa tête depuis son front inexistant jusqu'à la base de sa nuque, ses sourcils s'étendaient au-dessus de ses yeux en une seule et épaisse barre menaçante, des poils lui sortaient des oreilles et des narines de son grand nez busqué. Immédiatement au-dessous de ses yeux noirs, à demi perdus dans les sourcils, commençait l'enchevêtrement de sa barbe longue de vingt-cinq centimètres pour le moins; venant rejoindre les poils dont tout le corps était couvert comme d'une fourrure d'ours, plus drus et plus serrés encore sur les épaules ; les bras et les jambes.

Il n'avait pas grand-chose sur le corps quand je vins en pirogue accoster son sloop pour l'accueillir, et les quelques vêtements qu'il portait étaient trop petits pour lui. Sa chemise avait craqué en quelque douze endroits et elle n'avait plus de manches. Les jambes de son pantalon avaient été arrachées à la hauteur des genoux. On aurait dit un matelas de crin qui crèverait de partout — mais le corps qui apparaissait sous les crins n'avait rien de flasque ni d'inconsistant. Cet homme était aussi leste qu'un acrobate. Je le voyais pour la première fois, mais je n'eus pas de peine à le reconnaître, d'après ce qu'on m'en avait dit à Manille un an plus tôt. Il s'était taillé là-bas une jolie petite réputation.

— Salut, Levison, lui criai-je en m'approchant. Bienvenu dans notre petit Paradis !

Il fronça les sourcils et me toisa de la tête aux pieds, puis des pieds à la tête, avant de me faire un petit signe de sa grosse tête bestiale.

— C'est vous le…

— Non, ce n'est pas moi, répondis-je.

J'enjambai le bord du bateau.

— Je n'ai jamais entendu parler de lui et je suis innocent de ses méfaits, quels qu'ils soient. Je m'appelle Peters, et je ne suis parent avec aucun des autres Peters.

Il me répondit par un éclat de rire et sortit une bouteille de gin.

~

Les quelques chaumières indigènes du village, construites sur pilotis afin que l'eau de la marée haute pût s'écouler dessous, étaient groupées au fond d'une petite baie abritée par le promontoire qui pointait en direction des Célèbes. Levison construisit sa demeure — une grande maison de trois pièces — un peu à l'écart, près de la pointe de la péninsule, auprès des ruines de l'ancienne cassine espagnole. Là, je passais de longues heures en sa compagnie. Il était difficile de s'entendre avec Levison, qui était vraiment antipathique — mais il avait du gin, du vrai gin, en grande quantité, et moi, j'étais lassé du *nipa* et du *samshu*. Il en conclut que je n'avais pas peur de lui, et cette erreur le rendit plus maniable.

Ce Levison était un personnage étrange. Il était fort comme quatre et avait autant de bestialité qu'un tigre vicieux, mais pas de cette bonne bestialité toute simple de costaud ordinaire. Il se comportait comme un petit môme qui, après avoir été longuement torturé par les grands, se trouve soudain entouré d'enfants plus petits que lui. Cela m'intriguait. Par exemple, le vieux Muda se trouva un beau jour sur son chemin, au milieu de la jungle. Vous ou moi, nous aurions simplement écarté ce vieil empoté, ou même, si nous avions été d'humeur maussade, nous lui aurions peut-être flanqué un coup. Mais Levison le souleva de terre et tordit les jambes de Muda de telle façon qu'il fallut le transporter chez lui à bras d'hommes et que, par la suite, il ne put plus jamais mettre un pied devant l'autre.

Les Malais avaient baptisé Levison « Le Velu » (*Ber Bulu*) et, le voyant si fort, si grand, si brutal, ils avaient conçu à son égard une grande frayeur et une admiration démesurée.

Il était là depuis moins d'une semaine quand il ramena Dinihari chez lui. Je l'attendais dans sa maison lorsqu'ils arrivèrent.

— Allez-vous-en, Peters, me dit-il. On vient pour notre lune de miel.

Je me retournai vers la jeune fille. Elle se tortillait bêtement, tout en fossettes et en clins d'œil.

— Faites attention, conseillai-je au Velu. Elle est à Jeffol, et c'est pas un type commode.

— Je sais, ricana-t-il dans sa barbe. On m'a parlé de lui. Je l'emmerde.

— Ça vous regarde. Donnez-moi une bouteille de gin pour boire à votre santé et je me taille.

J'obtins mon litre.

~

Je me trouvais avec Levison et la jeune fille quand Jeffol revint de Bangao : moi, j'étais étalé sur un divan ; à l'autre bout de la pièce, le Velu se carrait dans un fauteuil, en train de bavarder, et Dinihari était assise à ses pieds, les reins cambrés pour pouvoir se retourner vers lui et le couver des yeux. C'était l'image même du bonheur indigène. Pensez donc : elle avait l'homme le plus costaud de l'île, l'homme le plus costaud de tout l'archipel et, qui plus est, un mâle velu comme un singe, dans une région où les hommes n'avaient guère de poils sur le corps.

La porte claqua et Jeffol parut. La cornée de ses yeux faisait une tache rouge sut son visage noir.

Comme il n'était pas encore familier avec le christianisme, il se servit, pour invectiver Levison, d'injures mahométanes. En un sens, elles ne sont pas mal, mais l'insulte suprême — généralement le mot « cochon » — fait peu d'effet sur des oreilles occidentales. Jeffol s'en tira assez bien. Il s'en serait tiré mieux encore s'il était entré en tenant ses couteaux à la main au lieu de les avoir gardés dans son sarong. La chaise de Velu bascula et il traversa la pièce d'un bond. Jeffol eut le temps de tirer un criss avec lequel il ouvrit le bras de Levison du coude au poignet. Mais, après ça, Jeffol était liquidé : Levison était trop grand, trop fort pour lui. Il le saisit, lui arracha ses couteaux, l'empoigna par le bras et la cuisse et le flanqua dehors à toute volée.

Et Dinihari ? Le corps de son précédent seigneur et maître n'avait pas encore atteint le sol — une mauvaise chute à faire par marée basse — qu'elle s'était déjà penchée sur le bras poilu de Levison pour baiser dévotement la blessure saignante.

Jeffol dut s'aliter pour une semaine, avec une foulure à l'épaule et des contusions plein le dos. Je passai le voir un jour, mais il fut assez réticent. Il avait l'air de penser que j'aurais dû intervenir. Sa mère — cette vieille édentée de Ca'bi — me mit à la porte dès qu'elle m'aperçut, ce qui écourta ma visite. Elle avait tout de la vieille sorcière.

Pendant un jour ou deux, le village fut en effervescence, mais rien ne se produisit. Si Jeffol ne s'était pas fait chrétien, ça aurait pu mal tourner. Mais la plupart des Malais lui en voulaient de son apostasie et se disaient que la trahison de Dinihari n'était qu'un châtiment bien mérité. Et ceux qui étaient encore chrétiens étaient bien trop pusillanimes pour venir épauler Jeffol. Son frère le sorcier se lava les mains de toute l'affaire, et il fit aussi bien puisque, de toute manière, il aurait été incapable d'arranger quoi que ce soit. Il n'aimait pas beaucoup Jeffol, qu'il avait toujours envié, et il déclara qu'en quittant la jeune fille, sur la demande du missionnaire, Jeffol avait renoncé à tous ses droits. Dinihari était donc libre d'aller vivre avec Levison si ça lui plaisait. Et, de toute évidence, ça lui plaisait.

Langworthy alla trouver Levison. On m'en avertit quelques minutes plus tard et je bondis dans ma pirogue pour ne rien perdre : si le missionnaire devait recevoir une dérouillée, je tenais à y assister. Je ne l'aimais vraiment pas du tout. Mais j'arrivai trop tard. Au moment où j'atteignais la maison de Levison, Langworthy en sortait et il traînait un peu sa jambe. Je n'appris jamais ce qui s'était passé. Je questionnai Levison, mais, s'il avait vraiment traité le missionnaire comme il voulut me le faire croire, celui-ci n'aurait jamais pu s'en relever.

La foi chrétienne de Jeffol — ce pis-aller pour parer à la perte de son grigri — dut être contaminée par cette nouvelle infortune, mais Langworthy parvint à le garder en main, en ne lui laissant pas un instant de répit. Ils ne se quittaient plus ; on les voyait partout ensemble ; Langworthy dissertait pendant que Jeffol lui faisait la tête.

— Jeffol est prêt à foncer, dis-je un jour à Levison. Vous feriez bien d'ouvrir l'œil. Il a du sang de pirate.

— Du sang de pirate, mon œil ! répondit Levison. Douze de ses pareils ne me feraient pas peur.

Je m'en tins là.

Les habitants de la maison du promontoire vivaient des jours heureux. Dinihari s'épanouissait de bonheur. Elle idolâtrait son gros mâle velu, lui rendait un véritable culte. Elle le contemplait pendant des heures de ses yeux noirs ; éperdus de gratitude. Si par hasard il faisait la sieste au moment de mon arrivée, elle m'en avertissait en se servant du mot *beradu*, qui, dans le dialecte de l'île, était réservé au sommeil des rois.

Levison, emporté par cette adoration qui le dépassait, s'adoucissait et parfois passait des jours d'affilée sans faire un éclat. Même quand il retombait dans la méchanceté, ce qui lui était plus naturel, il ne dépassait jamais avec elle la cruauté moyenne des Malais. Et parfois même il faillit atteindre le personnage qu'elle croyait voir en lui : je me souviens d'un soir, nous étions tous passablement saouls, Levison et moi, de gin, et la jeune femme, plus ivre encore, mais d'amour. Elle avait enfoui ses deux petites mains brunes dans la barbe de Levison, en un geste qui lui plaisait et qu'elle refaisait souvent.

— Accroche-toi bien ! lui cria-t-il en se levant d'un bond et en écartant sa chaise du pied.

Rejetant la tête en arrière, il la souleva de terre et se mit à tourner sur lui-même, la faisant tourbillonner dans l'espace comme un petit gosse autour d'un mât de cocagne. C'était peut-être idiot, mais sous la lumière jaunâtre de la lampe, le nez en bec d'aigle et la bouche rouge ouverte dans un éclat de rire au-dessus de la barbe noire à laquelle se cramponnait Dinihari, la souplesse du petit corps brun qui fendait l'air comme une écharpe, dans un ondoiement de chair nue et de sarong, tout cela avait une espèce de splendeur primitive. À ce moment-là, il faisait vraiment figure de géant.

Mais cet aspect-là de Levison, j'ai de la peine à me le rappeler. La dernière vision que j'eus de lui est celle qui est gravée dans ma mémoire. Cela se passa le soir où Jeffol vint le trouver pour la deuxième fois.

Il arriva tard, brandissant d'une main un colt d'ordonnance et de l'autre un criss. Sur ses talons trottinait la vieille Ca'bi, sa mère, suivie par Jokanain au nez cassé et par un sale petit cabot du nom de Unga. La vieille trimbalait un mystérieux paquet enveloppé de feuilles de *nipa*, Jokanain balançait à bout de bras un lourd casse-tête et Unga brandissait un vieux tromblon.

J'étais alors assis en tailleur sur le sol. J'allais me relever d'un bond, mais Unga pointa le tromblon vers moi :

— *Diam dudok !*

Je restai sagement assis là où j'étais. Les vieilles pétoires sont des armes traîtresses et j'avais plumé Unga de douze dollars mexicains la nuit précédente.

Levison avait bondi sur ses pieds, mais maintenant il ne bougeait plus. Le colt que tenait Jeffol était trop gros et tenu d'une main trop assurée pour qu'un type même aussi costaud que Levison tentât de sauter dessus. Dinihari seule osa avancer. Elle se jeta entre Jeffol et Levison, mais le Malais l'écarta de la main gauche et la poussa dans un coin, sans quitter de l'œil le Velu et sans déplacer son revolver.

La vieille Ca'bi partit en clopinant explorer les deux autres pièces.

— *Mari*, annonça sa voix croassante du seuil de la chambre à coucher.

Pas à pas, Jeffol fit reculer Levison jusqu'à cette pièce, et Ca'bi y entra avec eux. Alors la porte se referma et Unga, me menaçant toujours de sa pétoire, s'y accota.

Dinihari bondit vers lui. Jokanain la saisit par-derrière et la rejeta dans son coin. À travers la porte, on entendait Levison rugir des chapelets d'injures. La voix de fausset de Ca'bi mélangeait les jurons adressés à Levison et les ordres destinés à son fils. « Attaché » (*i kat*) et « tout nu » (*telanjang*) furent les seuls mots que je pus saisir parmi tout ce vacarme. Enfin la voix de Levison fut étouffée et le silence tomba.

Dans la pièce où nous nous tenions, personne ne bougeait. Dinihari restait tapie dans son coin, perdue dans la contemplation de ses orteils. Unga et Jokanain, aussi laids l'un que l'autre, s'immobilisaient comme deux statues, chacun devant sa porte. On n'entendait que le bavardage des roussettes dans les cotonniers et le bruissement du chaume agité par une brise qui puait le *tripang* séché.

J'avais une sensation pénible, le sentiment que nous allions assister à un dénouement fatal. Les Malais sont des gens simples. Quand ils se trouvent dans une situation qui leur permet de tuer, il est rare qu'ils se gênent. Sinon, pensent-ils, à quoi servirait la force ? C'est une sorte d'usage rationnel des talents naturels. Je savais qu'on était en train, à la mode malaise, de découper Levison en tout petits morceaux ; et, bien que ma mort à moi fût peut-être moins bien prévue dans tous ses détails, je me disais qu'elle n'en était pas moins écrite dans les astres. On ne fait pas long feu chez les Malais, une fois qu'on leur a laissé prendre le dessus. Sinon cette nuit, du moins demain soir, quelque jeune gaillard m'ouvrirait la gorge, pour la simple raison qu'il saurait que c'était possible.

Il s'écoula une demi-heure, plus mortellement longue qu'on ne peut l'imaginer. Mes nerfs commençaient à faire des leurs. La peur se transformait en rage devant ces délais apportés au dénouement tragique que j'attendais. J'étais impatient de savoir la fin.

Sous ma chemise était caché un revolver. Je pouvais le tirer doucement et descendre Unga, puis je tenterais ma chance avec Jeffol et Jokanain. Si j'étais un peu trop lent, Unga ouvrirait le feu avec sa pétoire et nous enverrait, moi et le mur contre lequel je m'appuyais, voler en éclats dans la mer des Célèbes. Mais ça valait quand même mieux que de calancher tout seul sans essayer d'emmener personne avec moi.

Il y avait encore du gin dans la bouteille qui se trouvait près de moi, et ça m'aiderait bien à réaliser ma petite manœuvre, si j'arrivais à en avaler un peu. Avec circonspection, d'un geste très lent, je tendis la main. Unga ne réagit pas ; je saisis alors la bouteille et en avalai une grande lampée, y laissant cependant pour plus tard un éventuel coup de l'étrier. J'allais reposer la bouteille quand, de la pièce voisine, nous parvint un bruit de pas ; la vieille Ca'bi parut sur le seuil, le visage métamorphosé par un affreux rire de goule.

— *Penggil orang-orang*, ordonna-t-elle à Jokanain, qui sortit aussitôt.

J'avalai ce qui restait de gin. Si je voulais tenter ma chance, il fallait le faire tout de suite, avant l'arrivée de toute la population du village. Je reposai la bouteille et me mis à me gratter le menton, ce qui mettait ma main à portée de mon revolver.

Alors on entendit hurler Levison, qui meuglait comme un taureau furieux, des hurlements qui ébranlèrent les poutres du plancher sur leurs attaches de rotin. Jeffol, qui avait abandonné son revolver, parut à son tour, marchant à reculons, et il se heurta à Unga. Le vieux tromblon explosa et du coup envoya le toit de chaume valser dans les airs.

Protégé par la confusion générale, je tirai mon revolver… et faillis le lâcher aussitôt : Levison venait de paraître sur le seuil, mais bon Dieu !…

Il était toujours aussi gros — finalement ils ne lui avaient pas découpé la moindre petite escalope, mais il était nu et sans le moindre poil. Sa peau, là où elle n'avait pas été bleuie sous l'étreinte des cordes, était d'un rose tendre et écorchée par places. Ils l'avaient rasé de la tête aux pieds.

Puis mon regard remonta jusqu'à son visage et je reçus un nouveau choc. Le moindre de ses cheveux avait disparu, rasé ou épilé, de même que ses sourcils, et cette tête, maintenant imberbe, fichée sur ce corps gigantesque, faisait l'effet d'une petite pustule. C'était une tête microscopique. Il y avait tout juste la place d'y loger le gros nez busqué et les oreilles qui, maintenant qu'il n'avait plus de cheveux pour les dissimuler, saillaient comme des feuilles de palmier. Sous sa bouche aux coins tombants, son menton absent n'était qu'une fuite vers le cou de taureau et cette chose molle tremblait comme le menton d'un bébé pleurard. Ses yeux, maintenant que les sourcils broussailleux n'étaient plus là pour les étoffer, avaient l'expression bête de deux boules de loto. Un gorille à face de rat, voilà ce qu'était devenu Levison, privé de sa tignasse ; et la colère qui empourprait ses joues lui donnait l'air plus grotesque encore ; on comprenait du reste pourquoi il avait préféré se dissimuler sous tant de végétation.

C'est Dinihari qui se mit à rire la première, un rire perlé d'enfant ravie. Alors j'éclatai à mon tour, bientôt imité par Unga et Jeffol. Mais ce ne furent pas nos rires qui achevèrent Levison. Ils auraient simplement pu le pousser à nous tuer. C'est la vieille Ca'bi qui enleva le morceau. Quand une vieille se met à se moquer d'un homme, on se sent pris d'envie de dire ses prières, et Ca'bi était presque centenaire.

Elle pointa l'index en direction de Levison et se mit à pousser des glapissements triomphants qui me firent froid dans le dos. Ses gencives racornies grimaçaient dans sa bouche grande ouverte, comme convulsées d'une allégresse toute personnelle, les tendons de son cou se gonflaient, ses pieds décharnés trépignaient sur place. Levison, nous oubliant tous, se tourna vers elle et s'immobilisa. L'excès de ses transports de joie faisait trembler la vieille de la tête aux pieds et son rire avait quelque chose de dément. Ce délire de joie, on avait l'impression de le voir lacérer de ses coups cinglants et métalliques le corps nu de Levison, lui entamant la peau, lui paralysant les muscles.

La grande masse de chair tondue s'affaissa, et Levison se mit à tapoter son visage d'une main qui, très vite, s'écarta d'un geste brusque, comme si le contact de son menton sans barbe lui avait brûlé la paume. Ses genoux fléchirent, ses yeux se mouillèrent, et son petit menton se mit à trembler. Trépignant devant lui, Ca'bi se déhanchait, le poursuivait de ses huées, le submergeait de sa dérision. Il recula, essayant de se débarrasser d'elle, courbant l'échine sous les rafales de son rire comme un chien se couchant sous la cravache. Plus il reculait, plus elle avançait, le repoussant dans la chambre, lui faisant traverser la pièce, le repoussant vers le mur de paille, que finalement elle le contraignit à traverser. On entendit le froissement du chaume, puis l'éclaboussement de l'eau.

Alors Dinihari s'arrêta de rire et s'essuya le visage du revers de sa manche. Elle fixait les yeux froids de Jeffol d'un regard soumis.

— Ton esclave (*patek*) est contente, lui dit-elle, de voir que son maître a retrouvé son grigri et qu'il est aussi fort qu'autrefois.

NOTE DE L'ÉDITEUR. — *Nous interrompons l'histoire du Velu pour poser une question intéressante : est-ce que vous devinez où Dashiell Hammett veut réellement en venir avec cette curieuse nouvelle ? Dinihari vient de dire que Jeffol a retrouvé son grigri. Mais quel est ce nouveau grigri de Jeffol ? Pourquoi celui-ci a-t-il poussé Jeffol à se venger d'une manière aussi*

> *étrange ? On devait s'attendre à le voir abattre Levison ou même à le voir découper Levison en petits morceaux selon la mode malaise ; mais ce n'est pas ce que Jeffol a fait : au lieu de cela, il a rasé le Velu. Pourquoi ? Pourquoi cette épreuve fut-elle plus efficace que la mort elle-même ? Ici réside le mystère de la nouvelle de Dashiell Hammett et vous allez trouver la solution au paragraphe suivant.*

— Ce n'est pas exact, répondit Jeffol, et il s'adoucit un peu, car Dinihari était une femme désirable et les Malais ont toujours eu du goût pour les plaisanteries corsées. Mais on trouve beaucoup de choses dans le livre des chrétiens *(neserani kitab) ;* il y a l'histoire que le missionnaire *(tuan padri)* m'a racontée d'un Velu qui s'appelait Samson, et il a terrassé tous ses ennemis jusqu'au jour où on lui a tondu les cheveux. Et il y a encore dans ce livre des tas d'autres sorcelleries *(tang kal)* qui peuvent servir pour toutes les occasions.

Ainsi c'était ce salaud de Langworthy qui avait tout manigancé !

Je ne les ai jamais revus. Cette nuit-là, j'ai quitté l'île, avec le sloop de Levison et toutes ses marchandises. On ne le reverrait plus, je le savais, même s'il n'avait pas été englouti par les requins qui jouaient à proximité du promontoire. Avant l'aube, sa maison serait pillée de fond en comble, et j'avais beaucoup plus de droits à son héritage qu'aucun des Malais. N'avais-je pas été son ami ?

Titre original : *The Hairy One* (*Sunset Magazine,* mars 1925, sous le titre *Ber-Bulu*).

Fais à autrui

Lefty entre, lâche sa valise, donne un coup de pied dans la porte pour la refermer et lance :

— Comment ça va, p'tit gars ?

Je me lève pour lui serrer la main et je réponds :

— Comment ça va, Lefty ?

Ce disant, je vois qu'il a un coquard, un œil au beurre noir dont le beurre doit dater d'une semaine. Le long de sa joue, de la peau toute neuve repousse sur une éraflure. Comme je suis un gars bien élevé, je ne reste pas là à examiner ces décorations et je demande :

— Alors, comment as-tu trouvé ton patelin ?

— Ben, en sortant de la gare, j'ai regardé devant moi et il était là... dit-il, histoire de plaisanter. Y a quelque chose dans le tiroir du bas ?

Il y a une bouteille de scotch dans le tiroir du bas. Lefty prétend que ce n'est pas du bon scotch parce qu'il ne veut pas qu'on s'imagine qu'il se fait posséder en trouvant bonne de la camelote distillée de ce côté-ci de la tasse mais, à le voir boire, le gars qui l'a fabriquée ne se sentirait pas du tout vexé de l'avoir fabriquée ici ou ailleurs.

Il déboutonne son gilet et dit :

— Eh ben ! p'tit gars, ça me fait du bien au cœur. On a beau dire, la grande ville, c'est chouette, mais quand on revoit le coin où on est né, les copains d'enfance, la famille et… Dis donc, p'tit gars, j'ai un frangin qui n'a pas encore dix-huit ans, je voudrais que tu le voies ! Il est bâti comme moi à quelques livres et à quelques pouces près, et comment qu'il a le punch ! Quand on met les gants à la cave, tous les deux, des fois le matin… Oh ! dis donc ! Même du temps où j'étais en forme, j'aurais eu du mal à le tenir, je voudrais que tu voies ça, p'tit gars !

Je crois que je peux maintenant faire allusion à ces choses qui ornent le visage de Lefty :

— Je voudrais bien. Pourquoi tu ne le fais pas venir ? Un gars qu'est capable de t'arranger le portrait de cette façon…

Lefty porte une main à l'œil qui est un peu moins fringant que l'autre.

— C'est pas lui. C'est…

Il rigole et sa main quitte son œil pour plonger dans sa poche et en ressortir un écrin qu'il me tend :

— Regarde-moi ça !

Dans l'écrin, il y a une montre qui a l'air d'être en platine, attachée à une chaîne qui a l'air d'être en platine. Je crois que c'en est.

Lefty me dit :

— Lis ce qu'il y a d'écrit dessus.

Sur le dos de la montre, je lis : À ALBERT PASTOR, (c'est ainsi que Lefty écrit son nom quand les circonstances l'exigent), EN GAGE DE RECONNAISSANCE, LES MEMBRES DU GROUPEMENT DE PROTECTION DES ÉPICIERS.

— « Groupement de protection des épiciers », je dis lentement, mais ça m'a tout l'air de…

— D'un racket !

Il finit pour moi et il se met à rigoler et il tape sur mon bureau à grands coups de poing.

— Traite-moi de menteur si tu veux, mais chez moi, dans mon patelin, ce petit village d'à peine deux cent mille habitants — entendons-nous, hein ? c'est quand même un petit coin peinard ! — il y a des « racketters » !

Je ne m'aviserais pas de traiter Lefty de menteur, même si je pensais qu'il en est un, parce que ce gars-là serait devenu champion du monde toutes catégories, avant de quitter les cordes pour venir s'établir avec moi, s'il n'y avait eu des règlements concernant la façon de se battre sur un ring, et s'il n'avait eu un caractère à oublier lesdits règlements. Alors je fais :

— Ah ! oui.

Lefty m'assure que oui. Il dit :

— J'en suis resté sur le cul, comme si j'avais pris une caserne de gardes mobiles sur la trogne. Des mœurs de grande ville dans un gentil p'tit coin comme ça ! C'est pas une rigolade ! Et mon vieux qu'est obligé de cracher tout comme les autres !

Il empoigne la bouteille de ce scotch qu'il prétend mauvais.

— Ton père est épicier ? je demande.

— Oui. Il a toujours voulu que je suive ses traces et c'est la vraie raison pour laquelle il ne voyait pas d'un bon œil ma carrière pugilistique. Mais, maintenant, ça s'est tassé — maintenant que je me suis retiré de l'arène. C'est un chouette vieux gars si on est assez vieux pour le comprendre et on s'entend pas mal. Je lui ai offert une bagnole et je voudrais que tu le voies se trimballer dedans. Tu croirais qu'il roule en Duesenberg.

— Vrai ?

— Non, répond Lefty. Mais au moins dans une Rolls. Bref, je suis là depuis deux jours et voilà qu'il se met à fulminer contre ces fripouilles qui racolent tous les épiciers du pays : vous allez vous joindre au groupement de protection des épiciers, sinon gare… et y a pas beaucoup d'amateurs pour le « sinon, gare »… Le commerce de l'épicerie ne va déjà pas très fort, et c'est pas d'engraisser ces zèbres-là que ça le fera marcher mieux. Le vieux était plutôt inquiet.

« Moi, je ne lui dis rien, mais je réfléchis tout seul à part moi et je me dis comme ça : qu'est-ce qui m'empêche d'aller trouver ces cocos-là et de leur demander s'ils veulent être raisonnables ou si je dois m'occuper sérieusement d'eux ? Je vois pas d'empêchement à ça. T'en vois, toi ?

— Non, Lefty, pas le moindre.

— Ben moi non plus, assure Lefty. Alors j'y vais et ils décident de ne pas être raisonnables. Ils sont là, deux, dans le bureau du groupement de protection, quand je m'amène — à peu près ce que je m'attendais à trouver. Ils ont le bagout, mais pour ce qui est de la pratique : zéro. Il y en a un troisième qui s'amène un peu après, mais entre-temps je me suis pas mal échauffé et il y a des bras de fauteuil et des pieds de table à portée ; alors, je m'en sors assez bien et le vieux et quelques autres épiciers me paient cette tocante avec ce qu'ils auraient dû allonger le mois suivant pour être protégés, s'il était resté quelque chose du groupement de protection.

Il remet la montre et sa chaîne dans leur boîte, délicatement, l'écrin dans sa poche et me demande :

— Au fait, comment vont *nos* affaires ?

De ma poche je sors l'enveloppe avec l'argent dedans et je la lui tends.

— Voilà ta part, je lui dis, mais celui de Caresse n'est pas dedans ; tu sais bien, le petit gros du coin de la Troisième Avenue.

— Je le connais, dit Lefty, qu'est-ce qu'il lui prend à celui-là ?

— Il dit que ça lui a coûté tellement cher de se faire protéger qu'il n'y a plus rien à protéger. Alors il ne marche pas pour l'augmentation du tarif.

— Ah ! c'est comme ça, fait Lefty. Dès que j'ai le dos tourné, ces cocos-là essayent d'y couper.

Il se lève et boutonne son gilet.

— Eh bien ! je vais aller rendre visite à ce coco-là et je vais lui demander s'il veut être raisonnable, ou si je dois m'occuper de lui sérieusement.

Titre original : *Albert Pastor at home* (*Esquire,* automne 1933).

Un petit coin tranquille

Nous avions à peine couvert sept kilomètres depuis Filmer que déjà l'autocar était aussi bouillant qu'une cafetière. Nous descendions vers le sud par une chaleur étouffante, à travers l'âcre poussière blanche du désert de l'Arizona.

J'étais le seul voyageur. Le chauffeur n'avait pas plus envie de parler que moi. Nous avions roulé toute la matinée dans une sorte de four hérissé de cactus, et clouté de touffes de sauge. Nous n'avions pas échangé un seul mot, sauf quand le chauffeur avait dû donner à boire à sa vieille ferraille.

L'autocar rampait sur le sable fin ; il s'enfonçait entre les escarpements rouges des falaises ; plongeait au fond du lit asséché des torrents où des bouquets d'herbe poussiéreuse ont l'air d'un écran de dentelle tendu sur la réverbération de la lumière ; et longeait les barrancos aux bords acérés.

Le soleil montait dans le ciel embrasé. Plus il montait, plus il grossissait et plus il chauffait. Je me demandai quel degré de chaleur il fallait atteindre pour faire partir toutes seules les balles du revolver que je portais sous le bras. Non que cela eût la moindre importance :

si la température montait encore, tout allait sauter, et nous avec. La voiture, le désert, le chauffeur et moi-même allions tous nous disperser dans l'atmosphère en un même jaillissement d'étincelles. D'ailleurs, qu'est-ce que ça pouvait bien faire !

Voilà ce que je ressassais dans ma tête, pendant que nous grimpions une côte interminable, passions le col et nous laissions glisser vers Corkscrew.

Corkscrew ne doit jamais faire bien bon effet. Mais, par cet après-midi de dimanche chauffé à blanc, c'était particulièrement lamentable. Il n'y a qu'une seule rue sablonneuse, qui suit le tracé sinueux du cañon du Tirabuzon, d'où la ville a tiré son nom. Ils appellent ça une ville ; moi, je trouvais que le mot village aurait déjà été flatteur, quinze à dix-huit maisons misérables plantées le long de la voie zigzagante, contre lesquelles s'accotaient ou s'effondraient des cabanes croulantes, lorsqu'elles ne penchaient pas dangereusement vers l'extérieur.

Dans la rue, quatre autos étaient en train de cuire. Entre deux maisons, dans un enclos, une demi-douzaine de chevaux croupissaient ensemble sous un même abri. Personne en vue. Le chauffeur du car lui-même avait disparu à l'intérieur d'une baraque que son enseigne qualifiait d'Emporium Adderly, avec un vieux sac postal apparemment vide.

J'empoignai mes deux valises grises de poussière, descendis du car et traversai la rue en direction d'une enseigne délavée où l'on devine mal Hôtel du Cañon ; l'enseigne pendait à la porte d'un bâtiment de brique à deux étages, couvert en tôle.

Je traversai le hall nu et désert, poussai du pied une porte entrouverte, et entrai dans une salle à manger aux tables couvertes de toile cirée auxquelles étaient attablés pas mal de gens. Dans un coin de la pièce, un bureau, au mur, un tableau à clefs. Entre le bureau et le tableau, l'homme qui était assis sur un tabouret fit semblant de ne pas me voir. Il était gras, et les quelques vagues cheveux qui lui restaient étaient exactement de la même couleur que son teint brouillé.

Je posai mes valises et dis :

— Une chambre et beaucoup d'eau.

— La chambre, si vous voulez, répondit l'homme au teint plombé, mais l'eau, ça ne vous servira à rien. Plus vous boirez, ou plus vous vous laverez, plus vous serez sale et plus vous aurez soif. Où est ce putain de registre ?

Il ne le trouva pas, alors il me tendit une vieille enveloppe.

— Écrivez au dos de ça. Vous restez longtemps ?

— Je crois.

Une chaise s'écroula derrière moi.

Je me retournai pour voir un grand type maigre aux énormes oreilles rouges qui se rassit sur sa chaise en s'appuyant des mains sur la table.

— M'sieurs dames, commença-t-il à déclamer d'un ton solennel, le temps est venu d'abandonner le chemin de la perdition et de vous remettre au tricot. La loi vient d'entrer dans la province d'Orilla.

Le pochard me fit un salut, renversa ses œufs au jambon et se rassit. Les autres clients l'applaudirent à coups de couteau et de fourchette sur la table.

Je les observai, et ils m'observèrent. Un bel assortiment : il y avait des cow-boys tannés, des ouvriers agricoles aux muscles noueux, des travailleurs de nuit au teint blafard. La seule femme présente n'était sûrement pas d'ici : maigre, vingt-cinq ans, avec des yeux noirs trop vifs, des cheveux noirs coupés court et une sorte de beauté piquante qui montrait qu'elle n'était pas née dans un trou pareil. Plutôt de celles qu'on rencontre dans les grandes villes, aux endroits qui continuent à vivre après la fermeture des théâtres.

L'homme qui lui tenait compagnie était un gars du pays. Un type maigre qui n'avait guère plus de vingt ans ; il n'était pas très grand, et, dans son visage bruni, ses yeux d'un bleu très pâle prenaient un éclat surprenant. La régularité de ses traits avait quelque chose de trop parfait.

— Alors vous êtes le nouveau shérif ? me souffla dans le cou le gars au teint brouillé.

Quelqu'un n'avait pas su tenir sa langue !

— Oui !

Je cachai mon mécontentement derrière un sourire qui s'adressait indistinctement à tout le monde ; mais j'aurais bien échangé mon insigne contre cette chambre et cette flotte dont nous parlions tout à l'heure.

Nous traversâmes la salle à manger et le tôlier me conduisit au deuxième étage, jusqu'à une pièce mansardée qui donnait sur l'arrière de la maison :

— C'est là, dit-il, et il s'en alla.

Je me débrouillai comme je pus avec le pot d'eau posé sur la table de toilette pour me décrotter de toute la poussière que j'avais accumulée. Puis je tirai de ma valise une chemise grise et un costume de whipcord, et je fixai mon revolver sous mon bras gauche, où il ne serait un secret pour personne.

Dans chacune de mes deux poches de veste, je glissai un automatique 32 tout neuf — de petits engins camards qui ne valaient guère mieux que des jouets. Mais leur taille me permettait de les garder à portée de main sans avoir besoin de raconter à tout le monde que ce que je portais sous l'épaule ne constituait pas tout mon arsenal.

~

La salle à manger était vide quand je redescendis. Le patron, ce type pessimiste à tête de malade, passa la tête par l'entrebâillement d'une porte.

— Y a moyen de manger quelque chose ? lui demandai-je.

— Non ! et il désigna du menton une pancarte sur laquelle je lus : Heures des repas : 6 à 8 — 12 à 14 — 17 à 19.

La tête blafarde ajouta d'un ton aigre :

— Vous pouvez aller chez le Crapaud, si ça ne vous dégoûte pas.

Je sortis, je traversai la véranda, bien trop chaude pour abriter quoi que ce soit, et je descendis dans la rue, vide aussi pour la même raison.

La boutique du Crapaud s'élevait contre le mur d'une grande bâtisse à un étage, sur laquelle s'étalait, peint en travers de la façade, Palace de la Frontière.

C'était une petite baraque en bois remplie à craquer par un comptoir, huit tabourets, un fourneau, une poignée d'ustensiles de cuisine, quelques millions de mouches, un lit-cage vaguement caché par un rideau en toile de sac et le propriétaire. L'intérieur avait dû être blanc dans le temps ; maintenant, c'était couleur de fumée et de graisse, sauf à l'endroit où s'inscrivait, tracée à la main, la mention : « Repas à toute heure. Pas de crédit », suivie de la liste et du prix des plats. Ce menu disparaissait sous les chiures de mouches.

Le propriétaire était un petit vieux à la peau tannée, tout ridé et plein de bonhomie.

— Z'êtes le nouveau shérif ? me demanda-t-il.

Quand il sourit, je m'aperçus qu'il ne lui restait plus une seule dent.

— Délégué seulement. Mais j'ai faim. Je mangerai tout ce que vous voudrez, pourvu que ça ne morde pas et que ça ne soit pas long à cuire.

— Vu !

Il se mit à son fourneau et commença à entrechoquer les casseroles.

— On en a besoin, de shérifs, lança-t-il par-dessus son épaule.

— Pourquoi ? On vous fait des ennuis ?

— Personne ne me fait d'ennuis, je vous le garantis — et il désigna de sa main noueuse un tonneau de sucre placé sous les étagères, derrière le comptoir — et on n'est pas près de m'en faire !

La crosse d'un fusil sortait du tonneau. Je tirai l'arme : un fusil scié à deux canons ; vu de près, c'était un drôle d'engin !

Je le rangeai à sa place, car le vieux apportait les plats.

~

Une fois rassasié, je ressortis dans la rue tortueuse, une cigarette à la bouche. Du Palace de la Frontière, les échos d'une partie de billard me parvinrent. Je me laissai guider par le son et j'entrai.

Dans une grande pièce, quatre hommes étaient penchés sur les tables, pendant que cinq ou six autres, assis sur des chaises, le long du mur, les regardaient jouer. Le long d'une des parois s'élevait un bar de chêne. De l'autre côté, par la porte ouverte, on entendait battre des cartes.

Un gros type dont la bedaine était sanglée dans une veste blanche, et dont le plastron de chemise s'ornait d'un diamant, s'avança vers moi. Tout son visage rouge à triple menton s'éclaira d'un large sourire professionnel :

— Je suis Bardell, dit-il en me tendant une main grasse aux ongles brillants, aux doigts couverts de diamants, ici c'est mon hôtel. Content de vous connaître, shérif. Bon Dieu ! On avait besoin de vous, et j'espère que vous resterez assez longtemps parmi nous. Ces copains-là — il toussota et désigna les joueurs de billard — quelquefois, ils font du grabuge.

Je le laissai secouer ma main dans tous les sens.

— Je vais vous présenter les gars, dit-il en me collant son bras sur les épaules. Voici les gardes du « Cercle H.A.R. » — et il fit scintiller ses diamants en direction des joueurs — sauf cet hidalgo, Milk River, qui, parce qu'il est dresseur de chevaux, regarde les autres du haut de sa grandeur.

L'hidalgo, c'était ce jeune gars maigre qui était assis à côté de la jeune fille, dans la salle à manger de l'Hôtel du Cañon. Ses partenaires étaient assez jeunes, mais pas autant que lui. Ils étaient brûlés par le soleil, mordus par le vent, ils avaient les jambes en manche de veste et portaient des bottes à talons hauts. Buck Small avait des cheveux de filasse et des yeux à fleur de peau. Smith avait des cheveux de filasse et il était petit. Dunne était un Irlandais efflanqué.

Les spectateurs étaient, pour la plupart, des travailleurs agricoles de l'exploitation d'Orilla ou des employés des ranchs des environs. Parmi eux, deux exceptions : l'un s'appelait Chick Orr, son corps était épais et trapu, ses bras lourds, son nez écrasé, ses oreilles informes, ses dents d'or et il avait des mains noueuses de boxeur. Le nom de l'autre était Gyp Rayney, il avait le menton fuyant, un visage de rat, et tout son physique puait la cocaïne.

Conduit par Bardell, j'entrai dans la pièce du fond pour faire la connaissance des joueurs de poker. Ils n'étaient que quatre. Les autres tables de jeu, la table des dés étaient vides.

Un des joueurs était le grand pochard aux oreilles rouges qui m'avait fait le petit speech d'accueil à l'hôtel. Il s'appelait Slim Vogel. Il était employé par le « Cercle H.A.R. », tout comme Red Wheelan, assis à côté de lui. Tous les deux pleins comme des outres. Le troisième était un homme tranquille, âgé de quarante ans environ; il s'appelait Keefe. Le quatrième, c'était Mark Nisbet. Mince, pâle; tout en lui dénonçait le joueur professionnel, depuis les yeux marron aux paupières lourdes jusqu'aux mains pâles, longues et déliées.

Nisbet et Vogel n'avaient pas l'air de s'entendre. C'était à Nisbet de donner, et il y avait déjà un pot.

Vogel, qui avait devant lui deux fois plus de jetons que les autres, jeta deux cartes :

— Et, ce coup-ci, tu vas m'prendre les cartes su'le dessus du paquet !

Sa voix n'était pas tendre. Nisbet donna sans sourciller. Red Wheelan prit trois cartes. Keefe abandonna. Nisbet en prit une. Wheelan relança. Nisbet dit parole. Vogel relança. Wheelan dit parole. Nisbet relança. Vogel monta. Wheelan abandonna. Nisbet monta encore.

— Je parie que c'est les tiennes, que t'as prises su'le dessus, ce coup-ci, ricana Vogel à l'intention de Nisbet — et il continua à monter.

Nisbet demanda à voir. Il avait deux paires aux as par les rois. Le cow-boy avait trois neuf.

Vogel rigola un grand coup en ratissant les jetons :

— Je pourrais tout le temps avoir un shérif à monter la garde derrière toi et p't-être que je finirais par gagner !

Nisbet fit semblant de redresser sa pile de jetons. Je me sentis en sympathie avec ce type-là. Il avait joué avec rien dans les mains, mais qu'est-ce que vous voulez faire contre un gars qui est soûl ?

— Comment trouvez-nous not'petite ville ? me demanda Red Wheelan.

— Je n'ai pas encore vu grand-chose. L'hôtel, le petit bistrot, et c'est tout.

Wheelan s'esclaffa :

— Ah ! vous avez fait la connaissance du Crapaud ? C'est le copain de Slim !

Slim Vogel et les autres éclatèrent de rire, mais pas Nisbet.

— Une fois, Slim a essayé de le refaire d'un pot et de deux étouffe-chrétiens. Il dit qu'il avait oublié de les payer, mais c'était plutôt de la resquille. Le lendemain, voilà mon Crapaud qui s'amène au ranch et qui se met à faire du foin. Il avait son fusil sous le bras. Il aurait traversé le désert à pied, avec son pétard sous le bras, pour récupérer ses sous. Et il les a récupérés, vous en faites pas ! Il les a extirpés à Slim, là-bas, tout juste entre l'enclos et l'épicerie, par la force des armes, si on peut dire.

Slim Vogel émit une sorte de gloussement lugubre, puis il se mit à gratter une de ses grandes oreilles.

— C't'espèce de vieille saloperie m'a cavalé au train comme si j'aurais été un voleur. S'il aurait été un homme, j'l'aurais foutu en l'air en moins de deux. Mais qu'est-ce que vous voulez faire contre un vieux charognard qui n'a même plus de dents pour vous mordre ?

Ses yeux chassieux revinrent à la table, et le rire qui passa entre ses lèvres molles s'acheva en ricanement :

— Allez, on joue, grogna-t-il en fixant Nisbet, et, ce coup-ci, c'est pas un tricheur qui donne les cartes !

Bardell et moi, nous retournâmes dans la salle de billard, où les cow-boys continuaient à caramboler les boules. Je m'assis sur l'une des chaises le long du mur et je laissai les gars parler autour de moi. On ne peut pas dire que la conversation était particulièrement fournie. N'importe qui aurait deviné qu'il y avait un étranger dans l'assistance.

Il fallait, avant tout, que je les mette en confiance :

— Vous auriez une idée, demandai-je sans m'adresser à personne en particulier, de l'endroit où je pourrais trouver un cheval ? Une bête qui ne soit pas trop vicieuse, pour un mauvais cavalier comme moi.

— Vous pourriez en trouver un chez Echlin, avança Milk River lentement en me fixant du regard candide de ses yeux bleus, bien qu'il n'ait pas une seule bête qui puisse tenir le coup si vous la forcez un tantinet. Mais j'ai votre affaire : Peery, le type du ranch, a une crème de canasson qui fera très bien votre affaire. Il ne veut pas le lâcher, mais amenez-lui un paquet de billets et balancez-le-lui en pleine figure : je crois que vous arriverez à l'avoir.

— Vous n'essayez pas de me coller un cheval que je ne pourrai pas tenir en main, hein ?

De bleus, ses yeux se vidèrent de toute expression.

— J'n'essaye de vous rien coller du tout, mossieur. Vous posez une question, je vous réponds. En tout cas, je peux vous dire que, si on sait avancer dans un fauteuil à roulettes, on peut monter sur c'te bête dont j'vous parle.

— Parfait, j'irai là-bas demain.

Milk River posa sa queue de billard et fronça les sourcils :

— J'y pense, demain, Peery descend au ranch d'en bas. Alors, si vous n'avez rien d'autre à faire, on pourrait y aller tout de suite.

— Bon, dis-je, et je me levai.

— Vous rentrez, les gars ? demanda Milk River à ses partenaires.

— Oui, dit Smith. Il faut qu'on sorte tôt demain matin. On ferait bien de se mettre en route tout de suite. Je vais voir si Slim et Red ont fini.

Mais ils n'avaient pas fini. On entendait la voix désagréable de Vogel par la porte ouverte.

— J'bouge pas d'ici J'ai à l'œil cette espèce de sale vipère, y n'va pas tarder à tirer ses cartes de d'sous le paquet. Et c'est là que je l'attends : la première fois qu'y essaie de l'faire en fantaisie, j'y ouvre la pomme d'Adam.

Smith revint vers nous.

— Slim et Red continuent à jouer un peu. Ils feront du stop pour rentrer quand ils en auront marre.

Nous sortîmes du palace, Milk River, Smith, Dunne, Small et moi.

~

J'eus à peine fait trois pas dehors qu'un homme voûté, aux moustaches blanches, à la chemise empesée, mais sans col, fonça sur moi.

— Je m'appelle Adderly, dit-il en me tendant une main, pendant que de l'autre il désignait l'Emporium Adderly. Pouvez-vous m'accorder une minute ? Je voudrais vous présenter certains de mes amis.

Les gars du « Cercle H.A.R. » se dirigeaient lentement vers une des voitures arrêtées dans la rue.

— Vous pouvez me donner deux minutes ? leur criai-je.

Milk River se retourna :

— Oui. Faut qu'on fasse le plein d'eau et d'essence. Prenez votre temps.

Tout en parlant, Adderly m'emmena vers son magasin.

— J'ai réuni chez moi quelques-uns des plus estimables habitants de la ville ; je pourrais dire qu'ils sont à peu près tous chez moi. Des gens qui vous soutiendront, si vous êtes capable de faire respecter le Seigneur à l'intérieur de Corkscrew. Nous n'en pouvons franchement plus ; nous sommes terriblement écœurés par ces débordements perpétuels.

Nous avons traversé sa boutique, sa cour et sommes entrés dans sa maison. Il y avait chez lui une douzaine de personnes.

Le révérend Dierks — un grand maigre aux lèvres en lame de couteau dans un visage émacié — me fit un petit discours de bienvenue. Il m'appela son frère, me détailla la corruption de Corkscrew et m'affirma que ses amis et lui étaient prêts à témoigner sous la foi du serment, le jour où je voudrais arrêter les divers criminels qui, à ses dires, avaient commis soixante et quelques crimes au cours des deux dernières années.

Il en avait dressé une liste, avec les noms, les dates, les heures, et il me la lut. Tous les gens que j'avais rencontrés aujourd'hui — à part ceux qui étaient ici présents — s'y trouvaient cités au moins une fois, parmi d'autres noms que je ne connaissais pas. Les crimes allaient du meurtre à l'ivresse publique, en passant par le blasphème.

— Si vous voulez bien me confier cette liste, je vais l'étudier, je vous le promets.

Il me la donna. Mais on ne se débarrassait pas de lui avec des promesses :

— Reculer ne fût-ce que d'une heure le châtiment du péché, mon frère, c'est s'associer au crime. Vous êtes entré dans une maison du vice, que tient Bardell. Vous avez entendu le Sabbat se célébrer au son des boules de billard. Vous avez respiré l'immonde relent du rhum de contrebande, que souffle l'haleine de ces hommes. Frappez, mon frère, sans plus attendre ! Qu'il ne soit pas dit que vous vous êtes montré faible en face de Satan dès le jour de votre arrivée à Corkscrew. Entrez dans cet enfer et accomplissez votre devoir, comme un représentant de la loi et un bon chrétien.

C'était un pasteur. Je ne pouvais donc pas lui rire au nez. Je regardais les autres. Hommes et femmes étaient assis sur le rebord de leur chaise. Sur leur visage se lisait la même expression qu'autour d'un ring de boxe avant le coup de gong.

Mrs Echlin, l'épouse du loueur de chevaux, une femme tout en angles, me lança un regard où l'on trouvait la sensibilité d'un caillou.

— Et cette rousse impudente qui se fait appeler señora Gaia, et les trois drôlesses qui racontent qu'elles sont ses filles ! Vous ne valez pas cher comme shérif si vous les laissez passer une nuit de plus dans leur maison — où elles attirent, pour les corrompre, tous les hommes d'Orilla.

Les autres approuvèrent vigoureusement.

Miss Janey, la maîtresse d'école, avec ses fausses dents et son visage aimable comme une porte de prison, mit son grain de sel :

— Il y a pire que ces… que ces créatures. Il y a Clio Landes ! Bien plus dangereuse, car ces… ces drôlesses — elle baisse les yeux, parvient à rougir et guette le pasteur du coin de l'œil —, ces drôlesses ont au moins le courage d'avouer ce qu'elles sont. Mais elle, qui sait de quoi elle est capable ?

— Je ne sais rien sur elle, dit Adderly — mais sa femme lui coupa la parole :

— Moi, si ! aboya-t-elle. C'est une grosse femme à moustaches, dont le corset fait des bosses monstrueuses et d'étranges saillies sous sa robe de satinette noire. Miss Janey a parfaitement raison.

— Est-ce que cette Clio Landes figure sur votre liste ? demandai-je au pasteur, car je ne me rappelais pas l'y avoir vue.

— Non, mon frère, elle n'y est pas, dit le révérend Dierks avec regret, mais c'est uniquement parce qu'elle est plus rusée que les autres. Corkscrew se passerait fort bien d'elle. C'est une femme de moralité douteuse, sans aucun moyen d'existence avoué et qui fréquente les individus les plus pervertis de notre population.

— Je suis content d'avoir fait votre connaissance à tous — je pliai la liste et je la mis dans ma poche — et je suis heureux de savoir que vous me soutiendrez.

Je me glissai vers la porte avec l'espoir d'en avoir fini avec les parlotes. Pas question ! Le révérend Dierks me suivit :

— Vous allez frapper, n'est-ce pas, mon frère ? Vous allez appesantir la main du Seigneur sur cet enfer de lupanars et de tripots ?

— Je suis très heureux d'avoir votre appui, répondis-je, mais je ne prévois pas d'offensive générale. Du moins, pas pour l'instant. Au sujet de cette liste que vous m'avez donnée, je ferai le nécessaire après l'avoir examinée, mais je ne vais pas me faire de bile pour quelques délits qui ont été commis il y a plus d'un an. Je prends les choses au départ. Ce qui m'intéresse, c'est ce qui va arriver à partir de maintenant. Au revoir, à bientôt.

Et je le quittai.

~

La voiture des cow-boys m'attendait à la sortie du magasin.

— Je viens de faire la connaissance des gens distingués de la ville, leur annonçai-je en m'asseyant entre Milk River et Buck Small.

Dans le visage bronzé de Milk River, mille petits plis se dessinèrent autour des yeux.

— Alors maintenant vous savez quelle racaille nous formons ?

C'était Dunne qui conduisait. Nous avons quitté Corkscrew par le sud, puis continué vers l'ouest, en longeant un chemin creux plein de sable et de cailloux. La couche de sable était épaisse et les cailloux nombreux ; nous n'allions pas bien vite. Après avoir, pendant une heure et demie, suffoqué en cahotant le long de ce chemin, nous en sortîmes et nous nous engageâmes sur une piste un peu plus large et moins desséchée.

À l'un des tournants de cette route, se dressaient les bâtiments du Cercle H.A.R. En sortant de l'auto nous mîmes pied à terre sous un hangar bas, déjà occupé par une voiture. Un homme aux muscles épais, aux os lourds, apparut au coin d'une bâtisse peinte à la chaux. Il avait le visage brun et carré. Sa fine moustache était noire, ainsi que ses petits yeux profondément enfoncés dans les orbites. C'était Peery qui gérait le ranch pour le propriétaire, qui habitait l'Est.

— Il voudrait un bon petit cheval bien tranquille, dit Milk River à Peery, alors on a pensé que vous pourriez peut-être lui vendre votre Rollo. C'est le cheval le plus doux que j'aie jamais vu.

Peery repoussa d'une chiquenaude à l'arrière de son crâne son sombrero à haute coiffe, puis se mit à se balancer sur ses talons.

— Qu'est-ce que vous pensez mettre dans ce cheval ?

— S'il me va, je payerai le prix.

— C'est pas si mal. Dites, les gars, passez donc un licou à cet agneau et amenez-le pour que monsieur puisse y jeter un coup d'œil.

Smith et Dunne y allèrent. Ils faisaient comme si ça ne les passionnait pas.

Ils revinrent très vite, à cheval, conduisant entre eux deux le cheval, sellé et bridé. Je remarquai qu'ils avaient tous deux en main une longe pour le retenir.

C'était un poney dégingandé, couleur de citron pas mûr ; il avait une tête triste d'empereur romain.

— Le voilà, dit Peery, essayez-le, ensuite nous parlerons pesetas.

J'envoyai balader ma cigarette et je m'approchai de la bête. Elle tourna vers moi un œil morne, pointa une oreille et se replongea dans la contemplation du sol. Dunne et Smith détachèrent les cordes qui la retenaient et je me mis en selle.

Rollo resta tranquille tant que les autres chevaux l'encadrèrent. Mais, dès qu'ils s'éloignèrent, il me montra de quoi il était capable.

Il bondit en l'air tout droit — et il y plana assez longtemps pour faire volte-face avant de retomber. Puis il rua, se cabra, et repartit des quatre fers en vol plané.

Je n'aimais pas ça, mais ça ne me surprenait guère. Je savais bien qu'on me menait à la boucherie. C'était la troisième fois que ce coup-là m'arrivait. Autant m'y faire. De toute façon, un homme de la ville qui débarque chez les culs-terreux doit forcément un jour ou l'autre se retrouver assis sur un cheval vicieux. Je suis un homme de la ville, mais je sais monter un cheval qui y met du sien. Seulement, quand le cheval ne veut pas rester sous moi, c'est lui qui gagne.

Et Rollo allait gagner. Moi, je ne suis pas fou au point d'user mes forces à lutter contre un bourrin récalcitrant.

Aussi, dès qu'il se remit à faire le mariole, je le quittai en souplesse, pour ne pas me faire trop mal au débarquement.

Le temps de m'arracher la tête d'entre les genoux et de me relever, Smith avait déjà attrapé le poney, et il lui tenait la tête.

Peery, accroupi sur ses talons, me regardait en fronçant les sourcils. Milk River contemplait le cheval en essayant de se donner l'air stupéfait.

— Qu'est-ce que vous avez fait à notre Rollo pour qu'il se conduise comme ça? me demanda Peery.

— Peut-être seulement qu'il voulait rigoler, je répondis, je vais l'essayer encore une fois.

Une fois de plus Rollo resta tranquille avec son air lamentable jusqu'à ce que je sois bien en selle. Puis il repiqua sa crise de nerfs jusqu'à ce que je m'écrase, la nuque et l'épaule en avant, dans un buisson. Je me relevai en me frottant l'épaule gauche qui avait porté sur une pierre. Smith maintenait l'animal. Les cinq hommes avaient un air sérieux et solennel — trop sérieux et trop solennel.

— P't-êt'bien qu'il ne vous aime pas, dit Buck Small.

— Possible ! je répondis en me mettant en selle pour la troisième fois.

Cette carne à peau de citron s'était échauffée. Ça commençait à lui plaire. Il me laissa en selle plus longtemps, mais ce fut pour me balancer par terre plus fort qu'avant.

Mon cœur se souleva et je m'étalai aux pieds de Peery et de Milk River. Il me fallut un petit bout de temps pour me relever, et je restai un instant debout, sans bouger, jusqu'à ce que je retrouve le sol sous mes pieds.

— Tenez-le une minute… commençai-je.

La grande silhouette de Peery se dressa devant moi.

— Ça suffit, dit-il ; je ne tiens pas à ce qu'il vous tue.

— Ôtez-vous de là, grognai-je, ça me plaît. J'en veux encore.

— Vous ne monterez plus sur mon poney, me répondit-il. Il est pas habitué à ce qu'on le mène aussi sec. Vous pourriez lui faire mal, en tombant sans faire attention.

J'essayai de passer outre. Il me barra le chemin du bras. Je lui balançai mon poing en pleine figure.

Il recula, tout occupé à reprendre son équilibre.

Je passai et me hissai sur Rollo.

Maintenant j'avais toute la confiance du cheval. On était copains. Il était prêt à me révéler tous ses talents cachés. Il fit des trucs qu'aucun cheval ne serait capable de faire.

J'allai me répandre dans le même buisson que tout à l'heure, et je restai étalé.

Je ne savais pas si j'aurais pu me relever, même si je l'avais voulu. Mais je n'y tenais pas. Je fermai les yeux et me reposai. Si je n'avais pas été soutenu par la satisfaction d'avoir fait ce que je voulais, je serais tombé dans les pommes.

Small, Dunne et Milk River me transportèrent à l'intérieur et m'étendirent sur un banc :

— Je ne crois pas que ce cheval me convienne tout à fait, je leur dis ; il vaudrait peut-être mieux que j'en cherche un autre.

— Vous n'allez pas laisser tomber comme ça, me dit Small.

— Restez tranquillement couché et reposez-vous, mon pote, conseilla Milk River, vous risqueriez de tomber en morceaux si vous essayiez de bouger.

Je suivis le conseil…

~

Quand je me réveillai, c'était déjà le lendemain matin, et Milk River était en train de me secouer :

— Z'avez envie de vous lever pour prendre le petit déjeuner, ou vous voulez que je vous l'apporte au lit ?

Je bougeai avec précaution jusqu'à ce que je fusse bien sûr de n'avoir rien de cassé.

— Ça va, je me traînerai jusque-là.

Il alla s'asseoir sur un banc en face de moi et se roula une cigarette pendant que je mettais mes chaussures. Les seules choses, à part mon chapeau, avec lesquelles je n'aie pas dormi.

Tout de suite, il entama :

— J'ai toujours cru qu'un type qui savait même pas se tenir sur un cheval n'était qu'un pas-grand-chose. Maintenant, j'en suis plus si sûr. Vous ne savez pas monter du tout, et vous ne saurez jamais. Vous n'avez pas l'air d'avoir la moindre idée de ce qu'il faut faire après s'être mis en selle. Eh bien ! malgré tout, moi, je dis qu'un gars qui se laisse ratatiner trois fois de suite par un canasson et qui rentre son poing dans la figure d'un gars qui essaie de l'arrêter pour cinq minutes, c'est quand même pas de la frime.

Il alluma sa cigarette puis cassa son allumette en deux.

— J'ai le cheval qu'il vous faut. Vous pouvez l'avoir pour cent dollars. Il ne se plaît pas à garder les vaches, mais c'est un cheval, et il n'est pas vicieux pour un sou.

Je fouillai dans ma ceinture et j'en tirai cinq billets de vingt dollars que je posai sur ses genoux.

— Vaut mieux que vous le voyiez d'abord, protesta-t-il.

— Ça suffit, si vous vous l'avez vu. (Je me levai en bâillant.) Où ça se tient, le petit déjeuner ?

Quand j'entrai dans le hangar à décortiquer, six hommes étaient déjà à table. Trois d'entre eux étaient des ouvriers que je n'avais jamais vus. Ni Peery, ni Wheelan, ni Vogel n'étaient là. Milk River me présenta aux inconnus comme le nouveau shérif, champion du plongeon acrobatique. Entre chaque bouchée de la nourriture qu'apportait le cuisinier, un Chinois borgne, ils faisaient de fines plaisanteries sur mes talents de cavalier.

Ça me plaisait. J'avais des courbatures et le dos raide, mais tous ces gnons, je ne les avais pas récoltés en vain. Je m'étais taillé ma petite place dans ce village du désert, et peut-être même m'y étais-je fait un ami ou deux.

Nous étions en train de regarder monter la fumée de nos cigarettes quand, du chemin creux, montèrent un tourbillon de poussière et le bruit d'un galop.

Red Wheelan sauta de son cheval et sortit en vacillant du nuage de sable.

— Slim est mort, annonça-t-il d'une voix pâteuse.

Une demi-douzaine de questions s'entrecroisèrent. Il resta là, titubant, essayant de répondre. Il était soûl comme un Polonais.

— C'est Nisbet qui l'a descendu. On me l'a dit ce matin, quand je me suis réveillé. Il a été tué très tôt devant chez Bardell. Je les avais laissés hier soir aux environs de minuit, pour descendre chez Gaia. On m'a raconté ça ce matin. J'ai cherché Nisbet — mais il jeta un regard contrit sur sa ceinture vide —, Bardell m'a pris mon pétard.

Il tituba à nouveau. Je l'empoignai pour l'empêcher de tomber.

— À cheval, cria Peery derrière moi ; on va en ville.

J'abandonnai Wheelan et je me retournai :

— On va en ville, répétai-je, mais, quand on sera là-bas, faites gaffe. Ça, c'est mon boulot.

Je rencontrai le regard de Peery.

— Slim est de chez nous !

— Et celui qui a tué Slim est à moi !

On n'en parla plus, mais je crois que je m'étais clairement fait comprendre.

~

Une heure plus tard nous mîmes pied à terre devant le Palace de la Frontière.

Sur deux tables rapprochées, un corps long et mince était étendu, enveloppé d'une couverture. La moitié de la population de Corkscrew était là. Derrière le bar le visage cabossé de Chick Orr observait tout ce qui se passait de ses yeux aux aguets. Gyp Rayney était assis dans un coin. Il se roulait une cigarette, mais ses mains tremblaient, et il répandit la moitié de son tabac par terre. Mark Nisbet était assis à côté de lui, qui ne regardait personne.

— Bon Dieu ! ça fait plaisir de vous voir — s'écria Bardell, le visage un peu moins rouge qu'hier —, j'en ai marre de voir descendre des types sur le pas de ma porte ; faut que ça cesse et c'est vous l'homme qu'il faut pour ça.

Je soulevai un coin de la couverture et je regardai le mort. Il avait un petit trou dans le front, au-dessus du sourcil droit.

— Est-ce qu'on a appelé le docteur ? demandai-je.

— Oui, répondit Bardell, le Dr Haley l'a vu, mais il n'y avait plus rien à faire. Il était mort avant de toucher terre.

— Vous voulez envoyer chercher Haley ?

— Oui, d'accord.

Bardell se tourna vers Gyp Rayney :

— Traverse la rue en vitesse et dis au toubib que le shérif voudrait lui parler.

Gyp se fraya un chemin entre les cow-boys massés devant la porte et disparut.

— Que savez-vous au sujet de ce meurtre, Bardell ? commençai-je.

— Rien, répondit-il avec emphase.

Puis il continua, en me disant ce qu'il savait :

— Nisbet et moi, on était dans la salle de derrière en train de compter la caisse. Chick nettoyait le bar. Il n'y avait personne d'autre ici. Il devait être environ une heure et demie du matin.

« On a entendu le coup de feu juste devant la porte, alors on a tous filé dehors, bien sûr. Chick était plus près, il est arrivé le premier. Slim était allongé dans la rue, raide mort.

— Et après, que s'est-il passé ?

— Rien. On l'a rentré ici. Adderly et le Dr Haley, qui habite juste en face, et aussi le Crapaud, qui habite la porte à côté, avaient entendu le coup de feu eux aussi, ils sont sortis et… et c'est tout.

Je me tournai vers Gyp.

— Bardell vous a tout dit, fit-il.

— Vous ne savez pas qui l'a tué ?

— Non !

J'aperçus la moustache blanche d'Adderly qui se dessinait à l'entrée de la pièce. Je le mis sur la sellette. Il n'avait rien de nouveau à m'apprendre. Il avait entendu le coup de feu, il avait sauté de son lit, mis son pantalon et ses chaussures, et il était arrivé au moment où Chick s'agenouillait près du cadavre. Il n'avait rien vu que Bardell n'eût déjà mentionné.

J'en avais fini avec Adderly, et le Dr Haley n'était toujours pas là. Et je n'avais pas envie de commencer tout de suite avec Nisbet. Personne d'autre n'avait rien à ajouter.

— Je reviens dans une minute, dis-je.

Je traversai le groupe de cow-boys et je sortis dans la rue.

Le Crapaud était en train de nettoyer sa cabane, ce qui n'était pas un luxe.

— Bonne idée, dis-je, y en avait besoin.

Il descendit du comptoir sur lequel il était perché pour atteindre le plafond. Les murs et le plancher étaient déjà presque propres.

— C'est pas que c'était tellement sale — il ricana en montrant ses gencives nues — mais quand le shérif vient manger et faire des grimaces chez vous, on ne peut pas faire moins que de nettoyer.

— Vous savez quelque chose sur ce meurtre ?

— Oui, je sais queq'chose. Voilà ! je suis dans mon lit, j'entends le coup de pétard, je saute de mon lit, je chope ce fusil et je fonce à la porte. Y a ce Slim Vogel qu'est allongé dans la rue et le Chick Orr qui est à genoux à côté de lui. Je sors la tête un peu plus. Mr Bardell demande : « Qu'est-ce qu'il a ? » Et Chick Orr répond : « Il est bien mort ! » Le Nisbet, lui, il dit rien, mais il rentre dans la maison. Et puis après, voilà le docteur et Mr Adderly qui s'amènent. Alors je sors et, quand le docteur dit que le gars est mort, on le rentre chez Bardell.

Le Crapaud n'en savait pas plus long. Je retournai au Palace. Le Dr Haley — un petit homme maniéré — était arrivé avant moi. Le coup de feu l'avait réveillé, dit-il, mais il n'avait rien vu de plus que ce que les autres m'avaient déjà dit.

C'était une balle de 38. Mort instantanée. Rien de plus.

Je m'assis sur le coin d'une table de billard, face à Nisbet. J'entendais des pas glisser derrière moi, et je sentais la tension qui montait :

— Qu'avez-vous à me dire, Nisbet ?

— Rien qui puisse vous aider, répondit-il en cherchant ses mots lentement et avec soin. Vous êtes venu hier après-midi. Vous nous avez vus jouer aux cartes, Slim, Wheelan, Keefe et moi. Le jeu a continué de la même façon. Il a gagné beaucoup d'argent ; enfin il avait l'air de trouver que c'était beaucoup tant qu'on a joué au poker. Mais Keefe est parti avant minuit et Wheelan tout de suite après. Personne n'est venu pour les remplacer, alors nous avons été trop peu nombreux pour le poker. Nous avons donc laissé tomber pour jouer à la banque… j'ai nettoyé Vogel jusqu'au dernier centime. Il était à peu près une heure quand il est parti ; disons une demi-heure avant qu'il soit tué.

— Ça s'est bien passé entre Vogel et vous ?

Les yeux du joueur rencontrent un instant les miens, puis fixent le plancher.

— Vous savez bien que non. Vous l'aviez entendu m'insulter. Eh bien ! il a continué. Peut-être était-il encore plus mauvais sur la fin.

— Et vous l'avez laissé faire ?

— Parfaitement. Je gagne ma vie avec les cartes, pas avec mes poings.

— Vous ne vous êtes donc pas disputés pendant la partie ?

— Je n'ai pas dit cela. Il a voulu jouer du revolver quand il a vu que je l'avais nettoyé.

— Qu'avez-vous fait ?

— Je l'ai gagné de vitesse. Je lui ai pris son arme et l'ai déchargée, puis je la lui ai rendue et je lui ai dit de les mettre.

— Et vous ne l'avez plus revu jusqu'au moment où il a été tué ?

— Voilà !

Je marchai sur Nisbet, une main tendue :

— Faites-moi voir votre revolver ?

Il le tira aussitôt de sa poche et me le tendit la crosse en avant. C'était un Smith et Wesson calibre 38. Les six chambres étaient pleines.

— Ne le perdez pas, fis-je en le lui rendant, j'en aurai peut-être encore besoin.

Un grognement de Peery me fit retourner. Je plongeai mes deux mains dans les poches de ma veste pour caresser mes deux joujoux.

Peery avait la main droite à hauteur du cou, prête à saisir le revolver dont je savais qu'il le portait sous l'aisselle gauche. Massés autour de lui, ses hommes étaient prêts à passer à l'action.

— P't-êt'que c'est la façon de voir du shérif — il meuglait — mais ce n'est pas la mienne. Ce salaud a tué Slim. Slim est sorti d'ici après avoir gagné trop d'argent. Cette ordure l'a descendu sans même lui laisser une chance de se défendre, et il lui a repris son maudit argent. Si vous croyez qu'on va laisser ça comme ça...

Je l'interrompis :

— Peut-être quelqu'un a-t-il une preuve dont on ne m'a pas parlé, mais, pour l'instant, je n'en sais pas suffisamment pour arrêter Nisbet.

— Allez vous faire foutre avec vos preuves. Les faits sont là et vous savez ce que...

— Le premier fait sur lequel vous devriez réfléchir, c'est que c'est mon business, et que je le mène comme ça me plaît. Quelque chose à redire ?

— Des masses !

Un vieux 45 fit son apparition dans son poing. Dans toutes les mains de ceux qui l'entouraient les revolvers fleurirent.

J'étais entre Peery et Nisbet, j'avais honte en pensant aux petits aboiements qu'allaient faire mes joujoux comparés aux grondements des armes qui me menaçaient.

— Tout ce que je demande, fit d'une voix sourde Milk River, qui s'était détaché du groupe et qui, les deux coudes sur le bar, menaçait ses compagnons, un revolver dans chaque main, c'est que tous ceux qui veulent échanger des bouts de plomb avec notre acrobate de shérif prennent des numéros. Chacun son tour, voilà ce que je propose. Ça ne me plaît pas, cette façon de lui tomber tous sur le poil à la fois.

Peery devint violet de rage.

— Ce qui ne me plaît pas, à moi, il gueule, c'est les jaunes qui laissent tomber les copains !

Milk River rougit, mais il n'en continua pas moins de sa voix traînante :

— M'sieur le mariole, ce qui vous plaît ou ce qui ne vous plaît pas, je m'en balance tellement que j'fais aucune différence entre les deux. Et n'oubliez pas que j'fais pas partie de vos cow-boys. J'ai un contrat pour dresser certains de vos chevaux à dix dollars par tête. En dehors de ça, vous et vos copains, vous ne m'êtes rien.

C'était fini. La bagarre qui couvait avait été tuée dans l'œuf.

— Ton contrat vient de se terminer, il y a une minute et demie, lança Peery à Milk River, tu peux revenir encore une fois au Cercle H.A.R., une seule, pour venir chercher les affaires que tu as pu y laisser. Je te fous dehors.

Il tendit son visage carré vers moi :

— Et n'allez pas croire que ça va se terminer comme ça !

Il pivota sur ses talons, et ses hommes l'accompagnèrent jusqu'à leurs chevaux.

~

Une heure plus tard, Milk River et moi, nous bavardions, assis dans ma chambre de l'Hôtel du Cañon.

J'avais envoyé un mot en ville au coroner pour lui dire qu'il y avait du boulot pour lui par ici, et j'avais trouvé un coin où mettre de côté le corps de Vogel en attendant son arrivée.

J'interrogeai Milk River :

— Tu pourrais me dire qui a raconté à tout le monde que j'étais le shérif. Personne ne devait le savoir…

— Ah oui ? je m'en serais pas douté. Notre cher Mr Turney n'a rien fait d'autre pendant deux jours que de courir partout pour raconter aux gens qu'on allait voir ce qu'on allait voir, maintenant qu'y aurait le nouveau shérif.

— Qui est ce Turney ?

— C'est le directeur commercial de la Société régionale de l'Orilla.

Ainsi, c'était le gars qui bossait pour mes patrons qui avait dévoilé mon identité !

— T'as quelque chose de spécial à faire ces jours-ci ?

— Non, rien de particulier en vue.

— Dans mon budget, j'ai de quoi payer quelqu'un qui connaisse le pays et qui puisse me faire visiter les environs.

— Faudrait d'abord me dire de quoi y retourne avant que j'accepte, répondit-il lentement. Vous n'êtes pas un vrai shérif, et vous êtes pas du pays. C'est pas mes oignons, mais je ne voudrais pas me mouiller sans savoir.

Pas mal raisonné.

— Je te déballe tout. Écoute-moi. Je suis détective privé — je travaille pour la succursale de San Francisco de l'Agence continentale de recherches. Ce sont les patrons de l'Orilla Company qui m'ont envoyé ici. Ils ont dépensé pas mal d'argent à irriguer leurs terrains et à y développer la culture. Maintenant ils veulent les vendre. D'après eux, la chaleur et l'eau en font des terres particulièrement productives, aussi bonnes que celles de la vallée du Nil. Malgré ça, ils n'ont pas l'air d'avoir beaucoup d'acheteurs. Tout ça, d'après les actionnaires, parce que vous autres, les indigènes du coin, vous êtes tellement vaches que les bons fermiers refusent de venir vivre avec vous. Ce n'est un secret pour personne qu'aux deux frontières des États-Unis il y a des tas de coins où on respecte aussi peu la loi que dans le temps. On y gagne tant d'argent à faire passer la frontière aux immigrants, et c'est si facile, que ça a naturellement tenté tous les beaux messieurs qui ne sont pas trop difficiles sur la façon de gagner leur fric. Avec quatre cent cinquante inspecteurs seulement dispersés sur les deux frontières, le gouvernement ne peut pas faire grand-chose. D'après les statistiques officielles, il a dû entrer près de 135 000 étrangers par les portes de service, l'année dernière. Du fait que cette pointe de la province d'Orilla n'a ni téléphone ni chemin de fer, c'est forcément un nid de contrebande, et, de plus, d'après ceux qui m'ont engagé, un rendez-vous de bandits. J'étais sur un autre boulot il y a deux mois ; je suis tombé par hasard sur une histoire de contrebande et je suis arrivé à lui couper les pattes. Alors les gens de la Compagnie ont pensé que je pourrais en faire autant par ici. C'est pourquoi j'arrive pour passer l'aspirateur dans ce coin de l'Arizona.

« En chemin, je me suis arrêté chez le juge de paix et je me suis fait nommer shérif délégué, au cas où la police d'État viendrait faire un tour par ici. Le shérif m'a dit qu'il n'avait pas de délégué dans le coin et qu'il n'était pas assez riche pour s'en offrir un ; alors il a été tout content de me nommer. Mais ça devait rester secret.

— Vous allez vous payer une belle tranche de rigolade, dit Milk River en souriant. D'accord, j'accepte ! Mais je ne veux pas devenir délégué, moi. Je veux bien passer un peu de bon temps avec vous, mais je ne veux pas m'engager à défendre des lois qui pourraient ne pas me plaire.

— Affaire faite ! Et maintenant dis-moi tout ce que j'ai besoin de savoir.

— D'abord, pas besoin de vous tracasser avec les gars du Cercle H.A.R. Ils sont pas faciles, mais c'est pas des types à dépasser la limite.

— Je ne me tracasse pas plus qu'il ne faut, mais, mon boulot, c'est de débarrasser le pays et, d'après ce que j'ai pu en voir, ils entrent dans cette catégorie.

— Vous allez vous offrir une belle tranche de rigolade, répéta Milk River. Naturellement, que c'est pas des enfants de chœur ! Mais comment voulez-vous que Peery élève des vaches s'il n'a pas avec lui des gars assez costauds pour contrer ces crapules qui plaisent pas à vos gens de la Compagnie ? Et vous savez comment c'est, les cow-boys ! Collez-les quelque part où ça a l'habitude de barder, et eux, ils en remettront, pour prouver à tout le monde qu'ils ont peur de personne.

— Je n'ai rien contre eux, s'ils se tiennent peinards. Maintenant qu'est-ce que tu sais au sujet des passeurs d'immigrants ?

— Alors, là, j'ai l'impression que c'est à Bardell qu'il faudra vous adresser. Et après, à Nacio. Vous ne l'avez pas encore vu ? C'est un grand Mexicain à favoris noirs. Il a un ranch au bout du cañon, à sept ou huit kilomètres de ce côté-ci de la frontière. Et tout ce qui passe la frontière passe par son ranch. Mais, pour le prouver, ça, vous aurez du mal !

— Bardell et lui travaillent ensemble ?

— Ouais… c'est-à-dire, je crois que c'est lui qui travaille pour Bardell. Maintenant, autre chose qu'il faut vous mettre dans la tête : c'est que ces étrangers qui payent pour passer n'arrivent pas toujours et je dirais même pas souvent à destination. Par les temps qui courent, ça n'a rien d'anormal de trouver des bouts d'os dans le désert à côté de ce qui avait été une tombe, avant d'avoir été ouverte par les coyotes. C'est fou ce que les busards s'engraissent ! Si un immigrant a un petit quelque chose de valeur sur lui, ou si deux inspecteurs apparaissent à l'horizon, ou si nos petits contrebandiers se mettent à s'énerver un peu, ils descendent leur client et ils l'enterrent là où il est tombé.

~

Il n'y avait pas plus de huit à dix clients dans la salle à manger. Pas un homme de chez Peery. Milk River et moi nous assîmes à l'écart, à une table de coin. Nous en étions à peu près à la moitié du repas quand arriva la fille aux yeux noirs que j'avais vue la veille.

Elle avança tout droit vers nous. Je me levai pour apprendre qu'elle s'appelait Clio Landes. C'était la fille que le gratin de la ville voulait faire évacuer. Elle m'adressa un sourire éclatant, me tendit une petite main robuste et s'assit.

— Il paraît que t'as perdu ton boulot encore une fois, gros nigaud, lança-t-elle en riant à Milk River.

Je me doutai bien que ce n'était pas une fille de l'Arizona : elle avait l'accent de New York.

— Si c'est tout ce que tu sais, alors, moi, j'en sais plus long que toi, lui répondit gaiement Milk River. Je m'en suis trouvé un autre, de boulot ! Maintenant, me v'là passé au service de la loi !

Au loin éclata un coup de feu.

Je continuai à manger.

Clio Landes dit :

— Dites donc, les flics, ça ne vous intéresse pas, ce genre de pétard ?

— La règle la plus importante de toutes, je lui réponds, c'est de ne jamais se laisser interrompre quand on mange, chaque fois que c'est possible.

Un homme en salopette entra dans la pièce et brailla :

— Nisbet vient d'être descendu chez Bardell !

On s'en fut chez Bardell, Milk River et moi, précédés par la moitié des clients, auxquels se joignit une moitié de la ville.

On trouva Nisbet dans la salle du fond, étendu par terre, mort. Les hommes qui l'entouraient avaient dénudé sa poitrine, où s'ouvrait un trou qui avait bien l'air d'avoir été fait par un 45.

Les doigts de Bardell m'agrippèrent le bras.

— Pas de danger qu'ils lui aient donné une chance, les vaches !

— Qui l'a tué ?

— Un des types du Cercle H.A.R., j'en mettrais ma main au feu.

— Quelqu'un l'a vu ?

— Personne d'ici ne veut l'admettre.

— Comment est-ce arrivé ?

— Mark était sur le pas de la porte avec moi et Chick, et cinq ou six des types qui sont ici. Puis Mark est rentré. Juste au moment où il a passé cette porte… Pam !

Bardell secoua son poing en direction de la fenêtre ouverte. J'allai à la fenêtre et regardai dehors. Une corniche rocailleuse de moins de deux mètres séparait la maison de la crevasse que formait le cañon du Tirabuzon. Une corde nouée solidement était attachée à un roc qui faisait saillie sur le rebord.

Je montrai la corde du doigt.

Bardell jura comme un sauvage.

— Si j'avais vu ça, on l'aurait rattrapé ! On n'a pas pensé que quelqu'un pouvait descendre par là, alors on n'a pas bien regardé. On a couru le long de la corniche à regarder entre les maisons !

Je sortis avec lui et je m'allongeai sur le ventre au-dessus du cañon. La corde, dont une extrémité était attachée au rocher, descendait tout droit pendant sept ou huit mètres le long du mur rocheux et disparaissait parmi les arbres et les buissons qui poussaient sur un rebord étroit, le long de la paroi. Une fois sur cette deuxième corniche, il était facile de se mettre à l'abri, pour couvrir sa retraite.

— Qu'est-ce que t'en penses ? demandai-je à Milk River, qui était allongé à côté de moi.

— Il s'en est drôlement bien tiré !

Je me relevai, tirai la corde et la tendis à Milk River.

— Je ne la reconnais pas. Ça peut être à n'importe qui !

— Tu ne vois rien par terre ?

Il hocha la tête.

— Tu vas descendre dans le cañon et voir si tu trouves quelque chose. Moi, je file au Cercle H.A.R. Si tu ne trouves rien, viens me rejoindre là-bas.

Je rentrai dans l'hôtel, pour interroger les témoins. Parmi les sept hommes présents chez Bardell, au moment du meurtre, il y en avait trois en qui je pouvais avoir confiance. Leur déposition correspondait point par point avec celle qu'avait faite Bardell.

— Vous n'avez pas dit que vous alliez voir Peery ? me demanda Bardell.

— Oui.

— Chick, amène des chevaux ! On va y aller tous les deux pour accompagner le shérif, et si les autres veulent se joindre à nous, qu'ils ne se gênent pas. Il aura besoin de flingots avec lui.

— Pas question ! — j'arrêtai Chick — j'y vais seul. Je n'aime pas ce genre d'expédition.

Bardell grogna, mais il céda quand même.

— C'est vous, le boss, dit-il. J'aurais bien aimé aller avec vous, mais si vous avez une autre idée, je suppose que c'est vous qui avez raison.

~

À l'écurie, je retrouvai Milk River en train de seller les chevaux. Nous sortîmes ensemble de la ville.

Au bout d'un kilomètre, on se quitta. Il descendit sur la gauche, par un chemin qui menait au cañon. En s'éloignant il me cria :

— Si vous avez fini plus tôt que vous ne pensiez, vous pourrez me rejoindre en suivant le ravin du ranch. Il vous mènera au cañon.

Je m'enfonçai dans le sentier cahoteux qui conduit au Cercle H.A.R. Le grand cheval que m'avait vendu Milk River m'emmenait vite et sans histoires au trot de ses longues pattes. Il était encore trop tôt dans l'après-midi pour que la balade fût plaisante. Des vagues de chaleur montaient le long du chemin creux, le soleil me faisait mal aux yeux, et j'avais des emplâtres de poussière dans le gosier.

En quittant le sentier et en m'engageant sur la piste qui menait au Cercle H.A.R., je rencontrai Peery qui m'attendait.

Il ne dit rien, il ne bougea pas. Il retint son cheval et me regarda approcher. Deux 45 pendaient dans leurs étuis le long de ses cuisses.

Je m'approchai de lui et je lui tendis la corde trouvée au bord du cañon derrière chez Bardell. À ce même instant, je m'aperçus qu'il n'avait pas de lasso accroché à sa selle.

— Vous connaissez ça ? lui demandai-je.

Il regarda la corde.

— Ça m'a tout l'air d'être une de ces choses dont on se sert pour attraper les bœufs.

— On peut pas vous avoir, hein ? je grognai ; mais celle-là, en particulier, vous l'avez déjà vue ?

Il lui fallut une minute de réflexion avant de trouver sa réponse :

— Oui, dit-il enfin, je dois dire que j'ai perdu la même ce matin, quelque part entre ici et la ville.

— Vous savez où je l'ai trouvée ?

— Ça n'a guère d'importance, dit-il en tendant la main, du moment que vous l'avez retrouvée.

— Mais si, figurez-vous, ça a de l'importance — je dis en mettant la corde hors de portée de sa main —, je l'ai trouvée nouée autour d'un rocher derrière chez Bardell. Elle pendait le long de la paroi du cañon. C'est grâce à ça que vous avez pu filer, une fois que vous avez descendu Nisbet.

Ses mains descendaient vers ses revolvers. Je me retournai pour qu'il puisse voir la forme d'un des automatiques que je tenais au fond de ma poche.

— Attention de ne pas faire quelque chose que vous regretteriez, je le prévins.

— Est-ce que je le descends tout de suite ? demanda derrière moi la voix de Dunne, avec son accent irlandais, ou est-ce qu'on attend encore un peu ?

Je me retournai et je le vis, debout derrière un rocher, pointant sur moi un fusil de 30-30. Au-dessus des rochers voisins, apparurent d'autres armes et de nouvelles têtes.

Je sortis ma main de ma poche et je la posai sur le pommeau de ma selle.

Par-dessus ma tête, Peery cria à ses compagnons :

— Il dit que Nisbet a été descendu.

— C'est-y pas dommage ! ricana Buck Small, j'espère que ça ne lui a pas fait mal.

— Il est mort, je fis.

— J'me d'mande qui a pu faire une chose pareille ? s'enquit Dunne.

— Toujours pas le père Noël !

— Vous avez autre chose à me dire ? demanda Peery.

— Ça ne vous suffit pas ?

— Si. Alors, si j'étais vous, je m'en retournerais à Corkscrew.

— Vous ne voulez pas y retourner avec moi, si je comprends bien ?

— Non. Maintenant, si vous voulez essayer quand même de m'emmener, je…

Je n'avais pas l'intention d'essayer, et je le lui dis.

— Alors, rien ne vous retient plus ici.

Je lançai un sourire à la compagnie, fis virevolter mon canasson et repartis par où j'étais venu.

Quelques kilomètres plus loin, je tournai vers le sud ; j'atteignis le fond du ravin qui menait au Cercle H.A.R. et je le suivis jusqu'au cañon du Tirabuzon. Là, je me dirigeai vers l'endroit où l'on avait accroché la corde.

Le cañon méritait bien son nom — c'était un boyau tortueux, aride et rocailleux, obstrué d'arbres et d'arbustes, semblable à une cicatrice sinueuse sur la joue de l'Arizona.

Je n'avais pas fait beaucoup de chemin quand je rencontrai Milk River, qui poussait son cheval dans ma direction. Il secoua la tête.

— Rien trouvé. J'ai fouillé tout ce que j'ai pu, mais il y a trop de recoins dans les rochers.

Je mis pied à terre, et on s'assit sous un arbre pour fumer un peu.

— Comment ça s'est passé ? demanda-t-il.

— Comme ci, comme ça. C'est la corde de Peery, mais il n'a pas voulu revenir avec moi. Je sais qu'on pourra le retrouver quand on voudra, alors je n'ai pas insisté. Ça m'aurait attiré des désagréments !

Il m'examina de ses yeux pâles :

— Si je comprends bien, vous allez jeter les gars du Cercle H.A.R. contre ceux de Bardell et les regarder s'entre-tuer. Comme ça, vous aurez pas l'ennui de vous salir les mains.

— Peut-être que tu as raison. Tu crois que ça serait bête ?

— J'en sais rien. Je ne crois pas. Si c'est vous qui déclenchez le truc, et si vous vous sentez assez fort pour prendre la situation en main, quand il le faudra.

~

La nuit commençait à tomber. Milk River et moi, nous avancions dans la rue tortueuse de Corkscrew. Il était trop tard pour aller manger à l'Hôtel du Cañon. Nous mîmes pied à terre devant la baraque du Crapaud.

Chick Orr était debout dans l'encadrement de la porte du Palace de la Frontière. Il tourna son mufle cabossé vers l'intérieur et cria quelque chose. Bardell apparut à son côté, m'interrogea du regard, puis les deux hommes descendirent dans la rue.

— Alors, qu'est-ce que vous avez trouvé ? demanda Bardell.

— Rien de convaincant !

Chick Orr demanda, l'air incrédule :

— Quoi ! vous l'avez pas arrêté ?

— Non. Je l'ai invité à revenir avec moi, mais il n'a pas voulu.

L'ex-pugiliste me toisa de haut en bas et cracha par terre devant mes pieds.

— Vous faites des prodiges ! dit-il d'un ton goguenard. Moi j'ai bien envie de vous foutre une trempe.

— Allez-y ! Je ne vois pas d'inconvénient à m'écorcher les poings sur votre portrait.

Ses petits yeux pétillèrent. Il s'avança et essaya de me balancer une gifle. Je me reculai, lui tournai le dos et me débarrassai de ma veste et de mon étui.

— Tiens ça, Milk River, pendant que je donne une leçon à cette grosse saucisse.

Toute la ville s'amena au moment où Chick et moi nous trouvions face à face. Nous avions à peu près la même taille et le même âge, mais il devait être plus lourd que moi. Il avait été professionnel. Je m'étais bien un petit peu battu par-ci par-là, mais il n'y avait pas de doute qu'il était plus calé que moi. Pour compenser, il avait les mains toutes bosselées, tandis que les miennes sont solides. De plus, il avait — ou il avait eu — l'habitude des gants alors que je suis surtout habitué aux poings nus.

Il se ramassa et m'attendit. J'avançai, je fis l'idiot, et balançai un swing du droit pour commencer.

Raté : il avait reculé au lieu d'avancer. Le gauche que j'avais préparé arriva dans le vide. Il m'érafla une pommette.

J'arrêtai de faire le malin, je lui mis mes deux poings dans l'estomac et ça me fit bien plaisir de sentir la chair qui s'enfonçait. Il recula trop vite pour que je puisse le suivre et, en s'en allant, il me colla un souvenir sur la mâchoire.

Il me toucha encore un peu du gauche sur le nez, sur l'œil. Son droit m'écorcha le front, et je rentrai en corps à corps. Gauche, droite, gauche, je lui bourrai les côtes. Il me cingla la figure de l'avant-bras et du poing, et il s'éloigna.

Il me colla encore quelques gauches, il me fendit la lèvre, m'écrasa le nez, me burina la figure du front au menton. Quand j'en eus fini avec ce gauche de malheur, je dégustai un bel uppercut du droit, qu'il était allé chercher jusque dans ses chevilles et qui m'arriva dans la mâchoire avec une telle force que je reculai de six pas.

Il s'accrocha à moi et je dégustai sur tout le corps. L'air du soir était plein de poings qui voltigeaient. J'enfonçai mes pieds dans le sol et j'arrêtai cet ouragan avec un doublé qui l'atteignit un petit peu au-dessus de l'endroit où sa chemise rentrait dans son pantalon.

Il me cueillit de la droite, encore, mais plus aussi fort. Je lui rigolai au nez, en me rappelant que quelque chose avait claqué dans sa main quand il m'avait placé son uppercut; je rentrai dedans, et je le martelai des deux mains.

Il rompit à nouveau en plaçant son gauche. Je retins son gauche avec mon bras droit, pesai dessus, le sonnai avec mon gauche et laissai ma garde baissée. Je sentis son droit partir. Je le laissai arriver. Il n'avait pas de force…

Avant la fin du combat, il me sonna encore un coup, avec un joli direct du gauche, qui siffla en arrivant. Je m'arrangeai pour rester debout sur mes pieds et le reste ne fut pas trop dur à avaler. Il me toucha encore pas mal, mais il n'avait plus le punch.

Enfin, il alla à terre, plutôt sous l'accumulation des coups que sous l'effet d'un knock-out, et il ne se releva pas. De toutes les marques que portait son visage, il n'y en avait pas une dont je pusse revendiquer la paternité. Quant à moi, je devais avoir l'air du gars qui avait été fourrer son nez dans une batteuse en action.

— Faudrait peut-être que je me lave un brin avant d'aller manger, je dis à Milk River, en reprenant ma veste et mon revolver.

— Bon Dieu ! oui ! me répondit-il, les yeux rivés sur moi.

Un petit gros, en costume de toile blanche, se campa devant moi pour attirer mon attention.

— Je suis Mr Turney, de la Compagnie coloniale d'Orilla. Dois-je comprendre que vous n'avez arrêté personne depuis que vous êtes ici ?

C'était l'oiseau qui avait répandu la nouvelle de mon arrivée. Ça ne me plaisait pas, pas davantage que sa figure ronde et agressive.

— Non, personne ! avouai-je.

— Il y a eu deux meurtres en deux jours, il continua, au sujet desquels vous n'avez strictement rien fait, bien que, dans chaque cas, il y ait eu suffisamment de preuves. Vous trouvez ça satisfaisant ?

Je ne répondis rien.

— Eh bien, moi, je ne suis pas satisfait du tout — il répondait à ses propres questions —, et encore moins satisfait de vous voir employer cet homme — il pointa son doigt dodu vers Milk River — qui, de toute notoriété, est un insoumis et l'une des plus fortes têtes du pays. Je tiens à vous avertir que si votre travail n'est pas mieux exécuté, que si vous ne vous décidez pas à faire ce pour quoi nous vous avons engagé, nous nous passerons de vos services.

— Qui êtes-vous donc ? lui demandai-je après qu'il eut fini d'user sa salive.

— Mr Turney, intendant général de la Compagnie coloniale à Orilla.

— Vraiment ? Eh bien ! monsieur l'Intendant général Turney, vos patrons ont complètement oublié de m'informer de votre existence quand ils m'ont engagé. De sorte que je ne vous connais pas. Maintenant, si vous avez quelque chose à me dire, écrivez-le à ceux qui vous emploient et, si ça a vraiment de l'importance, il est probable qu'ils me le feront savoir.

Il se redressa sur ses ergots.

— Certes, je ne manquerai pas de leur faire part de votre extrême négligence à remplir vos fonctions, même si vous êtes un champion de la bagarre de coin de rue.

— Vous rajouterez un post-scriptum, lui ai-je crié au moment où il partait : dites-leur que j'ai beaucoup de travail pour le moment et pas le temps d'écouter les conseils de qui que ce soit.

Milk River et moi allâmes à l'Hôtel du Cañon.

Vickers, le triste propriétaire au teint gâté, était sur le pas de sa porte :

— Si vous croyez que je vais donner mes serviettes pour éponger le sang de tous les gens qui se font boxer, vous vous trompez, fit-il en grognant. Et n'allez pas non plus déchirer les draps pour en faire des pansements.

— J'ai jamais vu un gars aussi désagréable que vous ! On dirait que tout le monde vous rend furieux. Vous êtes jamais aimable avec personne ? me demanda Milk River, en montant les marches.

— Si, avec les idiots !

Je me débrouillai comme je pus avec de l'eau et du sparadrap pour retaper ma physionomie, mais avant que j'aie l'air d'un beau gosse, il y avait du chemin. Milk River était assis sur le lit, et il rigolait en me regardant faire.

~

Une fois mes rustines en place, nous descendîmes manger chez le Crapaud. Trois clients étaient assis au comptoir, et il me fallut répondre à des commentaires sur la bagarre, tout en mangeant.

Nous fûmes interrompus par un bruit de cavalerie en marche dans la rue. Une douzaine, ou plus, de cavaliers passèrent devant la porte et on les entendit faire un boucan de tous les diables en mettant pied à terre devant chez Bardell.

Milk River se pencha et me glissa à l'oreille :

— C'est la bande à Nacio. V'là le moment venu de leur montrer qui vous êtes, patron, sans ça ils vous feront une vie impossible ici !

On finit de dîner et on sortit dans la rue.

Un Mexicain était adossé contre le mur de Bardell, éclairé par la grosse lampe qui domine la porte du palace. C'était un grand type à barbe noire, dont le costume était agrémenté de boutons d'argent. Deux étuis d'où sortaient deux crosses blanches lui battaient les cuisses.

— Emmène les chevaux à l'écurie — je dis à Milk River —, je vais me coucher un peu, histoire de reprendre des forces.

Il me regarda l'air intrigué, et se dirigea vers l'endroit où nous avions laissé nos chevaux.

Je m'arrêtai devant le Mexicain barbu et je désignai ses revolvers du bout de ma cigarette :

— Vous devriez pas avoir ces trucs-là sur vous quand vous venez en ville — je fis avec l'air de plaisanter —, en réalité, vous ne devriez même pas les apporter, mais je ne suis pas assez chinois pour aller les chercher sous votre veste.

Sa barbe et sa moustache s'entrouvrirent pour laisser paraître une rangée de dents jaunes.

— Pé'-être qué si *el señor jerife* il aime pas ces çoses, il veut essayer dé mé les enlever ?

— Non ! vous allez les enlever vous-même !

— Zé les aime là où ils sont.

— Vous ferez ce que je vous dis, je répondis toujours avec l'air de plaisanter, et je le laissai, pour retourner chez le Crapaud.

Je me penchai au-dessus du comptoir et je tirai le fusil de sa cachette.

— Je peux vous emprunter ça ? Il y a un gars que je voudrais convaincre !

— Mais bien sûr, monsieur, bien sûr ! Servez-vous.

J'armai les deux chiens avant de mettre le pied dehors.

Le gros Mexicain avait disparu. Je le trouvai à l'intérieur en train de raconter le coup à ses copains. Il y avait des Mexicains, des Américains, quant aux autres, Dieu sait d'où ils sortaient ! Ils étaient tous armés.

Le gros Mexicain voyait les regards de ses copains qui me fixaient, et il se retourna. Ses mains descendaient sur ses cuisses, mais il n'alla pas plus loin.

— Je ne sais pas ce qu'il y a là-dedans — je fis en pointant le fusil sur la compagnie —, peut-être des morceaux de barbelés ou de la dynamite. C'est ce que nous verrons si vous n'entassez pas vos joujoux sur le comptoir, mes agneaux, parce que, aussi sûr que deux et deux font quatre, je vous arrose avec.

Ils empilèrent leurs revolvers sur le comptoir. Et ils firent bien !

Le truc que j'avais dans les mains les aurait mis en purée !

— Maintenant, la prochaine fois que vous viendrez à Corkscrew je ne veux pas voir de revolvers.

Le gros Bardell se fraya un chemin dans le groupe jusqu'à moi en essayant d'avoir l'air jovial. Je lui lançai :

— Voulez-vous mettre cet arsenal de côté jusqu'à ce que vos clients s'en aillent ?

— Oui. Oui. Volontiers !

J'allai rendre le fusil à son propriétaire et rentrai à l'Hôtel du Cañon.

Une porte tout près de la mienne s'ouvrit au moment où j'entrai dans le hall. Chick Orr sortit en jetant pardessus son épaule :

— Ne fais rien sans que je te le dise.

Je vis Clio Landes debout derrière la porte.

Chick se retourna, me vit et fronça les sourcils :

— Vous n'êtes pas un as. La seule chose que vous sachiez faire, c'est placer les coups.

— C'est exact.

Il se frotta le ventre d'une main enflée :

— Je n'ai jamais pu les encaisser à c't'endroit-là. Ça m'a toujours fait démolir dans les « pros ». Mais ne recommencez pas à vous battre avec moi. Je pourrais vous faire mal.

Il me colla un coup de pouce dans les côtes, et descendit l'escalier.

La porte de la fille était fermée quand je passai devant. Une fois dans ma chambre, je sortis mon papier et mon stylo et j'avais à peine écrit trois mots de mon rapport qu'on frappa à ma porte :

— Entrez ! je fis, ayant laissé la porte ouverte pour Milk River.

Clio Landes poussa la porte.

— Je vous dérange ?

— Non. Entrez et faites comme chez vous. Milk River sera là dans quelques minutes.

— Vous n'essayez pas de coincer Milk River ? elle demanda de but en blanc.

— Non. Je n'ai rien contre lui. Personnellement je n'ai rien à lui reprocher. Pourquoi ?

— Pour rien. Je pensais qu'il y avait peut-être une ou deux bagatelles pour lesquelles on pourrait l'arrêter. À moi, on ne me la fait pas ; ces andouilles vous prennent pour un manche, mais je ne suis pas de leur avis.

— Merci pour ces aimables paroles. Mais n'allez pas crier sur les toits que je suis un gars à la coule. On m'a déjà fait assez de publicité. Et vous, qu'est-ce que vous faites ici dans ce trou ?

— Les poumons !

Elle se toucha la poitrine.

— Un toubib m'a dit que, dans ce pays, je vivrais plus longtemps. Et je l'ai cru, comme une idiote. Vivre ici, c'est à peu près aussi moche que de mourir dans une grande ville !

— Ça fait combien de temps que vous vous êtes rangée des voitures ?

— Trois ans. Deux dans le Colorado et, depuis, ici. Ça me fait l'attente de trois siècles.

— J'étais à New York en avril. J'y suis resté trois semaines.

— Vrai ?

On aurait dit que je revenais du paradis. Elle se mit à me harceler de questions : Est-ce que c'est toujours comme ci et comme ça ? Est-ce que ça n'a pas bougé ?

On se raconta un peu notre vie et je m'aperçus que je connaissais quelques-uns de ses amis. Deux d'entre eux étaient des escrocs de grande classe, l'autre était un contrebandier notoire, et tout le reste était un ramassis de bookmakers, d'anciens forçats et tout à l'avenant.

Je n'arrivai pas à la définir. Elle parlait un langage où se mélangeaient l'anglais le plus pur des universités et l'argot des gangsters. De plus, elle ne disait pas grand-chose d'elle-même.

On était en train de devenir bons copains, quand Milk River arriva.

— Mes petits amis sont toujours en ville ? demandai-je.

— Oui. Je les ai entendus chahuter chez Bardell. D'après ce que j'ai pu comprendre, vous êtes de plus en plus impopulaire dans ce patelin !

— Qu'est-ce que j'ai encore fait ?

— Vos amis du gratin n'ont pas l'air de goûter beaucoup votre idée de faire garder par Bardell les armes que vous avez confisquées aux types à Nacio. L'opinion publique a l'air de dire que vous leur remettez dans la main gauche ce que vous leur avez pris dans la droite.

— Je leur ai pris uniquement pour leur prouver que j'en étais capable, lui expliquai-je. Je n'en ai pas besoin ! De toute façon, ils s'en seraient procuré d'autres. Je vais descendre et aller me montrer un peu dans les parages. Je n'en ai pas pour longtemps.

~

Le Palace de la Frontière était bruyant. Aucun des hommes de Nacio ne fit attention à moi. Bardell traversa la pièce pour venir me dire :

— Je suis content que vous leur ayez donné une leçon, ça m'évite des ennuis.

Je hochai la tête et sortis. J'allai à la remise, où je trouvai le gardien de nuit blotti contre un petit poêle dans le bureau.

— Y a-t-il quelqu'un qui puisse aller porter un message à Filmer cette nuit ?

— J'vous trouverai peut-être quelqu'un, fit-il sans enthousiasme.

— Donnez-lui un bon cheval et envoyez-le à l'hôtel aussitôt que vous pourrez.

Je m'assis sur le perron de l'Hôtel du Cañon et j'attendis. Un gosse de dix-huit ans, aux longues jambes, arriva sur un poney blanc et demanda le shérif délégué. Je quittai la zone d'ombre, et descendis dans la rue pour parler au gosse sans qu'on m'entende.

— Le vieux m'a dit qu'il vous fallait quelqu'un pour aller à Filmer ?

— Tu peux sortir d'ici et prendre la direction de Filmer, puis bifurquer vers le Cercle H.A.R. ?

— Ben, naturellement !

— Parfait. Voilà ce que je veux. Quand tu arriveras, tu diras à Peery que Nacio est en ville avec ses hommes et qu'il se pourrait bien qu'il aille faire du raffut au Cercle H.A.R. avant demain matin.

— C'est compris, m'sieur !

— Tiens, voilà pour toi. Je payerai la note de la remise plus tard — je lui glissai un billet dans la main. Pars et ne parle de cela à personne.

Je remontai dans ma chambre et trouvai Milk River et la fille installés devant une bouteille d'alcool. On fuma, on parla un peu, puis la petite réunion prit fin. Milk River m'annonça qu'il occupait la chambre voisine.

À cinq heures du matin, Milk River cogna dans la porte et je sautai du lit en grelottant.

— Tu n'es plus à la ferme — grognai-je en le faisant entrer —, maintenant on est en ville. Il faut dormir au moins jusqu'à ce que le soleil se lève !

— La justice ne doit dormir que d'un œil, me dit-il en souriant.

Il claquait des dents, il n'était pas plus vêtu que moi.

— Fisher, qui a un ranch sur la piste, a envoyé un messager pour dire qu'il y avait de la bagarre aux alentours du Cercle H.A.R. Il a frappé à ma porte au lieu de la vôtre. On y va patron ?

— On y va. Prends des fusils, de l'eau, et prépare les chevaux. Je descends chez le Crapaud commander le petit déjeuner et des provisions pour la route.

Quarante minutes plus tard, nous quittions Corkscrew.

Au fur et à mesure que nous avancions, la température matinale s'échauffait. Le soleil dessinait de longues traînées violettes sur le sable, la rosée s'évaporait en minces franges de brume. Les herbes étincelaient, et même le sable — qui dans quelques heures serait aussi agréable à toucher qu'un dessus de poêle rougi — dégageait une fraîcheur plaisante.

Au-dessus des bâtiments du ranch se dessinaient les silhouettes tournoyantes de trois busards. Un animal en marche apparut un instant sur le fond du ciel au sommet d'un vallonnement.

— Un cheval sans monture, annonça Milk River.

Plus loin, nous passâmes devant un sombrero mexicain criblé de balles. Plus loin encore, une poignée de cartouches vides brillaient au soleil.

Un des bâtiments du ranch n'était plus qu'un amas de cendres. Tout près d'une autre bâtisse, un des hommes que j'avais désarmés chez Bardell était allongé sur le dos, mort.

Une tête bandée apparut au coin d'un mur et un homme sortit, le bras droit en écharpe, un revolver dans la main gauche. Derrière lui trottinait le cuisinier chinois, le borgne, qui faisait des moulinets avec un couperet.

Milk River reconnut le blessé :

— Salut, Red ! Alors on s'est battu ?

— Un peu. Comme vous nous aviez prévenus, on a pris l'avantage et, quand Nacio et ses gars se sont amenés avant le coucher du soleil, on n'a même pas attendu qu'ils attaquent, on les a dispersés sur tout le pays. Moi j'ai chopé deux plombs, alors je suis resté ici, mais les copains ont continué vers le sud. Si vous faites bien attention, vous devez pouvoir entendre une détonation de temps en temps.

— On les suit ou on les prend à revers ? me demanda Milk River.

— On peut ?

— Je crois. Si Nacio est en fuite, il fera le tour pour rentrer à son rancho et ça va lui prendre jusqu'à la nuit. En coupant par le cañon, le long du patelin, on devrait arriver avant eux. Ils ne doivent pas aller bien vite, s'ils se bagarrent avec les gars de Peery.

— Essayons.

Milk River en tête, nous longeâmes les bâtiments du ranch et prîmes la piste jusqu'au cañon par le chemin que j'avais emprunté la veille.

Au bout d'un moment, le terrain devint meilleur et on avança plus vite. À l'heure du déjeuner, on s'arrêta pour reposer les chevaux, manger un brin et fumer un peu. Puis on continua.

Très vite le soleil commença à plonger sur notre droite et les ombres s'allongèrent dans le cañon. L'ombre bienfaisante avait atteint le mur est de la gorge quand Milk River s'arrêta :

— Au prochain tournant, c'est là.

On mit pied à terre, on but un coup, on souffla sur les culasses des armes pour enlever le sable et on s'avança à pied vers un bouquet d'arbustes qui masquait le prochain coude du cañon tortueux.

Après cette courbe, le cañon s'abaissait et s'étalait en une large cuvette dont les bords remontaient en pente douce vers le désert. Au centre de la cuvette, se dressaient quatre bâtiments. Bien qu'ils fussent exposés au soleil, ils avaient l'air tristes et noirs. De l'un d'eux s'échappait un mince filet de fumée.

Ni homme ni bête en vue.

— Je vais voir ce qui se passe en bas, fit Milk River en me tendant son chapeau et son fusil.

— Bon. Je te couvre. Mais s'il y a du pétard, mets-toi hors de mon champ de tir. Je ne suis pas le plus fameux des tireurs d'élite !

Pour commencer, Milk River trouva facilement de quoi se camoufler. Il avança vite. Puis il y eut de moins en moins de buissons pour lui servir d'écran. Il ralentit le pas. Il se plia en deux et sauta de buisson en rocher.

À trente pas du premier bâtiment, il sortit de sa cache et bondit se coller contre un mur.

Rien ne se passa. Il resta accroupi de longues minutes, puis il avança doucement vers l'arrière du bâtiment.

Un Mexicain se présenta au coin.

Je ne distinguai pas ses traits, mais je vis tout son corps se tendre.

Il porta sa main à sa poitrine…

Je perçus le coup de feu de Milk River.

Le Mexicain dégringola. L'acier d'un couteau brilla un instant dans le soleil au-dessus de la tête de Milk

River, puis je le vis tomber sur un rocher, et je l'entendis tinter.

Milk River disparut au coin de la bâtisse. Quand je le revis, il se précipitait vers l'entrée du deuxième bâtiment.

Des coups de feu, partis de la porte, accueillirent son arrivée.

Je fis ce que je pus avec mes deux fusils. J'établis un barrage au-devant de lui en mettant autant de plomb que je pus dans la porte ouverte. Je venais juste de vider mon deuxième chargeur quand Milk River s'approcha trop de la porte pour que je puisse continuer à tirer sans risquer de le blesser.

Je jetai le fusil, courus à mon cheval et fonçai à l'aide de mon téméraire second.

Il n'en avait pas besoin. Tout était déjà fini quand j'arrivai.

Du canon de ses armes, il poussait devant lui un Mexicain et Gyp Rayney.

— V'là la garnison, dit-il, j'ai pas pu trouver autre chose.

— Qu'est-ce que tu fais ici? je demandai à Rayney.

Il regarda tristement le sol et ne répondit pas.

— Ficelons-les et, après, on va aller faire un tour.

Milk River fit tout le travail, car il est beaucoup plus calé que moi en matière de corde. Il attacha dos à dos les deux hommes couchés sur le sol, puis nous partîmes explorer les baraques.

À part une quantité d'armes de tous calibres et davantage encore de munitions, nous ne trouvâmes rien de bien intéressant. Enfin, nous atteignîmes une lourde porte blindée et cadenassée — qui s'encastrait moitié dans la cave, moitié dans le monticule sur lequel la baraque était construite.

Je trouvai une pioche cassée et rouillée, et je fis sauter le cadenas. Puis nous soulevâmes la barre de fer et franchîmes l'entrée.

Des hommes se précipitèrent hors de ce trou sans air et sans lumière et s'adressèrent à nous avec véhémence. Sept types qui parlaient tous ensemble des langues différentes.

Nous sortîmes nos revolvers pour les arrêter.

Leur charabia monta encore et nous assourdit.

— La ferme ! criai-je.

Ils comprirent tout de suite ce que ça voulait dire, même si le mot leur était étranger. Ils s'arrêtèrent de parler et nous les regardâmes. Ils avaient tous les sept l'air d'être des étrangers et tous des allures de bandits, à faire peur.

Milk River et moi, on a d'abord essayé l'anglais, puis ce qu'on a pu réunir d'espagnol à nous deux. Nos deux tentatives amenèrent une quantité de paroles sur leurs lèvres, mais aucune dans une de ces deux langues.

— Tu sais encore autre chose ? demandai-je à Milk River.

— Le chinago, c'est tout ce que j'ai en réserve.

— Ça ne peut pas servir à grand-chose.

J'essayai de me rappeler les mots que nous croyions être du français en A.E.F.

— *Que désirez-vous*[1] ?

1. En français dans le texte (*N.d.T.*).

Cette phrase amena un sourire ravi sur le visage gras d'un type aux yeux bleus.

J'attrapai au passage : *Nous allons aux États-Unis*, avant qu'il embraye à une telle vitesse que je ne pigeai plus rien du tout.

C'était marrant. Nacio n'avait pas dit à ses clients qu'ils étaient déjà aux États-Unis. Je supposai que c'était pour mieux les avoir sous la main qu'il leur avait fait croire qu'ils étaient encore au Mexique.

— *Montrez-moi votre passeport !*

Ça amena une protestation indignée de la part du gars aux yeux bleus. On leur avait dit qu'ils n'auraient pas besoin de passeports. C'était justement parce qu'on leur avait refusé le passeport qu'ils payaient pour passer en fraude.

— *Quand êtes-vous venus ici ?*

Hier, ça veut dire le jour d'avant, en tout cas, même si je n'ai pas compris tout ce qu'il pouvait raconter avec. Nacio était donc allé directement à Corkscrew après avoir passé sa clientèle et l'avoir collée dans la cave.

On les a enfermés à nouveau en compagnie de Rayney et du Mexicain. Rayney gueula comme un putois quand je lui enlevai sa seringue hypodermique et sa dose de drogue.

— Grimpe là-haut et jette un coup d'œil aux environs, dis-je à Milk River, pendant ce temps-là, je vais arranger le Mexicain que tu as tué.

Quand il revint, j'avais préparé le Mexicain suivant ma petite idée. Il était assis sur une chaise, un petit peu sur le côté de la porte du premier bâtiment, le dos contre le mur, avec son sombrero bien enfoncé sur le devant pour cacher son visage.

— Il y a de petits nuages de poussière qui voltigent sur la piste, me raconta Milk River, ça ne m'étonnerait pas qu'on ait de la compagnie à la nuit tombante.

Il faisait déjà noir depuis une heure quand ils arrivèrent.

À ce moment-là, nous avions mangé et, bien reposés, nous étions prêts à les recevoir. J'avais allumé la lumière. Milk River était là en train de gratter une mandoline. La lumière qui sortait par la porte ouverte éclairait faiblement le Mexicain mort — une statue de dormeur.

Je me tenais derrière lui au coin du bâtiment, collé contre le mur, en ne laissant dépasser que mes yeux et mon front.

Nous avons entendu nos visiteurs bien avant de les voir. Ils étaient deux, mais leurs chevaux faisaient du bruit pour dix, flambants des quatre fers.

Nacio arriva le premier : il sauta de selle, et avait déjà un pied sur le pas de la porte que son cheval n'avait pas encore reposé ses pattes de devant sur le sol, tant son énorme cavalier l'avait fait cabrer. Le deuxième cavalier le suivait de très près.

Le grand barbu vit le corps. Il sauta dessus et balança sa cravache en hurlant :

— *Arriba, piojo !*

La mandoline s'arrêta d'un coup.

Je me démasquai.

Les favoris de Nacio s'abaissèrent de surprise.

Sa cravache s'accrocha à un des boutons du costume du mort et la poignée serrée autour de son poignet immobilisa sa main.

L'autre descendit le long de sa cuisse.

Il y avait une heure que je tenais mon revolver dans la main. J'étais prêt. Je pouvais choisir ma cible. Quand sa main toucha la crosse de son arme, je lui collai une balle qui lui traversa la main et la jambe.

Pendant qu'il tombait, Milk River assommait le deuxième cavalier d'un coup de crosse sur la nuque.

— À nous deux, on fait une drôle de paire, commenta le petit gars bronzé en se penchant pour désarmer les deux hommes.

Le barbu gueulait si fort que ça rendait la conversation difficile.

— Je vais porter le tien dans la cave. Toi, surveille Nacio. On lui fera un pansement quand je reviendrai.

Je tirai le gars assommé jusqu'à mi-chemin de la cave, puis il se réveilla. Il fit le reste du trajet, propulsé par mon revolver. Je l'enfermai en repoussant les autres prisonniers qui obstruaient la porte.

Quand je revins, le barbu avait fini de hurler.

— Il va en venir d'autres ? je lui demandai en m'agenouillant à côté de lui pour découper son pantalon avec mon couteau de poche.

En guise de réponse, j'obtins une quantité de renseignements sur mes ancêtres, ma façon de me conduire et moi-même. Il n'y avait pas un mot de vrai, mais c'était très pittoresque.

— Si on lui mettait un pavé sur la langue ? proposa Milk River.

— Non. Laisse-le crier.

Je m'adressai à nouveau au barbu :

— Si j'étais vous, je répondrais à cette question. Si les hommes du Cercle H.A.R. vous suivent et nous prennent au dépourvu, vous êtes bon pour être lynché !

Il ne pensait pas à ça :

— *Sí. Sí.* Peery et ses hommes. Ils... *Seguir... mucha rapidez.*

— Il reste quelqu'un de vivant à part vous et l'autre ?

— Non. *Ningún.*

— Milk River, allume un feu aussi grand que tu pourras devant la maison, pendant que j'arrête le sang de ce cornichon.

Le gosse eut l'air désappointé.

— On ne leur fait pas leur affaire, à ces copains-là ?

— Non. À moins qu'on n'y soit forcés.

Quand j'eus fini de mettre ses deux tourniquets au Mexicain, Milk River avait allumé un grand feu qui éclairait tous les bâtiments et la plus grande partie de la cuvette sur laquelle ils s'élevaient. Je voulais faire entrer Milk River et le Mexicain à l'intérieur pour le cas où Peery ne voudrait pas entendre raison. Mais je n'en eus pas le temps. Je venais juste de commencer à expliquer mon plan à Milk River quand la voix grave de Peery s'éleva au-delà de la zone éclairée :

— Les mains en l'air, tout le monde.

— Du calme, conseillai-je à Milk River, et je me redressai mais sans lever les mains.

— La bagarre est finie, criai-je, vous pouvez venir.

Dix minutes passèrent. Peery entra dans la lumière. Son visage à la mâchoire carrée était couvert de poussière, son cheval était gris de sable, il tenait des revolvers dans les deux mains.

Derrière lui, Dunne, tout aussi sale, l'air aussi harassé, et les mains aussi pleines que lui, s'avança.

Derrière Dunne, personne. Les autres devaient être dispersés autour de nous dans le noir.

Peery se pencha sur l'encolure de sa bête et examina Nacio, qui était allongé à terre, immobile.

— Mort ?

— Non. Un trou dans la patte et un autre dans la main. Ses petits copains sont à l'ombre, sous clef.

Un cercle rouge entoura les yeux de Peery, qui brillaient d'un éclat fou dans la lumière du feu.

— Pouvez les garder, dit-il sèchement, il n'y a que celui-là qui nous intéresse.

Je comprenais bien ce qu'il entendait par là.

— Je garde le tout.

— Je n'ai pas assez confiance en vous, grogna Peery du haut de sa bête, je veux être sûr que Nacio n'aille pas plus loin. Je m'en charge.

— Rien à faire.

— Et comment vous vous y prendrez pour m'en empêcher ? ricana-t-il salement. Vous ne pensez pas que, l'Irlandais et moi, on est tout seuls, non ? Si vous ne croyez pas que vous êtes cernés, essayez voir un peu de faire le malin !

Je le croyais, mais je continuai :

— Ça n'a aucune importance. Si je n'étais qu'un simple voyageur, ou un bandit du désert, ou n'importe quel vagabond sans famille, vous me démoliriez en moins de deux. Mais ce n'est pas du tout ça et vous le savez. C'est là-dessus que je compte. Il faudrait me tuer pour vous emparer de Nacio. C'est clair ! Et je n'ai pas l'impression que vous désiriez en arriver là.

Il me regarda un moment. Puis d'un coup de genoux il poussa sa monture vers le Mexicain. Nacio se redressa et me supplia de lui sauver la vie.

Lentement je portai la main au revolver qui reposait dans son étui sous mon épaule gauche.

— Arrêtez, cria Peery, ses deux revolvers pointés sur ma tête.

Je lui souris, sortis mon revolver et je le retournai jusqu'à ce qu'il fût bien droit entre les deux siens.

Nous avons tenu la pose assez longtemps pour attraper une bonne suée. Je ne me sentais pas tranquille.

Une sale petite lueur passa dans ses yeux injectés de sang. Je compris. Trop tard ! Sa main gauche s'écarta brusquement de moi et son revolver cracha.

Nacio s'effondra sur le côté avec un grand trou dans le haut du crâne.

Milk River, le sourire aux lèvres, tira sur Peery.

Je m'aplatis au moment où le revolver droit de Peery claqua. Je me débattais entre les pattes du cheval furieux. Les revolvers de Dunne commencèrent à tousser.

— À l'intérieur ! criai-je à Milk River.

Et je collai deux balles dans le cheval de Dunne.

Des balles sifflèrent autour, au-dessus, au-dessous de nous pendant notre retraite.

Dès qu'il eut franchi le seuil de la porte, Milk River s'allongea et cracha le feu et le plomb des deux mains. Le cheval de Dunne était atteint. Dunne se releva, il porta les deux mains à sa tête et tomba à côté de sa monture.

Milk River soutint son feu jusqu'à ce que j'aie atteint la maison. Je plongeai par-dessus lui pour entrer.

Pendant que je fracassai le verre de lampe et que j'éteignis la flamme, il referma la porte sur nous. Les balles continuaient la danse contre la porte et sur le mur.

— J'ai bien fait de descendre ce zigoto ? me demanda Milk River.

Je mentis.

— T'as eu raison.

Ça ne servait à rien de se triturer les méninges pour quelque chose de terminé, mais je n'aurais pas voulu que Peery fût tué. La mort de Dunne n'était pas nécessaire non plus. Il ne faut faire parler les armes que si on n'arrive pas à s'expliquer ; or j'étais loin d'avoir utilisé tous mes arguments quand ce gamin à la peau tannée était entré dans la danse.

Les balles arrêtèrent de trouer notre porte.

— Ils sont en train de discuter, devina Milk River. Il ne doit plus leur rester tellement de munitions, s'ils tirent sur Nacio depuis ce matin.

Je tirai un mouchoir blanc de ma poche et l'enfonçai par un coin dans le canon d'un fusil.

— C'est pour quoi faire ? demanda Milk River.

— Parlementer.

Je me dirigeai vers la porte :

— Et retiens ton pétard jusqu'à ce que j'aie fini.

— Ah ! on peut dire que vous avez du goût pour la parlote, gémit Milk River.

J'entrebâillai la porte avec précaution. Rien ne se passa. Je passai le fusil par l'ouverture et j'agitai le drapeau blanc dans la lumière du feu qui brûlait toujours. Il n'arriva rien. J'ouvris la porte et sortis.

— Envoyez quelqu'un pour qu'on puisse parler ! je lançai dans le noir.

Une voix que je ne reconnus pas lança un juron féroce et menaça :

— On va t'envoyer un…

La voix ne termina pas.

Un cliquetis métallique s'éleva de côté.

Buck Small entra dans le cercle lumineux. Ses gros yeux étaient cernés de noir : il avait une marque sanglante sur la joue.

— Qu'avez-vous l'intention de faire ? je demandai.

Il me jeta un regard noir.

— On a l'intention de s'occuper de Milk River. Vous, on n'a rien à vous reprocher. Vous êtes payé pour faire ça. Mais ce n'était pas le boulot de Milk River de tuer Peery.

— Écoute-moi, Buck. Vous allez vous mettre dans de sales draps. C'est fini, la belle époque. Pour l'instant, vous n'avez rien à vous reprocher. Nacio vous a attaqués et vous avez eu raison de le poursuivre et de massacrer sa bande dans le désert. Mais vous n'avez aucun droit sur mes prisonniers. Peery n'a pas voulu le comprendre. Si nous ne l'avions pas tué, plus tard, il aurait de toute façon été pendu. Quant à Milk River, vous n'êtes pas en compte avec lui ; il a descendu Peery sous la menace de vos fusils… alors qu'il n'avait pas la moindre chance de s'en sortir. Vous aviez tous les atouts dans votre jeu. Milk River a risqué ce que ni toi ni moi n'aurions osé faire. Il n'y a pas de quoi vous mettre à gueuler. J'ai dix prisonniers ici et tout un tas d'armes avec ce qu'il faut pour mettre dedans. Si vous m'y forcez, je distribue mes fusils aux prisonniers et je les lance dans la bagarre. J'aime mieux les voir tués les uns après les autres plutôt que de vous les donner.

« Tout ce que vous gagnerez dans la bagarre, ça sera un tas d'emmerdements — que vous soyez vainqueurs ou vaincus. Cette partie de territoire d'Orilla a été abandonnée trop longtemps à elle-même, plus longtemps qu'aucun autre patelin de l'Ouest. Maintenant, l'époque est révolue. La terre appartient à de grandes compagnies, des gens du dehors vont venir s'installer ici. Vous n'y pouvez rien. Des hommes ont déjà essayé de lutter contre ça, dans l'ancien temps. Ils ont perdu. Tu veux aller voir ce qu'en pensent les autres ?

— Oui.

Et il s'enfonça dans les ténèbres.

Je rentrai.

— Je crois qu'ils vont comprendre — je dis à Milk River — mais on ne sait jamais. Alors tu feras mieux de voir si tu peux trouver un chemin souterrain qui mène à la cave, parce que ce que j'ai dit au sujet de la distribution des armes aux prisonniers, je le pensais.

Vingt minutes plus tard, Buck Small était de retour.

— Vous avez gagné, dit-il. On voudrait emmener avec nous Peery et Dunne.

~

Rien ne m'avait jamais paru aussi bon que mon lit à l'Hôtel du Cañon, ce mercredi soir. Mon numéro de haute voltige sur le cheval citron, ma bagarre avec Chick Orr et ces chevauchées dont je n'avais pas l'habitude, tout cela m'avait couvert le corps de plus de bleus qu'il n'y a de grains de sable dans tout l'Orilla !

Nos dix prisonniers étaient enfermés dans un hangar appartenant à Adderly, gardés par des volontaires du gratin, sous la supervision de Milk River. J'espérais qu'ils y seraient en sécurité jusqu'à l'arrivée des inspecteurs de l'immigration, auxquels j'avais envoyé un message. C'est dans leur accrochage avec les gars du Cercle H.A.R. que la plupart des hommes de Nacio avaient été tués, et je ne croyais pas que Bardell pût réunir assez d'hommes pour forcer les portes de ma prison.

J'imaginais que les gars du Cercle H.A.R. allaient maintenant se tenir peinards. Il me restait encore deux choses à régler, mais la fin de mon travail à Corkscrew approchait. Aussi je n'étais pas mécontent de moi. Je me déshabillai avec peine et me mis au lit pour goûter un repos bien gagné.

Vous croyez que je dormis ? Non !

Je venais juste de m'étendre sous les couvertures quand quelqu'un se mit à tambouriner à ma porte.

C'était ce petit maniéré de Dr Haley.

— J'ai été appelé à votre prison d'occasion, voici quelques minutes, pour soigner Rayney. Il a essayé de s'échapper et s'est cassé le bras en se battant contre l'un des gardes. Sa blessure n'est pas grave, mais il est au plus mal, il faudrait lui donner de la cocaïne. Je ne crois pas que cela soit prudent de le priver de drogue plus longtemps.

— Il est vraiment mal ?

— Oui.

— Je descends lui parler.

Et je me rhabillai sans le moindre plaisir.

— Je lui en ai donné une reniflée de temps à autre sur le chemin du retour, en rentrant du ranch, pour qu'il ne tombe pas de cheval, mais je veux qu'il parle et il n'aura plus rien avant d'avoir parlé.

On l'entendait hurler depuis la rue.

Milk River était en train de parler à l'un des gardiens.

— Il va vous sauter dessus, patron, si vous ne lui donnez pas sa drogue, me prévint Milk River. Je l'ai attaché, pour qu'il ne puisse plus arracher les planchettes de son pansement : il est devenu complètement cinglé !

On est entrés, le docteur et moi ; le garde qui était à la porte souleva sa lanterne pour qu'on puisse y voir clair.

Dans un coin, Gyp Rayney était assis sur la chaise à laquelle Milk River l'avait attaché. Deux filets de bave lui coulaient aux coins de la bouche. Il était tout tordu par les crampes.

— Donnez-moi de la came, nom de Dieu ! gémissait-il.

— Aidez-moi, docteur, on va le porter dehors.

On l'a soulevé avec sa chaise et on l'a sorti.

— Maintenant, arrête de gueuler et écoute-moi, lui ordonnai-je. C'est toi qui as tué Nisbet. Je veux toute l'histoire. Si tu parles, tu auras une piqûre.

— Non, je l'ai pas tué, se mit-il à hurler.

— Tu mens. Tu as volé la corde de Peery pendant qu'on était tous chez Bardell, lundi matin, à discuter de la mort de Slim. Tu as attaché la corde à un rocher pour me faire croire que le meurtrier s'était enfui par le cañon. Puis tu es resté à la fenêtre jusqu'à ce que Nisbet entre dans la pièce du fond et tu as tiré. Personne n'est descendu par cette corde, sans cela Milk River aurait trouvé des traces. Tu parles ou non ?

Rien à faire. Il criait. Il pleurait. Il sacrait. Il suppliait. Mais il refusait de dire qu'il avait tué.

— Qu'on l'emmène !

Le Dr Haley me mit la main sur le bras.

— Ne croyez surtout pas que j'intervienne en sa faveur, mais il est de mon devoir de vous aviser que vous faites là quelque chose de très dangereux. Je vous préviens formellement que vous mettez en danger la vie de cet homme en lui refusant sa drogue.

— Je sais, docteur, mais c'est un risque à courir. Il n'est pas encore à bout ; sans cela il ne mentirait pas. Quand il se sentira vraiment incapable de tenir plus longtemps, alors il parlera.

Gyp Rayney fut reconduit en prison et je rentrai chez moi. Mais pas pour me coucher. Car Clio Landes m'attendait ; elle était là (j'avais laissé la porte ouverte), assise devant une bouteille de whisky. Elle avait puisé dans la gnôle une mélancolie sans bornes. C'était une pauvre fille, seule, cafardeuse, malade, qui pleurait son paradis perdu. Elle se soûlait, pensait à ses parents morts, se rappelait les moments les plus moches de son enfance, les histoires tristes de son passé, et elle pleurait sur sa vie gâchée.

Il n'était pas loin de quatre heures du matin quand le whisky eut enfin le dessus ; elle s'endormit sur mon épaule.

Je la soulevai et la transportai jusqu'à sa chambre. Au moment où j'atteignis sa porte, le gros Bardell arriva en haut de l'escalier :

— Sacré shérif, toujours au boulot ! et il s'en alla après ce commentaire plein d'humour.

~

Le soleil était haut, il faisait chaud, quand le son, maintenant familier, d'une tambourinade à ma porte me tira du sommeil. Cette fois, c'était un de mes volontaires, le garçon tout en jambes qui avait porté mon message à Peery le lundi soir.

— Gyp vous réclame ! (Il avait l'air hagard, ce gosse.) Il vous réclame comme j'ai jamais entendu appeler personne !

Rayney n'était plus qu'une ruine.

— Je l'ai tué ! je l'ai tué ! hurlait-il. Bardell savait que le Cercle H.A.R. allait se venger de la mort de Slim. Alors y m'a fait descendre Nisbet en mettant tout su'l'dos de Peery pour que vous alliez l'emmerder. Il avait déjà essayé le coup une fois, mais il y avait laissé des plumes.

« Donnez-moi de la came ! C'est vrai ! J'ai volé la corde, je l'ai accrochée, j'ai descendu Nisbet avec le fusil de Bardell, quand Bardell l'a renvoyé là-bas. Le fusil est sous le tas d'ordures derrière la baraque d'Adderly. Faites-moi une piquouse !

— Où est Milk River ? demandai-je à mon tout en jambes.

— Y dort, j'crois bien. Il est parti au p'tit jour.

— C'est bon, Gyp. Tiens le coup, j't'envoie le docteur.

Je trouvai le Dr Haley chez lui. Une minute plus tard, il partait avec une bonne dose de coco.

Le Palace n'ouvrait pas avant le déjeuner. Les portes étaient fermées. Je remontai la rue jusqu'à l'Hôtel du Cañon. Milk River en sortait juste au moment où je montais le perron.

— Salut, jeune homme ! Dis, tu sais dans quelle chambre dort ton ami Bardell ? lui demandai-je.

Il me regarda comme s'il ne m'avait jamais vu de sa vie.

— Vous n'avez qu'à chercher. J'en ai marre d'être à votre service. Trouvez-vous une aut'nounou et allez vous faire foutre !

Son haleine puait le whisky, mais il n'était pas assez soûl pour que ça explique tout.

— Qu'est-ce qui te prend ? lui demandai-je.

— Il me prend que vous êtes un sale…

Je ne lui laissai pas le temps de continuer. Sa main droite descendit vers sa hanche.

Je le coinçai contre le mur avant qu'il ait pu tirer son arme, et je lui pris les deux bras.

— Tu peux faire le mariole avec ton flingue, grondai-je en le secouant, beaucoup plus furieux que s'il était n'importe qui, mais si t'essayes de me jouer un tour de cochon, je te fous la fessée.

Les ongles de Clio Landes me rentrèrent dans la peau.

— Arrêtez, criait-elle.

Elle se tourna vers Milk River.

— Arrête. Tu ne peux pas te tenir tranquille ?

Puis elle lança :

— Ce matin, il y a quelque chose qui l'a mis en rogne. Il ne sait plus ce qu'il dit.

— Moi aussi, je suis en rogne. Mais, moi, je sais ce que je dis.

Je le lâchai et j'entrai dans l'hôtel. Je me cognai dans le triste Vickers :

— Quelle chambre, Bardell ?

— 214. Pourquoi ?

Je ne m'arrêtai pas et je montai.

Un revolver dans une main, je frappai de l'autre.

— Qui est là ?

Je le lui dis.

— Qu'est-ce que vous voulez ?

Je lui répondis que j'avais à lui parler.

Il me fit attendre au moins cinq minutes avant d'ouvrir. Il était à moitié habillé, avec son pantalon et une veste passée par-dessus son maillot de corps. Il gardait une de ses mains dans sa poche de veste.

Il ouvrit des yeux comme des soucoupes en voyant mon revolver.

— Je vous arrête ! C'est vous l'assassin de Nisbet, je lui annonce, et enlevez votre main de votre poche.

Il fit semblant de croire que je blaguais.

— L'assassin de Nisbet ?

— Oui. Rayney s'est mis à table. Sortez votre main de votre poche.

Son regard quitta le mien, fixa quelque chose derrière ma tête et une lueur de triomphe passa dans ses yeux.

Je tirai le premier, une fraction de seconde avant lui. Il avait trop perdu de temps à attendre que je tombe dans le vieux panneau.

Sa balle m'entailla le cou.

La mienne alla se loger à l'endroit où le maillot de corps se tendait sur sa poitrine grasse.

Il tomba en tirant sur sa poche pour essayer de sortir son revolver.

Je n'essayai pas de l'empêcher, je savais qu'il allait mourir. Il avait bloqué mon plomb dans le poumon. Je lui en expédiai un autre.

Le couloir était plein de monde.

— Appelez le docteur, je leur criai.

Mais Bardell n'en avait plus besoin. Il était mort avant que les mots eussent passé mes lèvres…

À ce moment Chick Orr traversa la foule et entra dans la pièce.

Je me relevai et je rangeai mon revolver dans son étui.

— Je n'ai encore rien pu trouver contre vous, Chick, dis-je lentement, et vous savez mieux que moi si j'ai des chances de trouver quelque chose. Mais si j'étais vous, je filerais d'ici sans trop perdre de temps à faire mes valises !

L'ancien boxeur me regarda en coin, se tâta le menton et fit claquer sa langue.

— Si quelqu'un me demande, vous direz que je suis en promenade — et il se fraya un chemin vers la sortie.

Quand le docteur arriva, je le fis monter dans ma chambre pour qu'il panse mon cou. Ce n'était rien, mais ça saignait beaucoup.

Quand il eut fini, je tirai du linge propre de ma valise et je me déshabillai. Mais, quand je voulus me laver, je m'aperçus que le docteur avait usé toute mon eau. Je remis ma veste, mon pantalon, mes chaussures et je descendis en chercher à la cuisine.

Le corridor était vide quand je remontai. Il n'y avait plus que Clio Landes.

Elle passa devant moi, bien décidée à ne pas me regarder.

Je me lavai, m'habillai et attachai mon revolver. Une dernière chose à régler, et ce serait fini. Je ne pensais pas avoir besoin de mes joujoux de 32, aussi les mis-je de côté. Plus qu'une petite bricole à régler, et j'aurais terminé ce boulot : je me réjouissais à l'idée de quitter Corkscrew. Je n'aimais pas ce patelin, je ne l'avais jamais aimé et je l'aimais moins que jamais depuis que Milk River m'avait fait le coup.

C'est à lui que je pensais en sortant de l'hôtel, et je tombai pile sur lui au milieu de la rue.

Je fis comme si je l'ignorais et me dirigeai vers le bas de la rue. Mais j'avais à peine fait un pas qu'une balle vint faire gicler la poussière à mes pieds.

Je m'arrêtai.

— Défends-toi, gros lard ! me cria Milk River, ce sera toi ou moi !

Je me retournai lentement vers lui en cherchant un moyen d'en sortir. Mais j'étais coincé.

Dans ses yeux brillait une lueur de joie, et son visage était défiguré par la haine. Inutile d'essayer de le raisonner !

— Ce sera toi ou moi, répéta-t-il.

Il tira un nouveau plomb au sol juste à mes pieds.

— Sors ton feu !

Je ne cherchai plus d'échappatoire et je cueillis mon revolver.

Il me laissa le temps et n'abaissa son arme que lorsqu'il me vit la mienne en main.

Nous avons appuyé sur la détente ensemble.

Une flamme se jeta sur moi.

Je suis tombé, le côté droit tout engourdi.

Il me regarda, suffoqué. Mon regard le quitta pour se poser sur mon revolver, mon revolver qui s'était contenté de cliqueter quand j'avais appuyé sur la détente.

Je relevai les yeux ; il venait vers moi, lentement, en balançant son revolver à bout de bras.

— Tu risquais pas grand-chose, hein ?

Je relevai mon revolver pour qu'il puisse voir le percuteur cassé :

— Je n'aurais pas dû le laisser sur mon lit pendant que je descendais à la cuisine.

Milk River lâcha son revolver et s'empara du mien.

Clio Landes sortait de l'hôtel et courait vers lui.

— Tu n'es pas ?...

Milk River lui colla mon arme sous le nez :

— C'est toi qu'as fait ça ?

— J'avais peur qu'il te... elle commença.

Du revers de la main, Milk River lui envoya une gifle en pleine figure.

Il tomba à genoux à côté de moi, avec un air de petit gosse.

Une larme toute chaude me tomba sur la main.

— Patron, j'savais pas...

— T'en fais pas, lui dis-je — et je le pensais.

Je n'entendais plus ce qu'il me disait. L'engourdissement des premières minutes avait disparu et faisait place à quelque chose qui n'avait rien de plaisant. Tout se mit à tourner...

~

J'étais au lit quand je revins à moi. Le Dr Haley était en train de me faire des tas de trucs désagréables sur le côté. Derrière lui, Milk River tenait une cuvette. Ses mains tremblaient.

Je murmurai :

— Milk River...

Et c'est tout ce que je fus capable d'articuler.

Il se pencha sur moi et tendit l'oreille.

— Faut arrêter le Crapaud. C'est lui qui a tué Vogel. Mais fais gaffe... il est armé ! Il va dire qu'il s'est défendu... peut-être qu'il avouera. Boucle-le avec les autres.

Et je me rendormis.

Quand je rouvris les yeux, il faisait nuit. Seule une maigre lumière éclairait la pièce. Clio Landes était assise à mon chevet, elle fixa le plancher, l'air perdu.

— Bonsoir, j'articulai.

Aussitôt après, je regrettai d'avoir ouvert la bouche.

Elle se mit à sangloter et à me fatiguer, à vouloir être bien sûre que je lui pardonnais d'avoir tripatouillé mon revolver. Je ne sais pas combien de fois je lui pardonnai. Ça n'en finissait pas !...

Je fermai les yeux et je fis le mort pour qu'elle la boucle.

Il faisait jour quand je me réveillai, j'avais dû dormir un bon bout de temps. Milk River était assis sur la chaise.

Il se leva, il ne me regardait pas. Il baissait la tête.

— Je m'en vais maintenant, patron. Je vois que ça va mieux. Mais je voudrais que vous sachiez que, si j'avais su ce que cette... avait fait de votre revolver, je ne vous aurais jamais attaqué.

— Tu pourrais me dire ce qui t'a pris ? je grognai.

— J'étais cintré, je crois, murmura-t-il ; j'avais bu un coup et Bardell m'avait bourré le mou en me racontant des histoires sur vous et elle, il disait que vous me preniez pour un con… Alors… ça m'a rendu fou, faut croire…

— T'es guéri, maintenant ?

— Foutre oui, patron !

— Alors, assez de salades, et parlons sérieusement. Vous êtes toujours fâchés, elle et toi ?

Ils étaient toujours fâchés. De la façon la plus horrible. Milk River me l'affirma avec mille jurons.

— Tu es pire qu'une andouille, je lui assure. C'est pas une fille d'ici, et elle a le cafard. Elle rêve de New York. J'ai su lui parler des choses qu'elle aime ; on connaissait les mêmes gens… un point, c'est tout !

— Mais non, c'est pas tout, patron. Une femme qui peut faire une vach…

— Ça va ! d'accord, c'était un tour de cochon. Mais une bonne femme qui est capable de faire ça pour un type dans le pétrin, t'en trouveras pas une sur un million. Alors file chercher la môme Clio et fais-moi le plaisir de me la ramener ici.

Il voulait me faire croire qu'il y allait à contrecœur. Mais j'entendis la voix de Clio quand il frappa à sa porte. Et ils me laissèrent carrément tomber pendant une bonne heure, tout seul sur mon lit de douleur, avant de se rappeler que j'existais.

Ils entrèrent en se tenant si serrés qu'ils devaient sûrement se marcher sur les pieds.

— Maintenant, parlons affaires, je grommelle, quel jour est-on ?

— Lundi.

— Tu as trouvé le Crapaud ?

— Oui, c'est réglé, dit Milk River en partageant sa chaise avec la fille. Il doit déjà être arrivé. On l'a embarqué avec les autres. Finalement, il a laissé tomber son histoire de légitime défense, et il m'a tout raconté. Comment aviez-vous deviné, patron ?

— Deviné quoi ?

— Que le Crapaud avait tué ce pauvre Slim ? Il paraît que Slim est entré chez le Crapaud cette nuit-là. Il l'a réveillé, il lui a bouffé pour un dollar et dix cents de marchandise, et puis il a dit au vieux qu'il ferait bien de ne pas se frotter à essayer de le faire payer. Ils ont commencé à s'engueuler, et Slim a voulu sortir son revolver. Alors le Crapaud a eu peur et il a tiré. Slim est bien gentiment sorti comme il a pu pour aller mourir. Comment le saviez-vous ?

— Je ne devrais pas livrer mes secrets professionnels, mais pour une fois… Le Crapaud était en train de laver sa baraque quand je suis allé l'interroger sur le meurtre, et il avait commencé par le plancher, qu'il avait gratté, avant de faire le plafond. Ça ne pouvait vouloir dire qu'une seule chose : il avait besoin de nettoyer son plancher et, s'il faisait un nettoyage général, c'était pour qu'on ne sache pas que Slim avait saigné sur son plancher. En partant de là, tout le reste était simple. Slim est sorti du Palace avec un sale moral, nettoyé après avoir beaucoup gagné, humilié par Nisbet qui l'avait désarmé et rendu furieux par tout ce qu'il avait ingurgité dans la journée. Red Wheelan lui avait remis en mémoire dans l'après-midi l'histoire du Crapaud qui l'avait poursuivi jusqu'au ranch pour lui faire cracher ses deux dollars. Quoi de plus normal pour lui que d'aller promener sa soûlerie chez le Crapaud ? Le fait que Slim n'ait pas été tué avec le fusil ne prouvait rien. Je n'ai jamais eu très confiance dans le fusil du vieux. S'il avait compté là-dessus pour se défendre, il ne l'aurait pas mis en vue et sous une étagère, où ce n'était pas facile de l'attraper. Il était là pour l'effet moral, et le Crapaud avait une autre arme, cachée, celle-là, et prête à servir. Autre chose ! Vous ne vous êtes pas aperçus que Nisbet avait l'air de dire la vérité ? S'il avait été coupable, il n'aurait pas parlé comme ça. Bardell et Chick n'étaient pas tellement sûrs de ce qu'ils nous disaient, mais, comme ils croyaient vraiment qu'il avait tué Slim, ils ont essayé de le protéger.

Milk River me sourit et serra la fille contre lui.

— Vous n'êtes pas tellement con, patron. Depuis le premier moment où Clio vous a vu, elle a pas cessé de me répéter que je ferais aussi bien de pas essayer de vous flouer…

Puis il sembla fixer quelque chose très loin, de ses yeux bleus :

— Quand je pense à tous les gens qui ont été tués, blessés, ou foutus en taule… et tout ça pour un dollar dix cents ! On a encore eu de la veine que Slim en ait pas bouffé pour cinq dollars : il aurait dépeuplé l'Arizona !

Titre original : *Corkscrew* (*Black Mask,* septembre 1925).

Coups de feu dans la nuit

La maison était un grand bâtiment carré, en brique. Son toit d'ardoise débordant largement sur les côtés faisait paraître la maison trop large pour sa hauteur de deux étages. Elle était située sur un coteau herbeux, à l'écart de la grand-route, à laquelle elle tournait le dos, faisant face à la rivière Mohelumme.

J'avais loué une Ford à Knoronburg pour le voyage. La voiture entra dans la propriété par une grille d'acier, suivit une allée circulaire de gravier, et me déposa au pied de la véranda qui faisait le tour de la maison, au rez-de-chaussée.

Le chauffeur empocha le billet que je lui tendis et me dit avant de démarrer :

— Voici le gendre d'Exon.

Je me retournai et vis un grand jeune homme dégingandé, d'une trentaine d'années, qui traversait la véranda et venait à ma rencontre. Il était habillé sans soin et ses cheveux bruns formaient une masse ébouriffée au-dessus d'un beau visage bronzé. Son sourire était nonchalant, mais je remarquai le pli cruel de ses lèvres et la froide assurance de son regard.

— Mr Gallaway ? demandai-je comme il descendait les marches du perron.

— Lui-même. Vous êtes…

Sa voix était traînante et grave.

— … de l'Agence continentale de détectives privés de San Francisco, achevai-je.

Il esquissa un signe de tête approbateur et m'ouvrit la porte vitrée de la véranda.

— Laissez votre valise ici, dit-il, je la ferai porter dans votre chambre.

Il me fit entrer dans le salon et, quand je lui eus dit que j'avais déjà déjeuné, il me désigna un fauteuil confortable et m'offrit un excellent cigare.

Il se laissa tomber dans un fauteuil, en face de moi — le siège était trop étroit pour son grand corps et ses membres trop longs semblaient sortir de tous les côtés —, et il souffla la fumée de son cigare au plafond.

— Je dois d'abord vous prévenir, commença-t-il sans hâte, que je ne compte pas sur un brillant résultat. J'attends plus de vous une influence bienfaisante sur la famille qu'un travail sérieux. C'est pour cela que je vous ai fait venir. Il n'y a rien d'autre à faire. Toutefois, n'étant pas détective, je peux me tromper. Il se peut que vous fassiez des découvertes plus ou moins importantes. Tant mieux. Mais je ne vous le demande même pas.

Je me taisais, bien que cette entrée en matière ne me plût pas beaucoup. Il fuma en silence pendant un moment et poursuivit :

— Mon beau-père, Talbert Exon, est âgé de cinquante-sept ans et a toujours été un vieux brigand infatigable, inflexible et emporté. Mais il se remet à peine d'une pneumonie, qui l'a sérieusement touché. Il ne peut pas encore se lever, et le docteur Rench pense qu'il lui faut encore rester une semaine au lit. Sa chambre est au deuxième, sur le devant, à droite, la pièce juste au-dessus de celle-ci. Son infirmière, Miss Caywood, occupe la chambre voisine, avec porte communicante. La mienne donne sur l'autre façade et est séparée de celle de mon beau-père par le couloir ; celle de ma femme est à côté de la mienne, en face de celle de l'infirmière.

« Je vous ferai visiter la maison plus tard. Je veux seulement vous donner une simple topographie des lieux.

« La nuit dernière, ou plutôt ce matin, vers une heure et demie, on a tiré sur Exon pendant son sommeil ; on l'a manqué. La balle s'est écrasée contre la porte de communication de sa chambre et celle de l'infirmière. Elle est passée à une trentaine de centimètres au-dessus du lit d'Exon. Sa trajectoire indiquerait qu'elle a été tirée d'une des fenêtres, soit du dehors, soit juste de l'intérieur. La détonation réveilla Exon, évidemment, mais il ne vit personne. Nous fûmes tous réveillés par le coup, ma femme, Miss Craywood, les Figgs et moi-même. Nous nous précipitâmes dans la chambre, mais il n'y avait personne.

« Celui qui avait tiré s'était certainement enfui par la fenêtre, car autrement nous l'aurions vu, puisque nous arrivions tous de différentes directions. En tout cas, il n'y avait personne et pas de traces.

— Qui sont les Figgs ? Et qui habite ici en dehors de ceux que vous m'avez cités ?

— Il y a Adam et Emma Figgs. Emma est notre femme de ménage, et son mari fait à peu près tous les métiers ici. Leur chambre est au deuxième étage, tout au fond du couloir. Il y a aussi Gong Lim, le cuisinier chinois, qui couche dans une petite pièce près de la cuisine. Et, enfin, les trois garçons de ferme : Joe Natarra et Felipe Fadelia, qui sont italiens et sont à notre service depuis plus de deux ans ; et Jesus Mesa, un Mexicain, à notre service depuis un an. Ils sont logés dans une petite maison près des granges. Et, si vous voulez mon opinion, je suis certain qu'ils n'ont rien à voir dans cette affaire.

— A-t-on retiré la balle de la porte ?

— Oui, Shand, le shérif de Knoronburg. C'est une balle de calibre 38.

— Aucun revolver de ce calibre, dans la maison ?

— Non. Il y en a un de calibre 22, et le mien, de 44, que je laisse toujours dans mon auto. C'est tout. Il y a aussi deux fusils et une carabine 30-30. Shand a fouillé la maison de fond en comble et n'a pas trouvé d'autres armes.

— Qu'en dit Mr Exon ?

— Pas grand-chose. Excepté que, si on lui laissait un revolver à portée de main, il saurait se défendre sans l'aide de la police ! Il a peut-être des soupçons, je n'en sais rien ; c'est une vieille crapule qui ne raconte pas ses petites affaires. Je ne connais pas bien sa vie privée, mais je me doute que quelques personnes doivent se croire autorisées à le supprimer. J'ai cru comprendre qu'il n'a pas été un saint dans sa jeunesse, et même plus tard.

— Avez-vous des preuves, ou faites-vous des suppositions ?

Gallaway me sourit, de ce sourire sarcastique que je devais souvent voir sur ses lèvres avant la fin de cette affaire.

— Les deux, dit-il lentement. Je sais qu'au cours de son existence il a roulé plus d'un associé et trahi plus d'un ami. Il a même échappé à la prison une fois — et sans doute d'autres que j'ignore encore — en dénonçant ses associés et en les envoyant en taule à sa place. Je sais aussi que sa femme est morte dans des circonstances assez mystérieuses, et qu'elle laissait une grosse assurance sur la vie. Il fut d'ailleurs suspecté et même emprisonné, mais, finalement, on l'a relâché, faute de preuves. Tout cela, d'après ce qu'on m'a dit, n'est qu'un petit échantillon de la bonne conduite du vieux. Rien d'étonnant à ce que certaines personnes veuillent se venger.

— Pourriez-vous me donner les noms de ses principaux ennemis, au moins de ceux que vous lui connaissez, et je prendrai les renseignements nécessaires.

— J'en connais très peu, et vous perdriez trop de temps à faire vos enquêtes sur eux. Je ne veux pas vous donner tout ce travail, ni vous faire faire des frais. Comme je vous l'ai déjà dit, je ne vous demande pas de résoudre une énigme. Ma femme est très nerveuse et, sans que je puisse me l'expliquer, est très attachée au vieux. Pour la calmer, je lui ai promis d'engager un détective privé. Je vous demande seulement de rester ici quelques jours jusqu'à ce qu'elle soit calmée et rassurée. Bien entendu, si entre-temps vous découvrez quelque chose, tant mieux. Sinon, aucune importance.

L'expression de mon visage dut refléter mes pensées, car une lueur d'amusement brilla dans les yeux du jeune homme, et il me dit en riant :

— Allons, ne croyez pas qu'on veuille vous empêcher de retrouver l'assassin de mon beau-père. Vous êtes entièrement libre. Je tiens seulement à ce que vous restiez le plus possible à la maison pour que ma femme vous voie et soit certaine d'être en sécurité. Mais, à part ça, vous pouvez faire tout ce que vous voulez. Vous pouvez arrêter des suspects en masse. Comme vous avez pu vous en apercevoir, je n'ai pas beaucoup d'affection à l'égard de mon beau-père, et il me le rend bien. Pour être franc, si on pouvait haïr sans se fatiguer et se compliquer l'existence, je crois que je pourrais détester le vieux brigand. Néanmoins, si vous mettez la main sur le coupable, j'en serai ravi. Mais…

— Très bien, coupai-je. Ce travail ne me plaît guère, mais puisque je suis ici je le ferai. Cependant, je vous préviens que je tiens à éclaircir cette affaire.

— Loyauté et zèle sont des qualités dignes d'éloge, dit-il d'un ton sarcastique en se levant.

Je me levai aussi.

— C'est ce qu'on m'a déjà dit, grommelai-je. Et maintenant, allons jeter un coup d'œil à la chambre de Mr Exon.

La femme de Gallaway et l'infirmière étaient auprès du malade… J'inspectai la pièce avant de les interroger. Elle était très vaste, avec trois grandes fenêtres ouvrant sur le toit de la véranda ; deux portes, dont l'une donnait sur le couloir, et l'autre communiquait avec la chambre de l'infirmière. Cette porte était ouverte, et il y avait en travers un paravent japonais vert. On le laissait là pour la nuit, me dit-on. L'infirmière pouvait ainsi surveiller le sommeil du malade et accourir s'il avait besoin de soins. Je constatai qu'un homme perché sur le toit de la véranda pouvait facilement se pencher sur le rebord de la fenêtre (s'il ne voulait pas l'enjamber et entrer dans la pièce) et tirer sur le malade. Grimper sur le toit de la véranda n'était pas bien difficile, et en redescendre était encore plus simple — il n'y avait qu'à se laisser glisser du toit, les pieds en avant, en se retenant à l'ardoise avec ses bras et ses mains, et à se laisser tomber sur l'allée de gravier. C'était un jeu d'enfant. Les fenêtres n'avaient pas de volets.

Le lit était placé près de la porte de communication. Quand le malade était couché, il se trouvait donc entre l'autre porte et la fenêtre d'où on avait tiré. Il n'y avait aucune maison à des lieues alentour. Ni arbre ni hauteur d'où on ait pu tirer la balle qui s'était enfoncée dans le cadre de la porte.

Je me tournai vers les personnes présentes et interrogeai d'abord le malade. Cet homme devait avoir une forte charpente, quand il était en bonne santé. Mais il était maintenant épuisé, maigre et blanc comme un linge. Son visage était mince, ses joues creuses, ses petits yeux brillants étaient très rapprochés de son nez fin et sa bouche formait une mince fente incolore au-dessus de son menton osseux et proéminent.

Sa réponse à mes questions fut une merveille de vivacité et de concision :

— Le coup me réveilla. Je ne vis rien. Je ne sais rien. J'ai des milliers d'ennemis. J'ai oublié leurs noms.

Il lança ces mots d'un air bougon, détourna la tête, ferma les yeux et refusa de parler plus longtemps. Mrs Gallaway et l'infirmière me suivirent dans la chambre de cette dernière, où je les questionnai. Elles avaient deux types de beauté absolument opposés. Je remarquai entre elles une certaine froideur, une hostilité évidente, que je compris plus tard.

Mrs Gallaway avait environ cinq ans de plus que son mari. Elle était très belle, de cette beauté imposante de statue. Ses cheveux étaient noirs. Ses yeux, noirs aussi, avaient une expression inquiète, surtout lorsqu'ils se posaient sur son mari. Il était évident qu'elle en était très amoureuse. L'anxiété de son regard montrait clairement qu'elle craignait qu'il ne lui échappe. J'en fus tout à fait convaincu, au cours de mon séjour chez eux, en remarquant la peine qu'elle se donnait pour lui être agréable dans les moindres détails.

Mrs Gallaway ne fit que confirmer le récit de son mari. Le coup de feu l'avait réveillée, elle s'était précipitée dans la chambre de son père, n'avait rien vu, ne savait rien, n'avait pas de soupçons.

L'infirmière, Barbara Caywood, me raconta la même chose, presque dans les mêmes termes. Elle avait bondi de son lit en entendant le coup de feu, avait poussé le paravent et s'était précipitée dans la chambre de son malade. Elle y était arrivée la première, et elle n'avait vu que le vieillard, assis sur son lit, jurant et agitant rageusement ses poings maigres en direction de la fenêtre. Barbara Caywood avait environ vingt et un ans. Elle était bien de celles qu'un homme choisirait volontiers comme garde-malade. Elle était un peu plus grande que la moyenne et se tenait toujours très droite dans son uniforme blanc empesé, qui soulignait à la fois sa minceur et ses formes. Ses cheveux dorés et soyeux encadraient un visage très attirant. Elle semblait, en outre, très énergique et compétente.

En quittant la chambre de l'infirmière, Gallaway me conduisit à la cuisine, où j'interrogeai le cuisinier. Gong Lim était un Oriental au regard triste, et son sourire de commande, flottant toujours sur ses lèvres, accentuait cette expression mélancolique. Il se prodigua en courbettes et sourires, répondit toujours « oui… oui » à toutes mes questions et ne m'apprit rien du tout.

Adam et Emma Figgs — lui très maigre, elle rondelette, et tous deux souffrant de rhumatismes — me firent part de leurs nombreux soupçons. Ils étaient dirigés sur le cuisinier, puis sur les ouvriers, puis sur tous à la fois. Ils n'avaient évidemment aucun fondement. Mais les Figgs étaient persuadés que les crimes violents sont toujours commis par des étrangers.

Les ouvriers de la ferme — deux Italiens souriants, d'un âge mûr, et portant une grosse moustache, et un jeune Mexicain aux grands yeux doux — travaillaient dans un des champs. Je bavardai avec eux pendant deux heures et je les quittai à peu près certain qu'aucun d'eux n'avait participé au crime.

Le docteur Rench descendait de la chambre du malade, comme je revenais des champs avec Gallaway. Le docteur était un petit vieillard tout ridé, aux yeux doux et aux gestes sobres. Son crâne, ses sourcils, ses joues, ses lèvres, son menton et ses narines étaient enfouis sous un système pileux particulièrement développé. Il nous dit que l'excitation de la nuit dernière retarderait le rétablissement d'Exon, mais de très peu. Sa température avait monté, mais ce ne serait rien.

Je suivis le docteur Rench et l'accompagnai à sa voiture, car je désirais lui poser quelques questions en particulier. Ce fut d'ailleurs bien inutile, car il ne savait rien. L'infirmière, me dit-il, avait été engagée à San Francisco suivant les procédés habituels et les formalités courantes. Il était donc peu probable qu'elle ait réussi à se faire engager spécialement chez Exon pour une raison secrète reliée à la tentative d'assassinat.

Après mon entretien avec le docteur, je rentrai dans le hall et tombai sur Hilary Gallaway et l'infirmière, en bas de l'escalier. Il avait son bras autour des épaules de la jeune fille et lui souriait. Comme j'entrais, elle se dégagea, lui adressa un sourire espiègle et monta l'escalier.

Je ne savais si elle m'avait vu arriver, quand elle s'échappa, et j'ignorais aussi depuis combien de temps ils étaient là. Si j'avais connu les réponses à ces questions, j'aurais pu interpréter exactement leur attitude.

Hilary Gallaway n'était pas le genre d'homme à ignorer la beauté de la jeune infirmière. Et lui-même était assez beau garçon pour que ses avances fussent flatteuses. Et je ne pensais pas que Barbara Caywood fût une femme à mépriser cette admiration. Cela dit, je crois qu'il n'y avait rien de très sérieux entre eux, rien de plus qu'un petit flirt agréable.

Quoi qu'il en fût, il n'y avait certes là aucun rapport direct avec le crime, à mon avis. Mais je m'expliquais maintenant l'hostilité entre Mrs Gallaway et l'infirmière, et leurs relations tendues.

Gallaway me regardait d'un air railleur pendant que je ruminais ces pensées dans ma tête.

— On ne peut jamais être tranquille, avec un détective dans la maison, fit-il moqueur.

Je lui renvoyai son sourire ironique. C'était la seule réponse que méritait cet individu.

Après le dîner, Gallaway me conduisit à Knoronburg, dans son roadster, et me déposa au seuil de la maison du shérif. Il me proposa de me ramener quand j'aurais terminé mon enquête en ville, mais j'ignorais combien de temps cela me prendrait et je lui dis que je louerais une voiture quand je serais prêt à repartir.

Shand, le shérif, était un homme d'une trentaine d'années, blond, grand et fort. Il parlait lentement et son esprit travaillait à la même vitesse. C'était exactement le type de shérif qui convenait à une ville de la région de San Joaquin.

— Je suis allé chez Exon dès que Gallaway m'a téléphoné, dit-il. Je suis arrivé là-bas vers quatre heures trente du matin. Je n'ai rien trouvé. Il n'y avait pas d'empreintes sur le toit de la véranda, mais cela ne veut rien dire. J'ai moi-même essayé de grimper sur le toit et d'en descendre, et je n'ai laissé aucune marque. Le sol autour de la maison est trop dur pour garder des empreintes. J'en ai tout de même trouvé quelques-unes, mais elles ne menaient nulle part. Tout le monde avait piétiné un peu partout avant mon arrivée, et je n'ai donc pu identifier les empreintes. J'ai pris des renseignements sur les voisins d'Exon, qui sont d'ailleurs assez éloignés de la propriété. Je ne vois pas de suspects possibles de ce côté. Les seuls voisins qui pourraient en vouloir à Exon sont les Deemses. Exon a gagné un procès contre eux il y a quelques années. Mais ils étaient tous chez eux — le père et les deux fils — quand l'attentat a eu lieu.

— Exon habite ici depuis longtemps ?

— Environ quatre ou cinq ans, je crois.

— En somme, aucune piste à suivre, hein ?

— Aucune, à mon avis.

— Connaissez-vous un peu la famille d'Exon ?

Shand se gratta le crâne avec énergie et fronça les sourcils.

— Vous voulez parler d'Hilary Gallaway ? J'y ai pensé, moi aussi. Les Gallaway sont arrivés ici deux ans après Exon. Je crois qu'Hilary passe la plupart de son temps au bar d'Ady. Il y donne des leçons de poker, et on m'a dit qu'il s'y entend. Personnellement, je ne l'ai jamais vu jouer. Ady ne me cause pas d'ennuis, et je le laisse tranquille. Mais, bien entendu, je n'y vais pas. Je ne sais pas grand-chose d'Hilary. Il a la passion des cartes, de l'alcool, et va faire des virées en ville, de temps en temps, où il paraît qu'il a une liaison. Tout le monde sait qu'il s'entend plutôt mal avec son beau-père. La chambre d'Hilary fait face à celle d'Exon, de l'autre côté du couloir, et leurs fenêtres ouvrent sur le toit de la véranda. Mais je me demande tout de même…

Shand confirma ensuite le récit de Gallaway. La balle était de calibre 38, et il n'y avait pas de revolver de ce calibre dans la maison. Il fut d'accord avec moi pour tenir les domestiques à l'abri de tout soupçon.

Je passai les heures suivantes à bavarder avec des habitants de Knoronburg, mais je ne recueillis aucun renseignement intéressant.

J'allai ensuite au garage louer une voiture et un chauffeur, et je rentrai. Gallaway n'était pas de retour. Sa femme et l'infirmière allaient se mettre à table. Je les imitai. Miss Caywood m'apprit qu'Exon s'était endormi et avait été calme toute la soirée. Nous bavardâmes un peu, jusqu'à minuit et demi, puis nous regagnâmes nos chambres.

La mienne était voisine de celle de l'infirmière, du même côté du couloir qui divisait le second étage en deux. Je m'assis et écrivis mon rapport de la journée. J'allumai un cigare et attendis que la maison fût silencieuse. Je m'armai d'un revolver, d'une lampe électrique, descendis sans bruit et sortis par la porte de la cuisine.

La lune se levait, éclairant faiblement les alentours et laissant dans l'obscurité la silhouette massive de la maison, les bâtiments adjoints et quelques bouquets d'arbres.

Je m'arrangeai pour rester dans les zones d'ombre, pour faire ma ronde. Tout était calme.

Il était possible qu'un cambrioleur se fût introduit dans la chambre d'Exon la nuit précédente et, soit par maladresse, soit pris de panique, ait tiré sur le malade. Je n'y croyais pas, mais je n'avais aucune preuve du contraire.

En tout cas, si c'était vrai, il n'y avait même pas une chance sur mille pour que cela se reproduise cette nuit. Malgré tout, je me sentais mal à l'aise et nerveux. Le roadster de Gallaway n'était pas au garage. Il n'était pas encore rentré de Knoronburg.

Je m'arrêtai un instant sous les fenêtres des ouvriers. Trois gammes différentes de ronflements me rassurèrent.

Je continuai ma ronde pendant une heure, puis je revins à la maison. Le cadran lumineux de ma montre marquait deux heures trente-cinq. Je m'arrêtai devant la chambre du cuisinier chinois. Son souffle régulier me parvint à travers la porte. En haut, je m'arrêtai aussi devant la chambre des Figgs. Ils dormaient paisiblement. En revanche, il me fallut attendre quelques instants devant la porte de Mrs Gallaway pour l'entendre soupirer et se retourner dans son lit. Barbara Caywood respirait profondément et très fort, comme un jeune animal au sommeil sans rêves.

Le souffle du malade me parvint assez régulier, mais encore coupé de sifflements inquiétants.

M'étant ainsi assuré que tout le monde dormait, je rentrai dans ma chambre. Je n'avais pas du tout envie de dormir et j'étais énervé. Je tirai une chaise près de la fenêtre, m'assis et contemplai le clair de lune sur la rivière, qui formait un coude au bas de la propriété. J'allumai un cigare et repassai les événements dans ma tête, sans arriver à une conclusion quelconque.

Le silence enveloppait la propriété. Tout à coup, une détonation retentit dans la maison. Je me précipitai dans le couloir. Un cri perçant, hystérique, de femme résonna. J'atteignis la chambre de Barbara Caywood et poussai violemment la porte qui n'était pas fermée à clé. La lueur de la lune, qui tombait de la fenêtre, éclaira la jeune fille, assise toute droite sur son lit.

Je ne la trouvai pas jolie, à ce moment. Son visage était contracté par l'épouvante. Le cri mourait sur ses lèvres. Je vis tout cela en un éclair. Un autre coup de feu partit de la chambre d'Exon.

Le visage de la jeune fille trembla nerveusement, elle porta vivement ses deux mains à sa gorge et s'affaissa en avant, sur le lit.

Je ne me souviens plus si je sautai par-dessus le paravent, passai à travers ou le contournai, mais je me précipitai dans la chambre d'Exon. Je fis le tour du lit. Exon gisait par terre, étendu sur le côté, face à la fenêtre. J'enjambai le corps et bondis à la fenêtre.

Dans le jardin éclairé par la lune, rien ne bougeait. Aucun bruit de fuite. Je scrutai les environs et, un instant plus tard, les ouvriers arrivèrent en courant. J'assignai à chacun un poste de surveillance.

Pendant ce temps, Gong Lim et Adam Figgs étaient arrivés et recouchaient Exon ; tandis que Mrs Gallaway et Emma Figgs essayaient d'arrêter l'hémorragie de la blessure que Barbara Caywood avait reçue dans le côté.

Je chargeai Adam Figgs de téléphoner au docteur et au shérif, et j'allai inspecter les alentours. Juste en sortant, je me trouvai nez à nez avec Hilary Gallaway qui arrivait du garage. Son visage était congestionné et son haleine laissait deviner que le poker avait été copieusement arrosé, mais il marchait droit et souriait avec son habituelle nonchalance.

— Que se passe-t-il ? demanda-t-il.

— Même coup que la nuit dernière. Vous n'avez croisé personne sur la route, ou vu quelqu'un s'enfuir ?

— Non.

— Bon, alors prenez votre voiture et refaites la route dans l'autre sens, à toute allure. Si vous rencontrez quelqu'un venant d'ici et d'allure suspecte, arrêtez-le. Avez-vous un revolver ?

Il fit rapidement demi-tour.

— J'en ai un dans l'auto, dit-il par-dessus son épaule.

Et il se mit à courir.

Les ouvriers étaient toujours à leur poste. J'examinai la propriété pouce par pouce, de long en large. Je réalisai un peu tard que je détruisais ainsi mes chances de trouver des empreintes quand il ferait jour. Mais j'espérais que l'assassin n'avait pu s'enfuir et se cachait quelque part. D'ailleurs Shand m'avait dit que le sol, trop dur, ne gardait pas les empreintes.

Je tombai soudain sur le revolver avec lequel on avait tiré. C'était un calibre 38. L'arme était un peu rouillée, sans grande valeur et sentait encore la poudre. Trois balles avaient été tirées. Il en restait trois autres.

Ce fut tout ce que je trouvai. L'assassin — et, après avoir vu la blessure de Miss Caywood, je trouvais qu'il méritait bien ce nom —, l'assassin, donc, avait disparu.

Comme je terminai mon inspection sans succès, Shand et le docteur Rench arrivaient. Peu après, Hilary Gallaway revenait. Il n'avait vu personne sur la route.

Le petit déjeuner fut assez triste. Seul Hilary Gallaway avait peine à dissimuler son amusement, se retenant difficilement de plaisanter sur le drame. Son regard moqueur ne me quittait pas. Évidemment, il devait trouver follement drôle que tout se fût passé à mon nez et à ma barbe. Cependant, il garda un air digne et grave tant que sa femme resta à table. Elle se leva d'ailleurs bientôt, et le docteur Rench prit sa place.

Ses deux malades, dit-il, allaient aussi bien que possible, et ils guériraient tous les deux.

La balle avait effleuré les côtes et le sternum de la jeune fille ; avait pénétré dans les muscles de la poitrine du côté droit, traversé les chairs, et était ressortie de l'autre côté.

Elle était toujours sans connaissance, mais, à part la peur qu'elle avait eue et la perte de sang, ce n'était pas grave et elle était hors de danger.

Exon s'était assoupi. Nous en profitâmes, Shand et moi, pour monter dans sa chambre et l'examiner.

La première balle avait pénétré dans le cadre de la porte, à environ quatre pouces au-dessus de la balle tirée la nuit précédente. La deuxième balle avait transpercé le paravent, blessé la jeune infirmière et s'était logée dans le mur de plâtre. Toutes les deux étaient du même calibre. On les avait apparemment tirées de l'une des fenêtres, du dehors, ou juste de l'intérieur.

Shand m'aida à cuisiner le Chinois, les ouvriers et les Figgs. Nous fûmes impitoyables, ce jour-là. Mais ils s'en tirèrent sans mal. On ne pouvait absolument pas les impliquer dans le crime.

Et toute la journée ce diable d'Hilary Gallaway me suivit pas à pas, m'adressant un regard ironique qui disait clairement :

« Je suis le suspect numéro un. Pourquoi ne me cuisinez-vous pas gentiment ? »

Je lui renvoyai son petit sourire moqueur, mais ne l'interrogeai pas.

Shand retourna à la ville l'après-midi ; il me téléphona de là-bas. Gallaway, me dit-il, avait quitté Knoronburg assez tôt le matin pour arriver ici une bonne demi-heure avant le drame, s'il avait conduit à tombeau ouvert comme d'habitude.

La journée passa trop vite. Je redoutais l'approche de la nuit. Deux nuits de suite on avait attenté à la vie d'Exon, et bientôt ce serait la troisième.

Au dîner, Hilary Gallaway annonça qu'il ne sortirait pas ce soir.

— Knoronburg, dit-il, est tellement peu mouvementé et sans intérêt, à côté d'ici.

Et il m'adressa son éternel sourire ironique.

Le docteur Rench partit après le dîner, nous promettant de revenir le plus tôt possible. Il devait aller voir deux malades en ville. Barbara Caywood avait repris connaissance, mais avait piqué une crise de nerfs : le docteur lui avait fait prendre un somnifère. Elle s'était endormie.

Exon était assez calme, mais avait une forte fièvre. Je montai le voir quelques minutes et j'essayai de l'interroger doucement. Mais il refusa de répondre, et il était trop malade pour que j'insistasse. Il demanda des nouvelles de l'infirmière.

— Le docteur dit qu'elle n'est pas en danger. Il y a seulement eu hémorragie et choc nerveux. Si elle n'arrache pas ses pansements dans son sommeil, et s'il n'y a pas d'autre hémorragie, elle pourra se lever d'ici deux semaines.

Mrs Gallaway entra à cet instant et je redescendis. Gallaway m'attrapa au passage et voulut à tout prix que je lui raconte mes enquêtes précédentes, et comment j'avais démasqué les coupables.

Il s'amusait de bon cœur de mon embarras ; il me blagua pendant une heure. J'étais furieux, mais je réussis à garder une attitude indifférente et à lui renvoyer son sourire moqueur.

Quand sa femme descendit, nous apprenant que les deux malades dormaient, je m'échappai des tortures que m'infligeait son mari, prétextant quelques lettres à écrire. Mais, au lieu de monter dans ma chambre, je me glissai silencieusement dans celle de l'infirmière et me dirigeai vers un placard que j'avais repéré dans la journée. Je m'y cachai, laissant la porte entrouverte de quelques millimètres. On avait enlevé le paravent de la porte de communication et j'apercevais ainsi le lit d'Exon et la fenêtre d'où les trois balles avaient été tirées et d'où Dieu seul savait ce qui allait venir cette nuit.

Deux fois Mrs Gallaway vint jeter un coup d'œil sur les deux malades. À chaque fois, je refermais la porte du placard dès que j'entendais son pas léger dans le couloir. Je me méfiais de *tout le monde*. Juste après sa seconde visite, avant même que j'aie le temps de rouvrir ma porte, un léger frôlement me parvint. Je n'osais plus ouvrir la porte, ne sachant ce que c'était ni d'où cela venait. Je restai immobile dans mon étroite cachette et attendis. Un bruit étouffé de pas était maintenant reconnaissable. Les pas étaient réguliers, se rapprochaient ; ils passèrent tout près de mon placard. J'attendis encore. Un froissement presque imperceptible… un silence… et puis le crissement très faible d'une étoffe que l'on déchire. Je bondis hors de ma cachette, mon revolver au poing.

Debout, près du lit, penché sur la jeune fille sans connaissance, se tenait le vieux Talbert Exon. Son visage brillait de fièvre. Sa chemise de nuit pendillait sur ses jambes maigres. Sa main était encore posée sur les draps qu'il venait de rejeter. De l'autre, il tenait une petite bande de gutta rose qui servait à maintenir les pansements sur la blessure, et que le vieux venait d'arracher.

Il me ricana sauvagement au visage et s'apprêta à arracher les pansements de la jeune fille.

En voyant un éclair de folie passer dans son regard fiévreux, je compris que mon revolver ne l'impressionnait pas. Il n'y faisait même pas attention. Je bondis sur lui, lui saisis les bras et l'emportai dans son lit, malgré ses coups de pied, ses coups d'ongles et ses jurons.

Ensuite, j'appelai les autres.

……………………………………………………

Hilary Gallaway, Shand, qui était revenu de la ville une fois de plus, et moi-même étions assis dans la cuisine, autour de tasses de café, fumant paisiblement pendant que les autres aidaient le docteur Rench à arracher Exon à la mort. Le vieillard avait mené depuis trois jours une vie qui aurait pu tuer un homme bien portant, à plus forte raison achever un malade.

— Mais pourquoi le vieux diable voulait-il la tuer ? me demanda Gallaway.

— Ne me le demandez pas, dis-je un peu aigrement. J'ignore pourquoi il a voulu la tuer, mais en tout cas il l'a fait. Le revolver fut trouvé juste où il a pu le jeter quand il m'a entendu venir. J'étais dans la chambre de l'infirmière quand il lui a tiré dessus, la nuit dernière. Je me suis aussitôt précipité dans la chambre d'Exon, j'ai couru à la fenêtre, mais il n'y avait personne. Vous, Gallaway, vous reveniez de Knoronburg et vous n'avez vu personne sur la route. Or je suis certain qu'on n'aurait pu s'enfuir dans une autre direction sans que les ouvriers ou moi n'apercevions le fugitif. Et ce soir, j'ai dit à Exon que l'infirmière guérirait si elle n'arrachait pas ses pansements. Exon crut comprendre qu'elle avait déjà essayé. Et il décida aussitôt de le faire — pensant bien que le docteur avait donné un somnifère à Miss Caywood — et persuadé que nous croirions tous qu'elle les avait arrachés elle-même. Il avait déjà commencé son travail, quand je l'ai arrêté. Il a tiré sur elle avec préméditation la nuit dernière, j'en suis certain. Je ne pourrais peut-être pas le prouver au juge sans connaître le motif, mais je sais que c'était prémédité.

« D'ailleurs cela n'a pas d'importance, car le docteur a dit que le vieux s'est pratiquement tué en voulant tuer la jeune fille. C'était trop d'énervement pour un malade.

— Vous avez sans doute raison, fit Gallaway en m'adressant son sourire moqueur. Vous êtes un détective extraordinaire. Mais pourquoi ne m'avez-vous pas soupçonné ?

— Je vous ai soupçonné, mon vieux, mais pas longtemps.

— Pourquoi ? Vous avez peut-être tort. Ma chambre est juste en face de celle d'Exon. J'aurais très bien pu sortir par ma fenêtre, ramper sur le toit de la véranda, tirer sur lui, et rentrer dans ma chambre en vitesse, la première fois.

« Et la deuxième nuit, quand vous étiez ici, on vous a certainement dit que j'avais quitté Knoronburg bien à temps pour arriver ici, arrêter mon auto à quelque distance sur la route, tirer deux coups, m'enfuir dans l'ombre de la maison, courir à l'auto et revenir en toute innocence, affectant d'ignorer ce qui s'était passé.

« Vous devez aussi savoir que je n'ai pas une très bonne réputation. Je suis un « dur » et tout le monde sait que je déteste le vieux. Quant au motif, sachez que ma femme est la seule héritière d'Exon.

« J'espère, ajouta-t-il d'un air mi-vexé, mi-ironique, que vous ne me croyez pas embarrassé de scrupules au point de ne pas me permettre un petit crime de temps en temps ?

— Pas du tout, dis-je en riant.

— Alors ? Je ne vous comprends pas.

J'expliquai sérieusement :

— Si Exon avait été tué la première fois, et que vous m'ayez fait venir, vous seriez en train de plaisanter sous les verrous. Même s'il n'avait été tué que la deuxième fois, je vous aurais coffré. Mais je ne pense pas que vous auriez raté une cible aussi facile, surtout à deux reprises. Vous l'auriez eu.

Il me serra vigoureusement la main.

— Je suis ravi que quelqu'un reconnaisse enfin ce dont je suis capable, dit-il.

Avant de mourir, Exon me fit appeler. Il voulait satisfaire ma curiosité. Je lui proposai un marché : je lui dirais comment j'étais arrivé à le soupçonner, et il me dirait pourquoi il avait voulu tuer Barbara Caywood.

Quatorze ans auparavant, m'expliqua-t-il, il avait tué sa femme, non pas pour toucher l'assurance, comme on l'en avait accusé, mais dans un accès de jalousie. Mais il avait si bien effacé toutes les preuves de son crime qu'il n'avait jamais été pris. Cependant, ce meurtre lui pesait, devenait obsédant. Il n'avait certes pas l'intention de se livrer à la police. Et, d'un autre côté, il savait qu'on ne trouverait jamais aucune preuve. Mais il pouvait se faire que, dans une crise de délire, ou d'ivresse ou pendant son sommeil, il parle trop.

Il y pensait souvent, et devint bientôt la proie de cette crainte morbide. Par prudence, il ne buvait plus. C'était relativement facile. Mais il ne pouvait se protéger du reste. Et ce qu'il craignait était enfin arrivé. Il avait eu une pneumonie et, pendant une semaine, avait déliré et avait parlé.

Quand il reprit connaissance, il interrogea habilement l'infirmière. Mais celle-ci ne fit que des réponses vagues, ne voulut pas lui répéter ses paroles. Et lorsqu'elle ne se contrôlait pas, elle le regardait avec dégoût, avec une intense répulsion. Et il avait compris. Il décida de la supprimer, avant qu'elle ne devienne dangereuse. Tant qu'elle resterait dans la maison, il se jugeait en sécurité. Elle ne dirait rien à des étrangers, et peut-être à personne pendant quelque temps. Le secret professionnel lui imposait ce silence. Mais, quand elle partirait, elle raconterait tout à la police. Il devait l'en empêcher. Tous les jours, en secret, il éprouvait ses forces, jusqu'à ce qu'il se sentît assez solide pour marcher un peu dans la chambre et tenir un revolver sans trembler.

La disposition de son lit le servait parfaitement. Il était en alignement avec une des fenêtres, la porte de communication et le lit de la jeune fille.

Dans une vieille tirelire, au fond de son placard — lui seul en connaissait l'existence —, il y avait un revolver. Personne n'aurait pu penser, en le trouvant, que ce revolver lui appartenait.

La première nuit, il avait pris l'arme, s'était légèrement écarté de son lit et avait tiré une balle dans le cadre de la porte. Puis il avait sauté dans son lit, cachant le revolver sous ses couvertures — où personne n'aurait pensé à regarder — jusqu'au moment où il alla le remettre dans la boîte.

Une partie de son plan était réalisée. Il avait simulé un attentat contre sa propre personne. Il prouvait ainsi qu'une balle qui lui était destinée pouvait facilement atteindre la porte de communication et, par suite, passer à travers et entrer dans la chambre voisine.

La deuxième nuit, il attendit que la maison fût endormie. Puis il avait coulé un regard par une fente du paravent et avait aperçu la jeune fille à la lueur du clair de lune. Mais il remarqua que s'il se reculait un peu pour tirer et éviter ainsi les traces de poudre sur le paravent, il ne voyait plus la jeune fille étendue dans son lit. Aussi il tira d'abord dans le bois de la porte, comme la première fois, pour la réveiller. Elle se dressa aussitôt sur son lit et cria. Et il avait alors tiré sur elle. Il voulait tirer une autre balle pour être sûr de l'avoir bien tuée. Mais j'arrivai à ce moment. Il n'eut même pas le temps de cacher le revolver. Avec le peu de force qui lui restait, il le jeta par la fenêtre.

Il mourut l'après-midi même, et je rentrai à San Francisco.

Mais l'histoire ne s'arrêta pas là.

Suivant l'usage, mon agence adressa une note à Gallaway, pour le paiement de mon travail. Il envoya un chèque par retour du courrier, avec une lettre dont je veux citer ici un passage :

« Je ne veux pas que vous ignoriez le bouquet de l'histoire. La belle Caywood, remise de sa blessure, nia énergiquement qu'Exon lui eût parlé de crime dans son délire. Mais savez-vous pourquoi elle le regardait avec répulsion, et ne voulut pas répéter ses paroles ? Dans son délire, pendant toute une semaine, Exon ne cessa de proférer les pires obscénités, et l'infirmière semble en avoir été très choquée… »

Titre original : *Night Shots* (*Black Mask,* 1er février 1924).

Deux fines mouches

En revenant de chez Ben Kamsley, après la traditionnelle partie de poker du mercredi soir, je passai par la gare et attendis l'arrivée du train de deux heures onze.

J'aperçus bientôt le type que j'attendais. Il descendait d'un wagon de fumeurs, et je le reconnus aussitôt. Je ne pouvais pas me tromper. Ces yeux pâles, aux bords tout droits, ce nez aplati et osseux, cette fossette au milieu du menton, des joues blêmes et creuses : c'était bien lui. Il était grand et mince, portait un costume sombre de bonne coupe, un grand pardessus foncé. Il tenait à la main un grand sac de voyage noir. Il avait quarante ans, mais en paraissait plus.

Il passa devant moi et se dirigea vers la sortie.

Je m'apprêtais à le suivre, lorsque j'aperçus Wally Shane sortant de la salle d'attente. D'un coup d'œil, je lui désignai l'homme au sac de voyage. Wally l'examina au passage sans qu'il s'en aperçût. Je rejoignis Wally, tandis que notre homme sortait.

Shane se mordit les lèvres d'un air perplexe. Ses yeux bleus brillaient d'un éclat dur.

— Dis donc, fit-il entre ses dents, il ressemble rudement au type que…

— C'est lui, dis-je en suivant l'homme à distance.

Il se dirigea vers la file de taxis arrêtés au bord du trottoir. Puis, apercevant l'enseigne de l'hôtel Deerwood un peu plus loin, il se ravisa et partit à pied dans sa direction.

— Que faisons-nous ? demanda Wally. On va voir si…

— Ça ne nous regarde pas. On doit l'arrêter, c'est tout. Va chercher mon auto, elle est au coin de la ruelle.

Je laissai à Wally le temps de ramener l'auto, puis je me rapprochai de l'homme et l'abordai quand je fus derrière lui :

— Bonsoir, Furman.

Il sursauta et fit volte-face.

— Comment osez-vous… ?

Il s'arrêta et reprit :

— Je ne crois pas avoir l'honneur…

Il jeta un coup d'œil autour de nous. Il n'y avait pas un chat.

— Vous êtes bien Lester Furman ? demandai-je.

— Oui, dit-il très vite.

— De Philadelphie ?

Il essaya de distinguer mon visage, mais la lumière des réverbères n'était pas assez forte.

— Oui.

— Je m'appelle Scott Anderson. Je suis le chef de la police de cette ville. Je…

Son sac tomba sur le trottoir avec un bruit mou.

— Que lui est-il arrivé ? balbutia-t-il.

— À qui ?

— À elle… Que lui est-il arrivé ?

Wally arrivait à ce moment avec l'auto et freina brusquement à notre hauteur. Furman, effrayé, chercha à s'enfuir. Mais je lui courus après, l'empoignai et le collai contre la devanture du magasin d'Henderson. Il se débattit vigoureusement, mais aperçut soudain Wally qui s'approchait et il ne bougea plus. L'uniforme de Wally l'avait impressionné.

— Je suis désolé, dit-il à voix basse. Je pensais que… Enfin, je n'étais pas sûr que vous soyez vraiment de la police. Vous n'êtes pas en uniforme et… C'est idiot de ma part. Je suis désolé.

— Ça va, coupai-je. Filons avant d'ameuter tout le quartier.

Deux autos s'étaient arrêtées un peu plus loin, et j'aperçus aussi un jeune garçon et un homme, nu-tête, qui venaient de l'hôtel en courant.

Furman ramassa son sac et monta dans l'auto sans résistance. J'étais à l'arrière avec lui, et Wally conduisait. Nous roulâmes en silence un moment, puis Furman demanda :

— Vous m'emmenez au poste ?

— Oui.

— Pourquoi ?

— Philadelphie.

— Je… — il toussota pour s'éclaircir la gorge —, je ne comprends pas… je…

— Vous savez que vous êtes recherché pour meurtre à Philadelphie, non ?

Il poussa une exclamation indignée.

— C'est ridicule, pour meurtre…

Il posa sa main sur mon bras, avança son visage près du mien et dit :

— Qui vous a dit ça ?

Sa voix n'était plus indignée, mais contenait une sorte de curiosité désespérée.

— Je ne l'ai pas inventé. Nous voici arrivés. Suivez-moi. Vous allez tout savoir.

Il se laissa emmener dans mon bureau. George Propper, à moitié endormi sur sa chaise, dans l'entrée, nous suivit. Je cherchai la circulaire de l'agence de détectives Transamerican et la tendis à Furman. Selon la règle, on offrait 15 000 dollars pour l'arrestation de Lester Furman, *alias* Lloyd Fields, *alias*, J. D. Carpenter, inculpé du meurtre de Paul Franck Dunlap, à Philadelphie, le 26 du mois précédent.

Furman prit la circulaire d'une main ferme et la lut attentivement. Son visage était pâle mais pas contracté. Il dit enfin d'une voix calme, sans lever les yeux du papier.

— C'est faux.

— Vous êtes bien Lester Furman ? demandai-je.

Il hocha la tête, toujours sans me regarder.

— C'est bien votre signalement ?

Même réponse.

— Et votre photo ?

Il approuva de la tête, regardant longuement la photo sur la circulaire. Et, tout à coup, ses lèvres se mirent à trembler, puis ses mains et tout son corps.

Je lui avançai une chaise et lui dis de s'asseoir. Il se laissa tomber et ferma les yeux. Il semblait avoir perdu toute son énergie. Je lui repris la circulaire.

George Propper, appuyé à la porte, m'adressa, ainsi qu'à Wally, un large sourire ironique et dit :

— Alors, c'est bien le type ? Et vous allez tous deux vous partager les 15 000 dollars de récompense, hein ? Veinards ! Wally est toujours verni ; quand il n'est pas envoyé à New York aux frais du gouvernement, il s'arrange pour toucher une récompense !

Furman bondit tout à coup sur ses pieds et cria :

— C'est faux… c'est faux. C'est un coup monté. Vous n'avez pas de preuves. Il n'y a d'ailleurs rien à prouver. Je n'ai jamais tué personne. Je ne permettrai pas… Je ne me laisserai pas…

Je le forçai à se rasseoir.

— Doucement, dis-je. Vous perdez votre temps avec nous. Nous vous avons arrêté, c'est tout. Si vous avez des objections, vous vous expliquerez avec la police de Philadelphie.

— Mais ce n'est pas la police… c'est l'agence Trans…

— Oui. Mais on va vous livrer à la police.

Il ouvrit la bouche, mais se ravisa et esquissa un pâle sourire.

— Si je comprends bien, je ne peux rien faire pour l'instant ? demanda-t-il.

— Non. Il n'y a rien à faire avant demain matin, dis-je. Nous allons vous fouiller. On vous laissera tranquille ensuite, jusqu'à ce que la police vienne vous chercher.

Le sac de voyage contenait quelques vêtements de rechange, des objets de toilette et un automatique chargé. Dans ses poches, il y avait environ cent soixante dollars, un carnet de chèques d'une banque de Philadelphie, des papiers et lettres indiquant qu'il travaillait dans le contentieux et les quelques babioles qu'un homme traîne toujours dans ses poches. Wally rangea le tout dans le coffre-fort, tandis que j'ordonnai à George Propper d'enfermer Furman dans une cellule.

George fit sonner ses clefs dans sa poche et dit :

— En route, mon bonhomme. Nous n'avons pas eu d'invité dans notre petit nid depuis trois jours. Tu l'auras à toi tout seul. Ça vaut bien un appartement au Ritz.

Quand George revint, il s'appuya au chambranle de la porte et dit :

— Hé ! les gars au cœur généreux, si vous me laissiez une petite part de cette sanglante récompense, hein ?

Wally répondit :

— Bien sûr, mon vieux. Tiens, je ne te réclamerai pas les deux dollars cinquante *cents* que tu me dois depuis trois mois.

J'ajoutai sérieusement :

— Veille bien sur notre homme, George. Qu'il ne manque de rien.

— Il faut le ménager, hein ? Si c'était un pauvre diable qui ne vous rapportait pas un sou… Enfin… Voulez-vous que je lui refile mon oreiller ?

Il cracha et rata le crachoir.

— Pour moi, c'est un type comme les autres.

Je pensai en moi-même : « Un de ces jours, j'oublierai que ton oncle est président du comté et je te renverrai moisir dans ta crasse. »

Mais je dis tout haut :

— Raconte tout ce que tu voudras, mais fais ce que je t'ai dit.

Il était environ quatre heures du matin quand j'arrivai chez moi. Ma maison est un peu en dehors de la ville. Je me couchai et m'endormis une demi-heure plus tard.

La sonnerie du téléphone me réveilla en sursaut. Il était six heures cinq.

C'était Wally.

— Vous feriez bien de venir, Scott, dit-il. Le dénommé Furman s'est pendu.

— Quoi ?

— Avec sa ceinture, à un barreau de la fenêtre — plus mort qu'un macchabée.

— J'arrive. Téléphonez à Ben Kamsley et dites-lui que je passerai le prendre.

— Un docteur ne ressuscitera pas ce type, Scott, il est bien mort.

— Je veux qu'on l'examine, insistai-je. Téléphone aussi à Donglassville (c'était le chef-lieu du comté).

— Entendu.

Wally me rappela un peu plus tard. J'étais en train de m'habiller. Il me dit que Ben Kamsley avait été appelé d'urgence auprès d'un malade, à l'autre bout de la ville, mais que sa femme pourrait le joindre et lui ferait la commission. Comme j'arrivais en ville, à quelque cinquante mètres du restaurant Red Top, j'aperçus Heck Jones, le patron, qui en sortait, revolver au poing. Il tirait sur deux hommes conduisant un roadster noir qui venait de me croiser. Je me penchai par la portière et criai :

— Qu'y a-t-il, Heck ?

Et je tournai dans la direction où filait l'autre voiture.

— Arrêtez-vous ! hurla-t-il. Attendez-moi !

Il tira encore un coup, qui manqua de peu mon pneu avant gauche, et il me rattrapa en courant, son tablier blanc flottant sur ses grosses jambes.

Je lui ouvris la portière, et il se casa à mes côtés. Je filai le roadster.

— Ce qui me met hors de moi, dit-il quand il eut retrouvé son souffle, c'est qu'ils se sont bien foutus de moi. Ils sont entrés, ont gentiment commandé des œufs au jambon et semblaient se raconter de bonnes histoires en mangeant. Et, tout à coup, ils m'ont menacé de leur revolver.

— Combien ont-ils emporté ?

— Environ soixante dollars. Ce n'est pas beaucoup, mais ce qui me fait rager, c'est qu'ils se sont payé ma tête. Ils semblaient me jouer un bon tour.

— Ne vous en faites pas, dis-je. On les rattrapera.

On les rattrapa, en effet, mais non sans peine. Ils semblaient poursuivre la plaisanterie jusqu'au bout en faisant mille détours. Ils nous semèrent à deux reprises. C'est bien par un coup de chance que je retrouvai leur piste. La poursuite se termina à quelques kilomètres au-delà de la frontière de l'État.

Ils n'opposèrent d'ailleurs aucune résistance. Ils savaient bien qu'ils avaient passé la frontière de l'État voisin, et ils exigèrent l'extradition en règle sans laquelle nous n'avions aucun droit sur eux… Je dus les conduire à Badington, la ville la plus proche, et les faire coffrer jusqu'à ce qu'on envoie les papiers nécessaires.

Vers dix heures, je trouvai enfin le temps de téléphoner à mon bureau.

Hammill me répondit et m'apprit que Ted Carroll, le juge, était là. Je lui demandai de me le passer. Ce fut lui qui mena la conversation.

— Écoutez-moi, Scott, dit-il très excité, qu'est-ce qui se passe, ici ?

— Comment ?

— Que signifie toute cette histoire ? Tous ces bobards ?

— Je ne comprends pas ce que vous voulez dire. Furman s'est bien suicidé ?

— Bien sûr. Mais j'ai télégraphié à l'agence Transamerican, et ils viennent de me téléphoner : ils n'ont jamais imprimé cette circulaire ; Furman n'est pas recherché pour meurtre, au contraire c'était un de leurs clients.

J'étais suffoqué. Je répondis que je serais à Deerwood à midi. Et j'y fus.

Quand j'arrivai, Ted Carroll était à mon bureau, le téléphone collé à son oreille, disant : « Oui… oui… oui… »

Il posa l'appareil en me voyant et me demanda :

— Où étiez-vous donc ?

— Deux types ont fait la caisse du Red Top, et j'ai dû les poursuivre jusqu'à Badington.

Il eut un sourire en coin et dit :

— La ville vous échappe, hein ? C'est l'anarchie ?

Ted et moi avions des opinions politiques opposées. Nous étions chacun d'un côté de la barricade. Et on prend la politique à cœur, à Deerwood.

Je lui renvoyai son sourire.

— Ça m'en a l'air, dis-je, avec seulement une sale histoire en six mois.

— Et ça ?

Il désigna du pouce le fond du bâtiment où étaient les cellules.

— Quoi, ça ? Parlons-en un peu.

— Tout va mal, dit-il. La police de Philadelphie vient de me téléphoner. Il n'y a jamais eu de Paul Franck Dunlap assassiné là-bas, et il n'y a eu aucun crime mystérieux le 26 du mois dernier.

Il me regarda sévèrement, comme si c'était ma faute.

— Est-ce que Furman a parlé avant de se pendre ? demanda-t-il.

— Oui. Il criait son innocence.

— Je comprends ! Mais vous ne l'avez pas cuisiné ? Vous ne lui avez pas fait dire ce qu'il venait faire ici ? Vous ne lui avez pas…

— Dans quel but ? demandai-je. Il a reconnu s'appeler Furman, le signalement donné par la circulaire correspondait, et c'était bien sa photo. Je ne pouvais pas deviner ! L'agence Transamerican est une organisation sérieuse et régulière. C'était la police de Philadelphie qui le recherchait, pas moi. Bien sûr, si j'avais pu prévoir qu'il allait se pendre… Et vous dites qu'il était client de l'agence Transamerican ? Pour quelle affaire ?

— Sa femme l'a quitté il y a quelques années, et il s'est adressé à la Transamerican pour la faire rechercher. Mais ils n'ont jamais retrouvé sa piste. Ils vont nous envoyer un de leurs hommes, ce soir, pour éclaircir l'histoire de la circulaire.

Il se leva et ajouta :

— Je vais aller déjeuner.

Sur le seuil, il lança par-dessus son épaule.

— Ça va faire du grabuge.

— Je le sais. On a toujours des ennuis quand un prisonnier meurt dans sa cellule.

George Propper entra, ricanant d'un air satisfait.

— Alors, que deviennent les 15 000 dollars ?

— Comment est-ce arrivé, cette nuit ? demandai-je sans répondre à sa question.

— Le gars s'est pendu, c'est tout.

— C'est toi qui l'as trouvé ?

Il hocha la tête négativement.

— C'est Wally. Son service était terminé et il est allé jeter un coup d'œil, avant de partir, pour voir si tout allait bien.

— Tu dormais, toi ?

— Oh ! je... je devais somnoler, tout au plus. Ça arrive à tout le monde, même à Wally quand il vient ici entre deux rondes de nuit. Et, en tout cas, je me réveille au moindre bruit, sonnerie de téléphone ou autre. Et, même si j'avais été réveillé, comment aurais-je pu entendre le type se pendre ? Ça ne fait pas tellement de bruit.

— Kamsley a fixé l'heure de la mort ?

— Oui. Il dit qu'il a dû se pendre vers cinq heures. Vous voulez voir ce qui reste du gars ? Il est chez Fritz, l'entrepreneur de pompes funèbres.

— Pas maintenant, dis-je.

Et j'ajoutai :

— Tu ferais bien de rentrer chez toi et de dormir un peu, si tu ne veux pas avoir ta crise d'insomnie, ce soir !

Il se dirigea vers la porte et dit avant de sortir :

— Vous savez, je compatis avec Wally et vous. Je suis désolé que vous perdiez tout ce fric.

Et il sortit.

Ted Carroll revint bientôt. Pendant son déjeuner, l'idée lui était venue qu'il y avait peut-être un rapport entre Furman et les deux cambrioleurs du restaurant le Red Top. Personnellement, je trouvai cela ridicule, mais je lui promis de faire une enquête. Bien entendu, elle ne mena à rien. Le rapprochement était insensé.

Le même soir, un certain Rising, directeur adjoint de l'agence Transamerican, de Philadelphie, arriva. Il avait amené avec lui le notaire de Furman, un homme maigre et asthmatique, du nom de Wheelock. Ils allèrent d'abord identifier le corps, puis je les emmenai dans mon bureau.

Je leur racontai rapidement ce que je savais et ajoutai — j'avais eu le renseignement l'après-midi — que la police de la plupart des villes de l'État avait reçu les mêmes circulaires.

Rising l'examina et reconnut que c'était un faux admirablement bien fait. Le papier, les caractères d'imprimerie, le style étaient bien ceux employés par son agence.

Furman, m'apprit-il, était un citoyen bien connu de Philadelphie, un honnête homme, respectable et prospère. En 1928, il avait épousé Ethel Brian, qui appartenait à une famille humble, mais honorable, de Philadelphie. Ils eurent un enfant, en 1930, qui mourut au bout de quelques mois. En 1931, la femme de Furman disparut, et personne n'avait eu de ses nouvelles depuis, pas plus son mari que sa famille. Furman avait dépensé beaucoup d'argent pour la faire rechercher, mais sans résultat.

Rising me montra sa photo. C'était une petite blonde, très jolie, avec une bouche mince et de grands yeux étonnés.

— J'aimerais en avoir une copie, dis-je.

— Oh ! vous pouvez garder celle-ci. Nous en avons d'autres. Son signalement est au dos.

— Merci. A-t-il demandé le divorce ?

Rising secoua la tête d'un air grave.

— Non. Il était très épris de sa femme et il croyait aussi que la mort du bébé l'avait un peu déséquilibrée, l'avait rendue inconsciente.

Il se tourna vers le notaire.

— N'est-ce pas ?

Wheelock émit quelques sifflements asthmatiques et dit :

— Je le crois.

— Vous m'avez dit qu'il était prospère, fis-je. Quel est son capital, et qui hérite ?

Le notaire dit de sa voix entrecoupée de sifflements :

— Son bien se monte à environ un demi-million de dollars, et revient entièrement à sa femme.

Cette déclaration me laissa rêveur, mais je ne tirai encore aucune conclusion.

Ils ne savaient pas ce que Furman était venu faire à Deerwood. Apparemment, il n'avait parlé à personne de son voyage. Il avait seulement prévenu ses domestiques et ses employés qu'il serait absent un jour ou deux. Ni Rising ni Wheelock ne lui connaissaient d'ennemis. Ça me laissa perplexe. C'était un obstacle.

À l'enquête, cette pensée me harcela. Tout prouvait que Furman avait été victime d'un coup monté. Quelqu'un l'avait sciemment envoyé en prison et, de là, poussé au suicide. Pourtant, il y avait cet obstacle : on ne lui connaissait pas d'ennemis.

L'affaire ne pouvait se terminer ainsi. Je le sentais. Des événements se préparaient. Je ne tardai pas à voir mes soupçons confirmés. À la fin de l'enquête, Ben Kamsley m'attendait à la sortie du magasin de pompes funèbres, où l'enquête s'était tenue.

— Allons dans un coin tranquille, dit-il, j'ai à vous parler.

— Venez à mon bureau.

Nous y allâmes. Il ferma la porte derrière nous et s'assit sur le coin de mon bureau.

— J'ai vu les marques de coups, commença-t-il à voix basse.

— Quels coups ?

Il me regarda avec étonnement un instant, puis lança sa main sur le sommet de son crâne.

— Furman, voyons… juste sous ses cheveux… il y avait des marques de coups.

Je ne pus m'empêcher de crier :

— Pourquoi ne pas me l'avoir dit ?

— Je vous le dis maintenant. Vous n'étiez pas ici ce matin. C'est la première fois que je peux vous joindre depuis l'accident.

Je maudis en moi-même les deux imbéciles qui avaient fait la caisse du Red Top et m'avaient retardé.

— Pourquoi n'avez-vous rien dit à l'enquête ? demandai-je.

— Je vous aime bien, Scott, dit-il. Je ne veux pas vous faire du tort, et les gens de la ville auraient vite pensé que vous aviez poussé Furman au suicide en le cuisinant un peu trop brusquement.

— Vous êtes fou, dis-je. Est-ce que les marques étaient vilaines ?

— Ce n'est pas ce qui l'a tué, si vous voulez le savoir. Son crâne n'est pas entamé. Mais on l'a quand même assommé. D'ailleurs, n'importe qui verrait ces coups en soulevant ses cheveux.

— C'est tout de même ce qui l'a tué, fis-je de mauvaise humeur. Oh ! vous et votre amitié.

Le téléphone sonna. C'était Fritz.

— Dites donc, Scott, il y a ici deux dames qui veulent voir le cadavre. Est-ce régulier ?

— Qui est-ce ?

— Je n'en sais rien. Je ne les connais pas.

— Pourquoi veulent-elles le voir ?

— Je ne sais pas. Attendez un instant.

Une voix de femme se fit entendre au bout du fil.

— Ne pourrais-je pas le voir ?

La voix était très agréable et très pressante.

— Pourquoi ? demandai-je.

— Eh bien…

Il y eut un long silence.

— … Je suis…

Une autre pause et elle acheva :

— … Je suis sa femme.

— Oh ! certainement, dis-je. Je vous rejoins dans un instant.

Je partis en hâte.

En sortant, je tombai sur Wally Shane. Il n'était pas de service et était en civil.

— Hé, Scott !

Il me prit le bras et m'entraîna dans le couloir, hors de vue de la rue.

— Deux dames sont arrivées chez Fritz comme j'en sortais, dit-il ; l'une d'elles est Hotcha Randall, une fille qui a un casier judiciaire long comme mon bras ; je l'ai connue à New York, quand j'y étais en mission, et devais fréquenter toute la pègre. C'était l'été dernier, vous vous en souvenez ?

— Elle vous connaît ?

Il sourit.

— Bien sûr, mais pas sous mon vrai nom. Elle croit que je suis de Detroit et que je fais la contrebande du rhum.

— Vous a-t-elle reconnu ?

— Je ne pense pas qu'elle m'ait vu. Elle ne regardait pas de mon côté.

— Connaissez-vous l'autre femme ?

— Non. C'est une blonde, assez jolie.

— Bon. Ne vous éloignez pas pour le moment. Mais ne vous faites pas voir. Je vais peut-être les amener ici.

Je traversai la rue et entrai chez Fritz.

Ethel Furman était plus jolie au naturel que sur la photo. La femme qui l'accompagnait avait bien cinq ou six ans de plus qu'elle. Elle était plus grande, et assez forte, attirante dans son genre de beauté vulgaire. Toutes deux étaient habillées avec goût et à la dernière mode que nous ne connaissions pas encore à Deerwood.

La grande jeune femme se présenta comme Mrs Crowder.

— Tiens, je vous prenais pour Hotcha Randall, dis-je, imperturbable.

Elle rit et s'écria :

— Quelle importance, chef ? Je ne fais rien de mal, ici.

— Ne m'appelez pas chef, dis-je. Pour vous, les gens de la ville, je ne suis que le petit shérif qui tue le temps en taillant ses crayons.

Ethel Furman ne fit aucune démonstration en voyant le corps de son mari. Elle le regarda gravement pendant quelques minutes, puis détourna les yeux et me dit :

— Merci.

— J'ai quelques questions à vous poser, dis-je. Si vous voulez bien passer dans mon bureau, de l'autre côté de la rue.

Elle acquiesça et dit :

— J'aimerais vous en poser aussi. Est-ce que Mrs Crowder peut…

— Appelez-la Hotcha, dis-je ; nous sommes entre amis. Bien sûr, nous l'emmenons avec nous.

La dénommée Randall me prit le bras et me dit :

— Au moins, vous savez rompre la glace, vous !

~

Dans le bureau, je leur offris des sièges et commençai :

— Avant de vous interroger, je tiens à ne rien vous cacher. Furman ne s'est pas suicidé ! Il a été assassiné.

Ethel Furman ouvrit de grands yeux étonnés.

— Assassiné ?

Hotcha Randall intervint :

— Nous avons des alibis. Nous étions à New York et nous pouvons le prouver.

Elle devait avoir ces paroles sur le bout de la langue depuis le début.

— Je vais vous en donner l'occasion, dis-je. Pourquoi êtes-vous venues ici ?

Ethel Furman répétait, ahurie :

— Assassiné !

Hotcha Randall me répondit vivement :

— N'a-t-on pas le droit de venir ici ? Ethel est toujours la femme de Furman, pas vrai ? Elle a une part de l'héritage, pas vrai ? Elle est libre de venir ici pour veiller sur ses intérêts, pas vrai ?

Au même moment, je pensai à Wheelock. Je téléphonai à Hammill et donnai des ordres pour qu'on m'amène Wheelock avant qu'il ne quitte la ville ; il était resté pour l'enquête.

Et j'ajoutai :

— Où est Wally ?

— Pas ici. Il paraît que vous lui avez dit de ne pas se montrer. Mais je vais le chercher.

— Bon. Dis-lui que je désire l'envoyer à New York ce soir. Renvoie Mason chez lui pour qu'il dorme un peu, car il remplacera Wally ce soir.

— Entendu chef, dit Hammill.

Je raccrochai et me tournai vers les deux femmes. Ethel Furman était revenue de sa stupeur. Elle se pencha légèrement en avant et dit :

— Mr Anderson, me soupçonnez-vous d'avoir… d'avoir pris part à la mort de Lester ?

— Je n'en sais rien. Je sais qu'on l'a tué et qu'il vous laisse un demi-million d'héritage, c'est tout.

Hotcha Randall siffla doucement. Elle vint vers moi et appuya sa main chargée de bagues sur mon épaule.

— Un demi-million de dollars ? demanda-t-elle.

J'approuvai de la tête. Elle sourit, puis reprit d'un ton sérieux :

— Chef, ne faites pas l'imbécile. La gosse n'a rien à voir dans cette affaire. Nous avons appris par les journaux que Furman s'était suicidé et qu'il y avait du louche. C'est moi qui ai décidé Ethel à venir ici.

Ethel Furman interrompit son amie :

— Mr Anderson, je n'aurais jamais pu faire de mal à Lester. Je l'ai quitté parce que… parce que j'en avais envie, mais jamais je ne l'aurais tué pour de l'argent. Si j'en avais eu besoin, je sais qu'il m'en aurait donné. Je n'avais qu'à le lui demander. Sachez qu'il mettait souvent des annonces dans les journaux, me demandant de lui faire savoir si je voulais de l'argent. Jamais je n'ai répondu. Tous ceux qui nous connaissent un peu, son notaire entre autres, pourront vous le dire.

La Randall renchérit :

— C'est vrai, chef. Ça fait des années que je la traite d'idiote. Mais jamais elle ne m'a écoutée, jamais elle n'a tapé son mari. Et j'ai eu du mal à la persuader de venir revendiquer sa part.

Ethel Furman répéta :

— Je n'aurais jamais pu lui faire du mal.

— Pourquoi l'avez-vous quitté ?

Elle haussa les épaules.

— C'est difficile à expliquer. Je ne pouvais m'adapter à son genre de vie. Je désirais... je ne sais pas, moi... Enfin, bref, après la mort de notre enfant, je n'ai pas pu résister. Je suis partie. Mais je ne lui ai jamais rien demandé. Et je n'aurais pas pu lui faire du mal. Il a toujours été très bon pour moi. C'est moi qui ai eu tort.

Le téléphone sonna. C'était Hammill.

— Je les ai trouvés tous les deux, dit-il. Wally est chez lui, je l'ai prévenu. Et le vieux Wheelock va arriver.

— Merci.

Je pris la circulaire, cause de tout le drame, et je la passai à Ethel Furman.

— Voici ce qui l'a conduit en prison, dis-je. Avez-vous déjà vu cette photo ?

— Non, commença-t-elle.

Puis elle s'arrêta, et une expression d'affolement se peignit sur son visage.

— Non... Ce n'est pas possible... C'est... c'est l'agrandissement d'un instantané que j'ai toujours gardé.

— Pensez-vous qu'une autre personne puisse avoir cette photo ?

Sa terreur s'accentua, mais elle s'efforça de rester calme.

— Pas à ma connaissance, dit-elle. Personne ne pourrait l'avoir.

— Vous avez toujours l'original ?

— Oui… C'est-à-dire… Je n'ai pas vérifié récemment. Je l'avais rangé avec des vieilles lettres et autres souvenirs. Mais je suis certaine de l'avoir.

— Écoutez-moi : un fait aussi important doit être vérifié. Il y a deux moyens de le faire. Je peux vous garder ici, comme suspecte, jusqu'à ce que j'aie la preuve, c'est-à-dire l'autre photo. Ou bien, je peux vous renvoyer à New York avec un de mes hommes et attendre le résultat. Je suis prêt à vous faire confiance si vous me promettez d'aider mon homme dans la mesure du possible. Et, bien entendu, j'ai votre parole que vous n'essaierez pas de vous échapper.

— Je vous le jure, dit-elle. Je suis aussi impatiente que vous de savoir…

— Très bien. Comment êtes-vous venues ici ?

— En auto, dit Hotcha Randall, dans la mienne, la grande verte qui est arrêtée de l'autre côté de la rue.

— Parfait, vous allez la reprendre pour aller à New York. Et pas d'incartade, compris ?

La sonnerie du téléphone retentit, tandis qu'elles m'assuraient de leur bonne foi.

— Wheelock est ici, dit la voix d'Hammill.

— Fais-le entrer.

Le notaire asthmatique faillit étouffer en voyant Ethel Furman. Je lui demandai, avant qu'il eût repris son souffle :

— Cette femme est bien Mrs Furman ?

Il hocha la tête de haut en bas. Sa respiration haletante l'empêchait de parler.

— Très bien, dis-je. Attendez-moi. Je reviens dans un instant.

J'emmenai les deux femmes dehors et les poussai dans la voiture.

— Allez jusqu'au bout de la rue et tournez dans la deuxième à gauche, ordonnai-je à la Randall, déjà installée au volant.

— Où allons-nous ? demanda-t-elle.

— Voir Shane, qui vous accompagnera à New York.

La propriétaire, Mrs Dober, nous ouvrit.

— Wally est ici ?

— Oui. Montez donc, Mr Anderson.

Elle dévisagea mes compagnes avec curiosité.

Nous montâmes au premier, et je frappai à la porte.

— Qui est là ? demanda Wally.

— Scott.

— Entrez.

J'ouvris la porte et m'effaçai pour laisser passer les deux femmes.

Ethel Furman poussa un cri.

— Harry !

Et elle recula vivement.

Wally porta rapidement sa main derrière son dos, mais j'avais déjà sorti mon revolver.

— Vous avez gagné, dit-il.

— Je le crois, répliquai-je.

Je les emmenai tous au poste de police, et je m'enfermai dans mon bureau avec Wally.

— Je suis un idiot, commença-t-il. J'ai compris que la chance était contre moi, quand j'ai vu les deux femmes, chez Fritz. Je voulais me cacher. Et je suis tombé sur vous. J'avais peur que vous ne m'emmeniez chez Fritz, et je vous ai raconté que je connaissais la Randall, et qu'elle me prenait pour un contrebandier. Je pensais bien que vous m'ordonneriez de ne pas me montrer. Cela me donnait le temps de quitter la ville. Et puis j'ai fait l'idiot. Je n'ai pas déguerpi assez vite. Je suis passé chez moi pour faire ma valise avant de filer. Et Hammill m'a téléphoné et m'a dit que vous vouliez m'envoyer à New York, ce soir. Je suis tombé dans le panneau. Je croyais trouver là une bonne occasion pour partir « officiellement », et ne plus revenir… Je pensais qu'il s'agissait encore d'une mission parmi la pègre, comme la dernière fois. Je l'avais belle. J'avoue que vous m'avez bien eu, mon vieux. Mais dites-moi, Scott, vous n'avez pas tout découvert par hasard ? Comment avez-vous fait ?

— J'ai compris que seul un flic pouvait avoir tué Furman. Seul un flic était assez familiarisé avec ce genre de circulaire pour faire faire un faux presque parfait. Qui l'a imprimé, à propos ?

— Continuez, dit-il. Je ne veux dénoncer personne. Je n'ai pas de complice. J'ai seulement trouvé un pauvre diable d'imprimeur qui avait besoin d'argent.

— Ça va… donc, seul, un flic pouvait prévoir comment se déroulerait l'affaire. Seul, un flic — et un des miens — pouvait pénétrer dans la cellule, assommer Furman et le pendre. Les contusions étaient visibles, Wally.

— Vraiment ? J'avais pourtant enveloppé ma matraque dans un chiffon. Je n'ai pas l'étoffe d'un assassin.

— Le cercle se rétrécissait, poursuivis-je. Et, tout à l'heure, vous m'avez dit que vous connaissiez la dénommée Randall, et j'ai commencé à comprendre. Mais je vous croyais tous complices.

Je m'arrêtai un instant, puis demandai :

— Qu'est-ce qui vous a pris, Wally ?

Il eut un sourire amer.

— Qu'est-ce qui séduit toujours les imbéciles ? Un moyen facile de ramasser du fric. Ça remonte au temps où j'étais à New York. Vous m'y aviez envoyé en mission pour l'affaire Dutton. J'étais mêlé à la pègre des trafiquants d'alcool, de drogues, etc., me faisant passer pour un des leurs. Et je me suis alors aperçu que mon travail demandait autant de ruse, d'intelligence et de témérité que le leur, mais ne me rapportait rien. Ils travaillaient pour la grosse galette ; et moi, pour un bol de café et des croissants le matin, guère plus. Ça vous laisse pensif. Et puis j'ai rencontré Ethel. Elle s'est éprise de moi. Elle me plaisait aussi. Tout allait bien. Un soir, elle me parla de son mari qu'elle avait quitté ; et qui était très riche. Il était toujours amoureux d'elle, me dit-elle, et cherchait à la revoir. J'ai ruminé cela. Je savais qu'elle m'aimait assez pour m'épouser, si je lui cachais que j'avais assassiné son mari. C'était la solution. Si elle avait divorcé, elle n'aurait pas accepté d'argent, ou très peu. Voilà comment j'ai conçu ce projet. Je suis allé à Philadelphie, une ou deux fois, et j'ai pris des renseignements sur Furman. Il n'avait aucun parent proche susceptible de réclamer une partie de l'héritage. Alors j'ai mis mon plan à exécution. J'ai bien réfléchi, bien pesé le pour et le contre, et j'ai réglé les moindres détails. J'ai écrit à Ethel pour renouer avec elle. J'ai envoyé les circulaires un peu partout, et, quand tout fut prêt, j'ai téléphoné à Furman, lui disant que, s'il descendait à l'hôtel Deerwood le soir même, il aurait des nouvelles d'Ethel sous peu. Et, comme je l'avais prévu, il tomba dans le piège. Tout ce qui touchait à Ethel l'aurait entraîné n'importe où. Vous avez alors décidé d'aller le piquer à la gare, et c'était, pour moi, une occasion inespérée. D'ailleurs, si vous ne l'aviez pas fait, je serais allé à l'hôtel Deerwood et l'aurais tué pareillement. Puis, peu à peu, je me serais mis à boire et vous m'auriez fichu à la porte un jour ou l'autre. J'aurais alors épousé Ethel et son demi-million de dollars sous mon autre nom.

Il sourit de nouveau avec amertume, et dit :

— Seulement… je ne suis sans doute pas aussi malin que je le croyais.

— Vous l'êtes certainement, dis-je, mais souvenez-vous de ce vieux proverbe : « À malin, malin et demi. »

Et j'ajoutai :

— Je suis désolé que vous ayez fait cela, Wally. Je vous ai toujours bien aimé.

Il sourit avec lassitude :

— Je le sais bien, dit-il. C'est là-dessus que je comptais.

Titre original : *Two Sharp Knives* (*Collier's*, 13 janvier 1934).

CHRONOLOGIE

27 mai 1894 Naissance à St Mary's County, État du Maryland, USA.

1900 Sa famille s'installe à Philadelphie puis, l'année suivante, à Baltimore où Hammett suivra les cours de la *public school* jusqu'en 1908.

1908 À la rentrée scolaire, Dashiell Hammett est inscrit à l'Institut polytechnique de sa ville mais après un semestre il le quitte pour aider son père dont les affaires (c'est un commerçant) sont difficiles.

1909-1918 Variété de petits métiers jusqu'à son entrée à l'agence de détectives Pinkerton en 1915 : il y exerce trois ans durant.

1918-1919 Enrôlé dans l'armée le 24 juin 1918, il atteindra le grade de sergent. Démobilisé, il retourne vivre chez ses parents jusqu'au mois de mai 1920 où il retourne chez Pinkerton.

1920-1921 En novembre 1920 il est hospitalisé : tuberculose. Il rencontre une infirmière, Joséphine Dolan, qui devient sa femme le 7 juillet 1921. Leur fille Mary naîtra en octobre. La famille s'installe à San Francisco où Dashiell Hammett travaille à nouveau pour Pinkerton.

1922 Première publication, dans la revue *The Smart Set*. En décembre de la même année première nouvelle publiée dans *Black Mask*.

1923-1925 Poursuit sa carrière d'écrivain avec le cycle du *Continental Op*. Difficultés matérielles.

1926 Naissance de sa seconde fille, Joséphine. Dashiell Hammett abandonne l'écriture pour entrer chez un joaillier mais revient à l'écriture après quelques mois.

1927-1928 Les publications de *La Moisson rouge* et de *Sang maudit* dans *Black Mask* suscitent un vif intérêt pour Dashiell Hammett qui assure, d'autre part, la critique des romans policiers au *Saturday Evening Post*.

1929-1930 La publication des deux romans en volume lui apporte célébrité et aisance matérielle. Il quitte sa famille et part s'installer à New York. Après la publication du *Faucon maltais* dans *Black Mask* puis en volume, Hollywood l'appelle. Il y rencontre Lillian Hellman qui deviendra sa compagne.

1931-1934 Publication et important succès de *La Clé de verre* (20 000 exemplaires en dix-huit mois). Un succès qui toutefois reste américain : ni l'Angleterre ni le reste de l'Europe ne font grand cas de l'écrivain que Dorothy Parker porte aux nues. Entre deux exercices pour Warner Brothers, il repart à New York où il achève une première version de *The Thin Man*.

1935-1939 Sous contrat chez MGM, Dashiell Hammett mène bon train une vie où l'alcool le dispute aux femmes. En 1937, il se lie à l'extrême gauche américaine et contribue au Fonds de soutien aux loyalistes de la guerre civile espagnole.

1940-1945 Toujours actif politiquement, Hammett s'engage volontairement dans l'armée américaine en 1942. La troisième version cinématographique du *Faucon maltais*, en 1941, avec Bogart, mise en scène par John Huston, est un très grand succès. En septembre 1943, il est affecté dans les îles Aléoutiennes le long de la côte d'Alaska où il rédige un périodique pour la troupe. Démobilisé en 1945, il retourne à New York.

1946-1951 Dashiell Hammett donne des cours d'écriture de romans policiers à la Jefferson School of Social Science à New York. Il gagne sa vie grâce à la cession des droits d'adaptation radiophonique de ses œuvres. En 1948, après une crise de delirium tremens, il cessera de boire. La poursuite de ses activités politiques lui vaut d'être interrogé par l'HUAC du sénateur McCarthy. Le silence qu'il oppose à la commission le condamne à six mois de prison pour outrage à magistrat.

1952 Après sa sortie de prison, Dashiell Hammett connaît de nouvelles difficultés. Sa santé s'est détériorée, il ne parvient plus à écrire (*Tulip*, sa dernière tentative, reste inachevé), ses romans ne sont pas réédités, ses programmes radiophoniques supprimés. Le fisc le tracasse.

1952-1961 Ses dernières années seront dignes. Il partage son temps entre la maison d'un ami à Katonah dans l'État de New York et celle de Lillian Hellman à Martha's Vineyard. Sa santé est très mauvaise mais jamais il ne se plaindra de rien. Il décède le 10 janvier 1961 dans un hôpital new-yorkais.

Table

Composition réalisée par Asiatype

Achevé d'imprimer en novembre 2006 en France sur Presse Offset par

BRODARD & TAUPIN

GROUPE CPI

La Flèche (Sarthe).
N° d'imprimeur : 38482 – N° d'éditeur : 78399
Dépôt légal 1re publication : novembre 2006
LIBRAIRIE GÉNÉRALE FRANÇAISE – 31, rue de Fleurus – 75278 Paris cedex 06.

31/1616/7